バイバイ、サンタクロース　麻坂家の双子探偵

装画　カチ ナツミ
装幀　bookwall
図版　デザインプレイス・デマンド

最後の数千葉《すうせんよう》

1

強い風が吹き、枝を離れた桜の葉が、宙に舞う。

「ああ、また一枚……」

外山桜《とやまさくら》は病室の窓の外を物憂げに眺めながら、誰にともなく呟《つぶや》いた。悲哀に満ちた響きだった。

「何が一枚なの？　ママに教えてちょうだい」

楓子《ふうこ》は読んでいた文庫本から顔を上げて、ベッドで軽く身を起こすような体勢の桜に尋ねた。

「葉っぱよ。桜の葉っぱ。最後の一枚が散るとき、わたしも一緒にいなくなっちゃうんだわ」

桜は焦点の定まらない視線を虚空に注ぎ、弱々しく嘆く。

そのとき楓子は反射的に、オー・ヘンリーの短編小説「最後の一葉《いちよう》」を連想していた。肺炎を患った画家のジョンジーが、落ちていく蔦《つた》の葉を自分の命に見立てるところから始まる物語。桜も絵本で読んだことがあるはずだった。すると彼女は作中の主人公に、同じ肺炎に苦しめられている自分の姿を重ねているのかもしれない。思い詰めたように真一文字に結ばれた口は、その台詞《せりふ》が冗談や思いつきの類《たぐい》でないことを告げていた。

「待ってよ、桜」と楓子は慌《あわ》てて返答する。「桜の木の葉っぱと、あなたの病気と、一体どんな関係があるっていうの？　おばかさん、滅多なことは言わないでちょうだい。お医者さんだって、秋を過ぎればきっとよくなるはずだって言っていたわ」

「でも葉っぱが落ちるのだって秋でしょ」

どこか投げやりな口調の桜に、楓子は愕然《がくぜん》とした。

絶対に病気は治る、そう断言できないのが辛《つら》いところだった。秋を過ぎれば回復するだろうというのが医者の見解だったが、翻って言えば、今年の秋こそが乗り越えなければならない峠なのである。そんな状況下で、本人が生きる気力を失って、しかもその秋に散る葉に自らの運命を託そうものなら、あるいは——。

楓子は目を瞑《つぶ》った。考えたくもない未来だった。

思えば、全くありえない話ではないのだ。だが、テレビや新聞では幼い子供を亡くした親をよく目にするとはいえ、現実に自分たちの身にそんな不運が起こるはずはないと、無根拠に高を括《くく》っていた。実際、桜は大きな病気や怪我《けが》もなく平穏に成長し、友達や先生にも恵まれて、順風満帆な小学校生活を過ごしていたのである。

ところが三年生に上がった五月の半ば、咳《せき》が止まらなくなった。熱が下がらなくなった。どうせただの風邪だ、すぐに治るだろう、そんなふうにいつまでも楽観視していた自分を今になって恨《うら》まずにはいられない。

まるで、一糸乱れず回っていた独楽《こま》が、突然ふらつき出したかのようだった。

あまりに治まらないのでレントゲンをとったところ、肺炎と診断された。それからというもの、すべてが悪い方へ、不幸な方へと転がり出した。すぐに治ると見込まれていた肺炎は悪化の一途を辿《たど》り、気づけば入院を余儀なくされていた。退院日は繰り返し先延ばしになり、結局長期入院の運びとなった。それでも桜の天真爛漫《てんしんらんまん》な笑顔を見ている限りは、「治らないのではないか」という危惧《きぐ》が実感を伴うことはなかった。

ところが、桜自身の弱気を知った今、〝娘の死〟はもはや遠い世界の出来事ではなくなっている。

楓子は暴力的なまでの激しい恐怖感と、後悔の念に駆られていた。あのときもう少し早く病院に連れていってやれば。単なる風邪だと決めつけないでいれば。しまいには、桜という名前を付けたことさえ忌《い》むべきことのように思われてきた。自分と同じ名前を有したその木が、桜は大好きだった。この、桜の木が見える数少ない病室に入ったのも、彼女たっての希望からだった。

昔からそうだった。毎年桜の花が咲くと彼女は公園に駆けていき、花びらの中を踊るように走り回るのだ。服も靴も帽子もすべてピンク色がお気に入りだったし、新学年の記念写真は決まって満開の桜の前だった。彼女の成長は、まさしく桜の花とともにあった。しかしそのせいで今、彼女が生への執着を失いつつあるのだから、皮肉な話だというほかない。

けれど、楓子は強く首を振る。

過去を嘆いても仕方がないではないか。今自分にできること、それは、桜を勇気づけることだけだ。

「——桜には」と楓子は言った。「桜には、大切な友達がいるでしょう? 頼子《よりこ》ちゃんに、圭司《けいじ》君と有人《あると》君。他にもクラスの友達がいっぱい。みんな、桜が元気になることを望んでいるのよ。だから、あなたがそんなに気を落としていちゃだめなの」

「うん……」

「大丈夫。絶対に治るから。桜には友達が、そしてママがついてるから」

楓子の励ましも空《むな》しく、桜は沈んだ面持ちのまま窓外に視線をやった。また一葉、風に乗った葉がはらりと落ちていくところだった。楓子は思わず目を背ける。

だが——救いはあるのだ。

何を隠そう、今は七月の半ば。桜の木には、枝いっぱいに緑葉が生い茂っている。その枚数、少なく見積もっても数千は下らないだろう。

その数千葉がすべて散るのは、まだまだ先のことに違いない。そう自分に言い聞かせながら、楓子はそっとカーテンを引いた。

2

桜のお見舞いに行こうという山口《やまぐち》頼子の誘いに麻坂《まさか》圭司があからさまに嫌そうな顔をしたのは、放課後の帰り道だった。

「何よ、その顔は」

頼子は腰に手を当て、そっぽを向いて歩いていた圭司の前に立ちはだかる。

「わからないか？　面倒だな、という意思表示だ」

「相変わらず冷たい奴《やつ》ね。友達に元気になってほしいってくらいの良心も持っていないわけ？」

「おれが見舞いに行くことと外山が回復することとは、全く無関係だろう？」

圭司が悪びれもせずに反論すると、頼子は目を三角にした。

「……ったくもう、また屁理屈《へりくつ》を。そういうことじゃないでしょ？　有人君も何か言ってやりなさいよ、この天の邪鬼《あまのじゃく》に！」

不意に水を向けられたぼくは、どんな返答が最も適切であるか数秒考えを巡らせた。圭司がぼくの言葉に感化されて友情に目覚めるような人間でないことはとうに理解している。かといって圭司に少しでも同調するような発言をしようものなら、頼子のお怒りを買うのは目に見えていた。

「まあ、ほら、明日《あした》はみんなも行くんだし、圭司も来たってばちは当たらないんじゃないかな」

「みんなが行くからっていうのは何の説得材料にもならないな。それに、人に提案を持ちかける際、単にマイナス面がないことを訴えかけるだけなのは賢いとは言えないぞ、有人。損はさせないからといって切り出された話に誰が乗る？」

いつも先生たちの度肝を抜く語彙《ごい》と弁舌で、圭司はぼくを封じ込めた。

「そうよ有人君。あなたまで乗り気じゃないって言うの？」

黙ってしまったぼくは頼子にも責められる。無難な言葉を選んだつもりだったのに、二人の板挟みから逃れることは案の定叶《かな》わなかった。やれやれ……。

「とにかく、だ。おれからすれば家でゲームや読書でもしていた方がよっぽどましだし、おまえにおれを強制する権利は」

「つべこべうるさいわね！ それでもあんた桜の友達なの？」と頼子は鬼の形相で怒鳴り散らした。

「行くったら行くの！ わかった？」

「しょーがねえな、まったく……」

さすがの圭司も折れざるをえない。頼子を理屈で説き伏せようと試みてもどうせ無駄だというのに、よく懲りずに刃向かうものだ。

「じゃあ決まりね。明日学校が終わったら行く人たちで集まって出発するから、二人とも忘れないでよ」

はいはい、と空返事をしながら、圭司は大げさに肩を竦《すく》めてみせる。


ぼくら麻坂兄弟と頼子、そして桜は私立帝都《ていと》小学校の三年生で、入学したての頃からの仲良しだった。

性格も趣味もばらばらだったぼくらが意気投合したのには理由《わけ》がある。優秀な児童が集まるとされる帝都小の中でもとりわけ、ぼくらは頭を使う謎解きや冒険の類に目がなかったのだ。

誰が言い出しっぺだったのだか忘れたけれど、「帝都小探偵団」が結成されたのは小学二年生の頃だった。団員はぼくら四人のみ。もちろん「探偵団」とは名ばかりで、いわゆる探偵としての活動内容はそう多くなかった。基本的には「秘密基地」と称する廃ビルに集まって遊ぶだけなのに、かっこいいグループ名を付けて悦に入っていたわけだ。

とはいえ、たまには探偵団らしいことをすることもあった。ぼくらの父親は現職の刑事で、しょっちゅう事件の話をしてくれるのである。一般的な家庭で子供が絵本を読み聞かされるのとちょうど同じように、ぼくと圭司は強盗事件や連続殺人の話を聞いて育った。だから、さすがに陰惨たる通り魔殺人のあらましなんかを女の子の耳に入れるわけにはいかないにしても、人死にの関わらない比較的小規模な事件について、探偵団内で勝手な議論を交わすくらいのことはよくあった。また、上履きが隠されるなどちょっとしたトラブルが小学校内で起きた際には、探偵の真似事《まねごと》をして解決に導くこともあった。

三年生になり、新しい友達との付き合いやら男女で遊ぶことへの気後れやらで、四人で集まる回数は減っていった。でも、ぼくらが唯一無二の仲間であることに違いはなかった。かけがえのない親友であると、少なくともぼくは、そう認識していた。

ところが、圭司にしてみればそうでもないらしい。桜が入院することになってもこの冷たさだ。物心ついた頃から協調性の欠片《かけら》もなく、友達にひどい言葉を浴びせては泣かせてばかりいた彼だが、最近輪をかけて冷淡になったように思う。

ぼくと圭司は見た目が瓜《うり》二つの双子だ。それだけに、ぼくと彼の間に横たわるものが肥大していくのを感じると何とも言えない気持ちになる。恐ろしいというよりは、不思議だ、という方が近いかもしれない。

圭司の人格形成へのもっともらしい説明を、生まれ育った特殊な環境に求めることは可能ではある。日々父から胸糞《むなくそ》悪い事件の話を聞くあまり、人間らしい心が薄れていったのだ、と。実際圭司は既に、死体や生首といった単語を聞いても眉《まゆ》一つ動かさない域に達している。

だが、問題はもっと根深いところにあるような気がしてならない。その証拠に、圭司と同じ遺伝子を有し、同じ環境で成長したはずのぼくの性格は、彼のそれとは似ても似つかないのだ。周りの友達からは、有人は圭司と違って優しいよね、などとよく褒められる。ただ、それが必ずしも良いことだと思っているわけでもない。ぼくは必要以上に人に気を遣ってしまう質《たち》なだけであって、圭司のような大胆さも豪快さも持ち合わせていないのだ。

結局のところ、ぼくらのあまりにも対照的な性格の成り立ちは、合理的に解き明かせるようなものではないのだろう。天から授かった宿命、とでも言うべきか。

――でも。本当の原因はそんな高尚なものではなく、圭司が兄でぼくが弟だった、というだけの違いなのかもしれない。傍若無人な兄とその言いなりになる気弱な弟。そんな構図がいつの間にかできあがってしまったわけだ。生まれた時刻の差は、たった数分だというのに……。

翌日、午後三時半に授業が終わると、ぼくは圭司を連れて校門に向かった。集まったのは、ぼくらを入れて、クラスメート十三名。クラスの三分の一以上が来た計算になる。

お見舞いにこれだけの人が来てくれるというのは、もちろん頼子による呼びかけの成果でもあるけれど、やはり桜の人望に負うところが大きい。ともに快活で友達の多い頼子と桜だが、その明るさの「種類」は好対照だった。さばさばしていて負けん気の強い頼子に対し、桜はおっとりしていてどこか夢見がちなところがある。

「桜ちゃん、大丈夫なのかな」

道中、ぼくに話しかけてきたのは平井《ひらい》忠正《ただまさ》だった。よく教室で昆虫や植物の図鑑を読んでいる彼は、生き物好きで心優しい性格の持ち主だ。新しいクラスで知り合った友達の中で、一番仲良くなったのが忠正だった。

「大丈夫だよ、きっと。先生も、必ず治るって言ってたじゃん」

「うん、だよね……」

忠正は心配そうに眉根を寄せた。進級当初桜と席が近かったこともあって、二人は比較的交流があったようだ。そしてこれはあくまでぼくの勝手な憶測だが、忠正は桜に恋をしている。ぼくはそういうのに結構敏《さと》い、と、自分では思っている。

「肺炎なんかじゃ死なないだろー」

後ろで不謹慎な声が上がった。その主は無論、深北明《ふかきたあきら》だ。その横でにやにやと笑っているのは、クラスで一番背の高い亀山大悟《かめやまだいご》と丸々太った寺井太志《てらいふとし》の凸凹《でこぼこ》コンビである。リーダー格の明を中心に、いつも群れている三人組。何かにつけて圭司と言い争いになるのは日常茶飯事《さはんじ》だが、ちゃんとお見舞いにも顔を出していることからわかる通り、そんなに悪い奴らでもない。

「ほら、あんたたち、ぺちゃくちゃ喋《しゃべ》ってないで出発するわよ」

先生みたいに頼子が注意して、真っ直《す》ぐ歩き始めた。学校から病院まで徒歩で約十分。頼子が先導する列は町中《まちなか》を進む。側《はた》から見れば、学校行事か何かと紛《まが》うことだろう。

やがて、町外れの小さな病院に着いた。中に入り、受付のお姉さんに来意を告げる。「外山桜さんの面会に来たんですけれど通していただけますか」と小慣《こな》れた振る舞いの頼子に、お姉さんは「さすが帝都小の子ね」と目を瞬《しばたた》かせた。ランドセルのリボンに刻まれた校章に気がついたのだろう。ピンク色のリボンは、帝都小三年生の証《あかし》である。

ぼくや頼子は何度か来たことがあるので、病室も知っていた。院内でも端にある三〇八号室が、桜のいる場所だ。

「ちょっとみんな、しーっ」

部屋の前まで来ると、がやがやと喋るぼくらを頼子が制した。実は、今日の訪問はサプライズなのだ。

ぼくらは息を潜《ひそ》めて静止した。場違いかもしれないが、何だか胸がわくわくする。数瞬の後、頼子が突入の合図を出した。

「宅配便でーす」

明がおどけてドアを開け、ぼくらも連なって部屋になだれ込む。驚きに目を見開いた桜の顔と、ぼくらの視線とがぶつかった。

「えっ、何、どういうこと?」

頼子が「みんなでお見舞いに来たのよ」と説明するなり、突然の出来事に当惑していた桜は破顔した。クラスの女子たちは口々に愛情を表現して桜と抱き合う。ぼくら男子陣は遠巻きにその光景を眺めていた。

「よかった、元気そうで」

忠正が噛《か》み締めるように言った。心なしか、顔が火照《ほて》っている。

「うん、ほんと」とぼくは深く頷《うなず》く。「ほら、圭司。あんなに喜んでくれてるんだから、来てよかったでしょ?」

「さあな」と圭司はシニカルな笑みを浮かべた。「笑ったからって病原が消えてなくなるわけでもあるまいし」

「案外無関係じゃないのかもよ。笑顔が多い人は長生きするって言うじゃん」

圭司はとぼけた顔をするだけだった。まあ、いい。

やがて、見舞いは近況報告会になった。クラスで起こった笑い話や授業の進度などを、女子たちは代わる代わる桜に話す。桜はそれぞれに丁寧に耳を傾け、歯を見せて笑っていた。途中からは、桜のお母さんも同席することになった。

「それでさ」ひとしきり話が弾んだ後、会話が途切れるときを見計らっていたのか、頼子が急に神妙な顔つきになって尋ねた。「どうなの、具合は?」

「見ての通り元気よ、わたしは」と桜は背筋を伸ばしてみせた。確かに、とても重い病に侵されているような様子ではない。

「じゃあ、もうすぐ学校にも戻ってこられるのね!」

頼子が声を高くする。ところが、予想に反して桜の顔がさっと曇った。そしてぽつりぽつりと語り出す。

「ううん、それはまだできないみたいなの……。今日は調子がいいけれど、まだ病気は治っていないらしくて。でも、秋を越えたら退院できるってお医者さんは言っていたから——治るよ……たぶん」

最後は消え入るような声だった。「たぶん」という言葉の意味するところに、ぼくははっとする。

「そんな——大丈夫よ、絶対。桜は治るって」

頼子が慌てたように励ましたが、さっきまでの病室の和やかさはどこかへ行ってしまった。

「——あっ、そうだ。見てほしいものがあるの」と助け船を出したのは、川脇麗《かわわきれい》だった。一年生の頃からの、桜の友達だ。ランドセルから丸めた画用紙を取り出す。「はい、これ」

大きな紙に描かれているのは立派な桜の木だ。絵の得意な麗がクレヨンで描いたものだった。下には、「早く元気になってね」の丸文字。一見何の変哲もない贈り物だ。

特筆すべきは、その桜の木にまだ花びらが付いていないということだった。茶色い枝がいっぱいに広がっているだけ。これは一体どういうことなのか。

「これがすごいことになるから、期待していてね」

意味深な予告とともに、麗は画用紙を桜に渡すことなくランドセルに仕舞《しま》った。

桜は不思議そうに首を傾《かし》げ、それからふと思い出したように窓の方へ目を向けた。カーテンの隙間《すきま》から、青々とした葉を茂らせる桜の木が覗《のぞ》いている。

「――また、桜の花が見たいなあ」

それは、とても切実な心の叫びだった。


五時過ぎになると、門限を迎えた何人かが帰宅した。圭司もどさくさに紛れて「あ、おれもだ」と帰ろうとしたが、「有人君が残っているんだからおかしいでしょ」と頼子に鋭く止められた。

幸いと言うべきか、もう病気の具合についての話題に戻ることはなく、桜は友人たちと無邪気に談笑していた。先ほど一瞬見せた陰りが嘘《うそ》のように。

あっという間に六時になった。夏とはいえ、外は暗くなってきている。桜のお母さんが「もう遅いからみんなそろそろ、ね」と促したので、お開きになった。

じゃあね、また来るからね、とぼくらは別れを告げた。桜は体を起こし、顔の前で小さく手を振る。

桜のお母さんが病室の外まで見送ってくれた。リノリウムの薄暗い廊下に、どこからか聞こえてくる電子音。今更ながら、ここが病院だということを認識させられる。

「みんな、今日は桜のために来てくれて、本当にありがとう」

別れ際、桜のお母さんがぼくらに深く頭を下げた。

「いえいえ、わたしたちも楽しかったです」と代表して頼子が言った。

「桜も楽しそうだった。……あんなに幸せそうな桜を見たの、すごく、久しぶりなんだよね」

少し震えた語尾にどきりとして、ぼくは彼女の顔を覗き込んだ。夕闇ではっきりしないが、目元に光るものがあった。

「桜ママ、どうしたの?」と頼子が心配する。

「ううん、ごめんなさい。何でもないの、大丈夫。あの子の笑顔が見られて嬉《うれ》しかっただけ。あんまり言わないでほしいんだけれど、あの子、桜の葉が全部散ったら自分の命も消えるだなんて、変なことを言い出していたから……」桜のお母さんは取り繕うような照れ笑いを浮かべた。「でも、あなたたちのような優しくてしっかりした友達がついていれば、桜は生きることを諦《あきら》めたりなんかしない。それがわかって、安心したの」

3

「ねえねえ、何か気づかない？」と頼子がにこにこしながらぼくと圭司の机の前に来た。翌日の昼休みのことだった。

「何かって何だよ。ちょっと太ったか？」

圭司が興味なさそうに答える。

「違う。最低！」頼子は膨《ふく》れ、服装を強調するようにくるりと一回転した。「ほら、何か新しくなってるでしょ」

「そんなどうだっていい間違い探しをさせに来たなら帰ってくれ」

「もう！」頼子は拳を振り上げる仕草をしたが、席には戻らず、声のトーンを落とした。「――そうそう、圭司と有人君に頼みがあって来たのよ」

「なんだ、見舞いならもう行かないぞ」

「違うよ。麗、ちょっと説明してあげて」

頼子は川脇麗を呼び寄せた。麗は小走りでやってくると、「名付けて、千羽鶴ならぬ、千枚桜！」と高らかに発表した。

「どういうこと？」とぼくは首を捻《ひね》る。

「ほら、昨日《きのう》桜に見せた桜の木の絵、あるでしょ。あれに折り紙で作った桜の花を千枚貼って、桜に贈ろうと思うの。きっと桜、喜んでくれるよ」

なるほど、とぼくは膝を打った。そういう計画だったのか。

「いいよね、すごくいいでしょ！」と頼子がはしゃぐ。

「大変そうだな、寝不足には気をつけろよ」と圭司は早口で言って、そそくさとその場を離れようとしたが、頼子にがしりと腕を摑《つか》まれた。

「何言っているの、圭司。わたしたちだけでできるわけないじゃない。あんたたちにも手伝ってもらうのよ。昨日お見舞いに行った十三人でやって、一人当たり大体七十枚作ればオッケーかな。できるだけ早く渡したいから、明日まででいいよね？」

「待ってくれ、なんで見舞いに行ってやったっていうのに負担が増えるんだよ。千枚だなんてどうかしている。大体、『千』は数が多い様を表す比喩《ひゆ》にすぎないのであって、ぴったり千枚ないといけないなんてルールはないだろ。だったら少しくらい鯖《さば》を読んでも……」

「そこで手を抜いてどうするのよ。いい、圭司。桜は今、一人で辛い思いをしているんだよ。それに比べたら千枚くらい、なんてことはないじゃない」

頼子の説得を受けてもなお圭司は不満そうだったが、構わず麗が後を継いだ。

「作るのは放課後。今日は木曜日だから学校は午前で終わるでしょ。わたしがコミセンに折り紙をたくさん持って行くから、二人とも折りに来てよ。折り方はそこで教える。わたしは一時から六時くらいまでいるつもり。一人最低七十枚だからね、絶対だよ！」

コミュニティーセンター、通称コミセンは、学校から程近い場所にある町の施設で、小学生の遊び場となっている。こうした集まりにはうってつけの場所だ。

釘《くぎ》を刺すような眼差しを残し、麗は去っていった。圭司は心底不本意そうにため息をつく。

「大体な、何でおれなんだよ。もっと暇な奴はいくらでもいる。そいつらにやらせればいいだろ？」

「クラスには桜とまだ喋ったことがないような子もいるんだからそれはできないわよ。でも圭司は違うでしょ。ずっと同じクラスだったんだし」

「好きで同じクラスだったわけじゃない。おまえともな！」

「もう、これくらいで文句言わないでよ、ひねくれてるわね。桜に治ってほしいっていう気持ちはないの？　お見舞いにも昨日まで来てくれなかった。わたしなんて毎週のように通っているのよ」

「ああ、わたしはなんて優しいんでしょう、こんなに思いやりがあるわたしって素敵！　ってか。ふん、くだらないな」

圭司の毒舌に、頼子は絶句した。慣れたことだとはいえ、このあまりに無遠慮な物言いは、さすがに聞き過ごせなかったようだ。

「圭司、頼子ちゃんは何もそんなことを思って――」

「……いいよ、有人君」と頼子は背筋が凍るような低い声を出した。「こんな奴に優しさを求めたわたしが馬鹿だったわ」

「その通りさ。おまえが馬鹿なだけなんだよ」

「圭司！」

しかしもう手遅れだった。頼子は唇をきつく結んだまま、大股で自分の席へ帰っていった。新しく買った、水色のワンピースの裾を翻して。

放課後、ぼくと圭司、麗を含む六人はコミセンに直接向かった。他の七人は用事があったり宿題を先に終わらせたかったりで後から来るそうだ。圭司はぼくが無理やり連れてきた。圭司と頼子が喧嘩《けんか》をするのはいつものこととはいえ、今日の彼女の怒り方は尋常ではなかった。ここで圭司をサボらせるわけにはいかない。圭司は一定の抵抗を示したが、今回に限ってはまずいと自分でも薄々気づいていたためか、初めのうちは頼子はいないと伝えると、「じゃあさっさと終わらせてあいつが来る前に帰ってやる」と応じてくれた。

まず、麗から作り方のレクチャーがある。折り紙で作る桜の花は小さな正方形の折り紙を折ってからハサミで切って作るというもので、鶴ほど手間がかかるわけではないにしても、少し気を抜くと形が崩れてしまう程度には繊細な工程だった。とはいえ、折り方や切り方を完全に覚えてしまってからは想像したよりもスムーズに進む。不平ばかり垂れ流していた圭司も、慣れてくるといかに効率良くノルマを達成するかに心血を注ぎ始め、誰よりも早いペースで桜の花を量産していった。休憩も挟みながら、圭司が七十枚を作り上げたのは、作業開始から一時間半と経《た》たない頃だった。

「はい、終わり！　一抜けた！」

「さすが圭司君、早い！　才能あるよ！　その調子でもうちょっとやってくれると助かるんだけど！」と麗はすかさずおだてるが、圭司がそんな手に乗るはずもなく、躊躇《ちゅうちょ》なく帰ってしまった。ぼくは圭司の切った折り紙の残骸を見やる。平凡に重ねて切るのでは綺麗《きれい》な切り口にならないところを、彼は工夫を凝らし、複数個を同時に作りながら質は落とさない独自の手法を確立していた。恐ろしい奴だ……。

三時になると、ノルマをクリアした明と太志が「お先に」とコミセンを後にした。麗ともう一人の女子、野沢佐里《のざわさり》はその時点で七十枚を終わらせていたが、健気《けなげ》に作業を続けていた。そしてぼくが未《いま》だ残っていたのは、そんな二人を置いて帰ることへの気後れからではなく、偏《ひとえ》に手先の不器用さゆえだった。

三時半前にようやくぼくは七十枚を作り終えた。その頃には新たに女子が二人加わっており、麗たちも気遣って、ぼくに帰っていいよと言ってくれた。その言葉に甘えて帰路につくべきか、それとも残って最大限の協力をするべきか、ぼくは頭を悩ませる。帰った場合やっぱり手伝えばよかったと後悔することになりそうだったが、一方で、ここで居残ったとて圭司に「ポイント稼ぎおつかれ」だとか言われて馬鹿にされそうだし……。

そのとき、タイミングよく雨が降り始めた。まるでぼくの背中を押すような通り雨。

「傘持ってないし、まだ残ることにするよ」とぼくは言って、桜作りに戻る。雨は十分ほどで止《や》んだが、ぼくは作業を続けることにした。これで圭司にも申し開きができる——って、一体何を気にしているんだか。

四時頃には、まだ来ていなかった頼子、大悟、忠正たちが続々と姿を現した。大きな画用紙が赤、ピンク、白の桜の花でいっぱいになっていく。八百枚、九百枚……そして、外が夕焼けの色に染まり始めた六時頃、麗が宣言した。

「これで千枚！　終わりよ！」

歓声が上がる。女子たちは飛び跳ねて喜んでいた。ぼくも大悟や忠正と熱いハイタッチを交わす。大げさだとは思わなかった。それくらい達成感があったし、この美しい桜の花たちを渡しさえすれば、桜が元気になると信じて疑わなかった。圭司に言わせれば、そんなものは「全く無関係」なのだろうけれど。

翌朝、ぼくは代表して桜の母親に電話をかけた。完成品を渡しに放課後みんなで病室を訪ねたい旨を伝えるためだ。正直、ぼくは少しウキウキしていた。ぼくらの力作を見たら、桜は絶対に喜んでくれる。

だが、電話口に出た桜のお母さんの震え声が、ぼくのそんな甘い想定を粉々にした。彼女は、声だけでそれとわかるくらい泣いていたのだ。

最悪の想像が、冬の冷たい風みたいに頭の中を吹き抜けた。

「あの……ど、どうしたんですか？」

桜のお母さんは、洟《はな》を啜《すす》り、呼吸を整えるように数秒黙り込んだ後、静かに答えた。

「桜が……」

4

「なるほど」と圭司は腕を組んだ。「それじゃあ、犯人は外山を殺そうとしたも同然なんだな」

「うん……そうなるのかな」

ぼくは生返事をした。電話を切り、圭司に事態を説明した今もなお、放心状態だった。

「だってそうだろ。外山は自分の命を桜の葉っぱに見立てていたんだぜ？　つまり、葉っぱをちぎり落とすという行為は、彼女の命を削ることに他ならないわけだ」

桜が……と桜のお母さんは告げた。ただし、それは外山桜その人を指し示すものではなく、春に桃色の花を咲かすあの植物の方のサクラを意味していたのだった。アクセントの違いからそれは明白だった。

桜が朝起きて窓の外を見ると、桜の木の葉っぱがなくなっていたのだという。

正確には、ついていた葉っぱの九割近くが木から落ち、病院の裏庭に散らばっていたと。

自然現象でないことは歴然だ。昨日は、無風ではないにしても、木を丸裸にするほどの暴風など吹いていなかったし、葉っぱの落とされていた箇所にも人工的な特徴があった。木に登っても手の届かないような、細い枝の先端についた葉っぱは残っていたのだ。また、葉が落とされていたのは、全体的に病院側、すなわち桜の病室から見える側に偏っていた。その意図は嫌でもわかってしまう。

圭司の言うように、犯人は木によじ登って桜の命の象徴である葉っぱを落とし、彼女に見せつけたのだ。そしてそれは比喩的な意味にとどまらず、実際的な効果を上げてしまった。桜は朝にその光景を見て、あまりのショックに体調を崩したのだ。迅速に対処した結果、大事には至らなかったものの、彼女の受けた精神的外傷は計りしれない。文字通り、犯人は桜の命を削ったのである。

「一体誰がどうしてそんなことを……」とぼくは呟いた。やり場のない怒りがこみ上げてくる。

「ふん、そんなの火を見るよりも明らかじゃないか。外山が自分の命を桜の葉っぱに見立てていたことを知っている人物は限られている。クラスメートの誰か——もっと言うと、一昨日《おととい》見舞いに行ったメンバーの中に、犯人はいるわけだ」

「えっ……」

圭司の指摘は至極もっともではあったが、同時に、ぼくには受け入れがたいものだった。

「どうしてそんなことを？」

「何寝ぼけたことを言っているんだよ。外山を殺すため、以外ありえないだろう？　少なくとも、外山を苦しめてやろうという悪意から犯人が犯行に及んだのは間違いないな。あるいは、短時間でそんなにたくさんの葉を落とすのは大変そうだから、犯人たち、かもしれないが」

ぼくの頭に浮かんだのは、想像するだに気の塞《ふさ》ぐ光景だった。クラスメートたちが桜の木によじ登って、一枚ずつ葉を引きちぎる。彼らの顔に浮かぶのは、狂気と害意に満ちた表情——。

「ありえない！　ありえないよ、圭司。クラスにそんな最低な奴がいるわけないじゃん！　きっと何か見落としていることが——そうだ！　犯人候補はもう一人いるじゃないか！　桜のお母さんだよ。桜の葉のことを教えてくれた張本人だ！」

「娘への嫌がらせか。そっちの方がもっと陰惨じゃないか」

「違う、そんなわけない。そう、例えば」とぼくは必死に頭を回転させる。「葉を落としても桜は死ななかった。だから、桜の命と葉っぱには何の関係もないんだよってことを教えてあげようとしたんだ！」

「それは泣ける話だな。目を覚まさせるつもりが、ショックが大きすぎてぽっくり逝っちまったならもっと泣ける」

圭司は馬鹿にするように鼻を鳴らした。

「……で、でも、クラスにそんなひどいことをする奴がいるなんて――」

「へっ、どうだかな。ほら、外山はちょっとぶりっ子なところがあるからな、ひょっとしたら女子なんかに嫌われていたのかもしれないぜ？」

「そんな……。でも、だとしたら許せない――許せないよ。桜はどんなに悲しんだと思う？　桜が病気と闘うために、ぼくらは彼女を応援して、生きる気力を与えなきゃいけないんだよ！　それなのに、ぼくらの中に桜への悪意を持っている者がいるなんてことを彼女が知ったら――」

「死ぬかもしれないな」圭司は平然と言ってのけた。「しかし、犯人もなかなか面白いことを考えるじゃないか。外山を殺す代わりに、彼女の命のメタファーを攻撃するなんて。詩的にして効果的な手法だ」

「圭司！」

ぼくは怒鳴ったが、暖簾《のれん》に腕押しでしかなかった。どうして圭司はこんなに非情になれるのだろう。

「まあ、そう取り乱すな。言われなくたって犯人を炙《あぶ》り出してやるさ。こんなしょぼい事件、おれじゃあ役不足だろうがな」

「ありがとう……」とぼくは少しほっとして言った。どれだけ口が悪かろうが、この状況で一番頼りになるのは圭司である。

「ありがとう？　おいおい、有人に感謝される筋合いなんてないぜ。おれは外山のために事件を解決するわけじゃないし、ましてや有人のためでもないんだからな」

「じゃあ、どうして?」

「真実を知るために決まってるだろ。わからないことがあるってのが気に食わないんだよ。それ以外にどんな理由があるっていうんだ」


その日の放課後、ぼくと圭司は病院へ足を運んだ。

頼子たちにこの事件のことはまだ話していない。あまりに刺激が強すぎると判断したからだ。彼女たちには、桜が少し体調を崩し気味だから今日は訪問できないとだけ伝えておいた。

また、病院側は桜の葉問題を放置しているようだ。別に実害があったわけでもなく、大ごとにする方が「実害」が出てしまう。外山桜との関係を知らないのなら、ただのでたらめないたずらだと決めつけても無理はないだろう。

いずれにせよ、現場調査をしに行くぼくらにとってそれは好都合だった。院内には入らず、外壁沿いに左へ向かう。さらに右へ曲がったところの裏庭に、例の桜の木がぽつねんと立っていた。

「なるほど、なかなかインパクトがあるな」

圭司はそう評した。確かに、ついこの間まで葉を豊かに生い茂らせていた木の変わり果てた姿は、ある種の凄惨《せいさん》さを漂わせている。

ぼくらはまず、木の周辺を検分した。落とされた大量の葉っぱは風に運ばれたようで、木の下だけでなく庭中に散らばっている。また、昨日の雨で地面は湿っていたが、足跡が残るほどぬかるんでいるわけではなかった。

「こりゃあ、凄《すさ》まじい労力がかかるぞ」と圭司は葉っぱを一枚拾い、枝を見上げる。「それだけ殺意が強かったわけだ」

ぼくは答えず、周りを見渡した。三階建ての病院の外壁には窓が縦に並んでいて、一番上に桜の三〇八号室がある。しかし、どの階のカーテンも閉ざされていて、目撃情報は当てにできなかった。

残りの三方は塀に囲まれている。裏庭の一隅にある、体育倉庫くらいの大きさの古びた物置が目についたが、手がかりに繋《つな》がりそうにはない。

「あの物置がキーだな」

ぼくの軽率な切り捨てを嘲笑《あざわら》うかのように圭司が呟いた。

「へっ？」

「おまえの目は節穴なのか？　木をよく見ろ。登ると言ったって、最初に摑むべき枝の位置が高すぎるじゃないか。幹にも足がかりにできそうな凹凸《おうとつ》はないし」

圭司に言われ、ぼくは改めて桜の木を見つめる。確かに、一番下の枝でも地面から二メートル近いところにあった。小学三年生のぼくには、背伸びをしても飛び跳ねても届かない高さだ。

「つまり犯人は身長が十分にあった人物――大人ってことだね！」

「アホか。それはおまえの希望的観測にすぎないだろ」

「じゃあ――そうか、ずば抜けて背の高い大悟なら難なく登れ……」

「そういうことでもない。普通の子供にだってこの木に登る方法はあるだろう？　肩車をしてもらうか、あるいは――」圭司は地面を指差した。「踏み台を使うか」

ぼくは木の、病棟側の根元に目を向けた。

「これは……？」

庭の地面全体が湿って一様に茶色がかっている中、ただ一箇所だけ、乾いて灰色になっている部分があった。横長の長方形の下に小さな正方形を隣接させた奇妙な形だ。また、長方形と正方形の四頂点の辺りには小さな穴が穿《うが》たれている。

「おそらく机と椅子が置かれたんだろう。犯人はこれを踏み台にして木に登ったのさ」

イメージがぱっと浮かぶ。椅子と机を階段のように配置し、駆け上がっていく犯人たちの姿。彼らの口元に浮かぶにやにや笑い――。

「これでおまえも、犯人が木を登るのに踏み台を必要とした人間、すなわち身長の足りない子供であることを認めざるをえないだろう？　要するにクラスメートの中に犯人はいるのさ」圭司はぼくをいたぶるように告げる。「さて、ここからが本題だ。犯人たちはどこからこの机や椅子を持ってきたのか？」

はっとする。まさかはるばる学校から運んできたわけじゃあるまいし、地面に残された形は学校の机や椅子と合致しない気がする。となると、机と椅子はこの近くに元々あったもので――物置だ。それ以外、置き場所が考えられない。

「そういうことさ」と圭司は歩き出すので、慌てて後を追う。ついていくので精一杯だ。

物置に鍵はついておらず、建て付けが悪いのかドアも微妙に開いていた。中に入るとそこは、病院内のありとあらゆる不要なものが片っ端から放り込まれたような有様だった。二メートル近い脚立や年季の入った靴箱と棚、ボロボロの枕にスリッパ。そして思った通り、使い古された机と椅子も何セットか置かれていた。机の高さはちょうど胸の位置くらいだ。

「やっぱりな」圭司は引っ張り出した一組の机と椅子の脚に土が付着していることを確認してから、小さく頷いた。「がたがたしていて心許《こころもと》ないが、踏み台としての用を成さなくはないだろう。これが使われたのは間違いない」

「するとこういうことかな。犯人たちは葉っぱを落とすべく病院にやってきたはいいが、木に登る術《すべ》がないことに気づく。それで辺りを見回すと、物置があったので入ってみた。そして机と椅子を踏み台代わりに使うことにした――と」

「まあ事前に当たりをつけていた可能性もあるが、そんなところだろうな。とにかく、この物置を調べれば、何か有益な情報が得られるかもしれない」

圭司はそう言うなり、床に這《は》い蹲《つくば》った。ゴミ袋を漁《あさ》る鴉《からす》を思わせる、真相究明への貪欲《どんよく》さ。ぼくは呆気《あっけ》にとられて彼の姿を注視する。

「おっ、あった」

早速彼が拾い上げたのは、左右に並ぶ靴箱と棚の間に落ちていた、長さ七十センチほどの枝だった。

「ただの木の枝じゃん」とぼくは率直に述べる。

「ただの木の枝がどうしてこんな場所にあるんだよ」

「風で飛ばされて入ってきたとか？」

「ふん、それはどうかな。桜の木からこの物置まで結構距離があるぞ。事実、この枝の他に枝の類は落ちていない」圭司は枝をくるくると回しながら分析する。「それに、靴箱と棚のこのわずかな隙間に、転がってきた枝が都合良く入ると思うか？」

ぼくは口をつぐむ。両者の間隔は腕一本入るか入らないか程度のものだった。

「じゃあ、誰かがわざわざ持ってきたっていうの？　どうして？」

「それは……」と圭司は急に歯切れが悪くなった。そこまではまだ考えていなかったようだ。

ぼくも考え込む。ひょっとすると、ここにきて圭司を追い抜けるかもしれない。「何故《なぜ》」というのはぼくの得意な設問だ。

そう、圭司とぼくの性格の相違は、事件への取り組み方に顕著だった。圭司は犯人やその弄《ろう》した策を解明することに異様な熱を持っており、客観的な事実に基づいた論理的構成力や閃《ひらめ》きに関しては、名門帝都小学校でも群を抜いている。それどころか、小学校低学年にして、父さんへの助言を通じ殺人事件の解決に貢献したこともあるくらいだ。

一方のぼくは、専《もっぱ》ら動機というものの理解に重きを置いていた。犯人は何を思って、殺人という大罪を犯したのか。不可思議な行動をとったのはどうしてなのか。そういった種の謎に興味がある。

では、枝を取ってきて、靴箱と棚の隙間に入れた理由は何なのか。――あ。思いついた。

「犯人は隙間にあった何かを取りたかったんじゃない？　そのために、細くて長く、引っかけて取るのに適した木の枝を使った。どうかな？」

「なるほど……」と圭司は少し悔しそうに唸《うな》った。「でも待てよ。それだったら枝が隙間に入ったままなのはどうしてだ？　枝に引っかけて取れたなら、使った枝を隙間に戻す必要はない」

「目的の何かが取れなかったとしたら？」とぼくは興奮気味に叫んだ。「腕を伸ばして取ろうとしたものの、うまく行かずに諦めて、枝はそのままにした。そうとしか考えられないよ！　つまり――」

「その〝何か〟はまだあるってことか」

圭司は再び隙間を覗き込んだが、何もない。次いで、腰の高さほどの靴箱に下半身を押しつけて、靴箱と奥の壁との間を調べた。

「おっ、あるぞ！　紙切れみたいなものが！」

圭司は靴箱を力任せに引っ張ったが、微動だにしない。ぼくも指を引っかけて協力すると、少しずつ靴箱が動き出した。やがて十分な空間ができると、圭司は腕を伸ばして、その〝何か〟を摑み取った。

「これは……」

見つかったのは、馴染《なじ》み深い校章が印刷されたピンク色のリボンだった。帝都小では学年ごとに違う色のリボンをランドセルにつけることになっている。そしてピンクはぼくたち三年生の色だ――。

同級生が犯人だという現実を、ぼくは何回思い知らされなければならないのだろう。

「ざっと二千枚ってところか」

寂しくなった枝を見上げて圭司は見積もった。失われた葉っぱの枚数のことだ。

ぼくは頭の中で計算する。どんなに頑張っても一人では、一時間で千枚ほどのペースでしか葉を落とすことはできないだろう。犯人が一人なら、二時間もひたすら葉をちぎっては捨てたことになる。正気の沙汰ではない。やはり、複数犯と考えるのが現実的か。

木曜日の朝の時点で何も異状がなかった以上、犯行が為《な》されたのは木曜日の昼から金曜日の朝にかけてと考えて間違いはない。三辺を塀、残りの一辺を病院の外壁に囲まれたこの場所ならば、たとえ日中でも人の目に触れる危険性もなく犯行に及ぶことが可能に見える。むしろ、真っ暗な夜の方が作業は難航しそうだし、そもそもぼくら小学三年生が夜に自由が利くとは思えない。

となると犯行時刻は学校が終わった一時前から日が沈む六時半頃まで——奇《く》しくも、ぼくらがコミセンで作業していた時間帯と被《かぶ》っている。学校、病院、コミセンはいずれも十分足らずの圏内にあるから、犯行の機会はずっとコミセンにいたぼくと麗以外全員にある、というわけか。

と、ぼくが自分の漠然とした推理を圭司に伝えてみると、圭司は未だ天動説を信じる現代人を見るような目でぼくを小馬鹿にしてきた。

「全体的に根拠が薄弱すぎるんだよ。大体、おおよその犯行時刻なんて一発でわかる。机と椅子が置かれていた場所の下の地面だけが乾いているのをおまえも見ただろ。つまり通り雨が降った三時半前後の約十分間、机と椅子はあの場所に置かれていたわけさ。犯行時刻は当然、その周辺ということになる」

確かに圭司の言う通りだった。ぼくにはない視点。

「すごい、それってかなり重要なんじゃない？　これで犯人がある程度絞れるでしょ」

「いや」圭司の表情は浮かなかった。険しい顔のまま語を継ぐ。「この事件、なかなか厄介だぞ」

5

家に帰っても、圭司は唸っていた。

「くっそー、やっぱり、わかんねえなあ。こうなったら容疑者を一人ずつ拷問にでもかけていくか?」

さらりと恐ろしいことを言って、頭をぽりぽりと掻《か》く。彼が考えあぐねる様子を見るのは随分と久しぶりだ。

「やっぱりだめ? 手がかりは結構出てきた気がするんだけどなあ」

「そりゃ手がかりはなくもないさ。だが何が面倒かって、犯人が複数人いる可能性が十分にあるってことだ。消去法がやりたかったら、殺人事件みたいに、犯人が単独であるという暗黙の前提が必須なんだよ。例えば件《くだん》のリボンだが、落ちていた場所は靴箱の裏の、ちょうど真ん中辺りだった。ところで木の枝が転がっていたのは靴箱の右側だ。犯人は、木の枝を右側から差し込んでリボンを取ろうとしたわけだよ。試してみるとわかるが、関節の曲がる向きからして、犯人が右手を用いたことに疑いの余地はない。左利きの奴はこんなことを絶対にしないぜ。ものを引っかき出すという細々とした作業をするには、選べるのだったら、利き手の方向から利き手で取るべきだ。つまり、犯人は右利きである、と——」

ぼくは素直に感心していた。当たり前の話だが、言われるまでは考えもしなかった。

「だがな、こんな情報は役に立ちやしないんだ。仮に次、犯人が女であると示す手がかりが見つかったとしよう。それじゃあ犯人は右利きの女子なのか? 違うね。犯人の中に右利きの奴がいて、なおかつ女子もいたということしか決定できないんだよ。アリバイの観点からも同様さ。複数人がそれぞれ好きなタイミングで作業をしたのだとしたらどうしようもない。犯人をベン図の中心に追い込むには、犯人が一人じゃないといけないのさ。犯人が複数人いてもおかしくない状況下では、条件の列挙も、効果はないに等しいんだ」

「じゃあどうしたら――？」

「ふん、こうなったら消去法なんていう、名前からして消極的な方法に頼らずに、犯人を名指しする積極的な証拠を探すしかないな」圭司は顎《あご》に手を当てる。「やっぱり、あのリボンだ。リボンに予備はない。つまり犯人のランドセルからは今、リボンは失われているはずなんだ。もしクラスでそういう奴が一人だけだったら、そいつは犯行グループの一員で確定――」

「残念だけれど、そういう人はいっぱいいると思うよ。あのリボン、すぐほどけちゃうじゃん。現にぼくは、一ヶ月以上も前になくした」

「うるせえな。わかってるよ、そんなこと」圭司は投げやりに言ってから、ソファに倒れ込んだ。

「ああー、気に食わねえ！　頭がこんがらがってきた。大体、容疑者が誰かも把握していないんだ」

続けてぎろりとぼくに視線を移す。嫌な予感しかしない。

「そうだ、有人。一昨日見舞いに来ていた奴らのリストを作ってくれよ。どうせ暇だろう？」

高圧的な口調に、はいはい、とうなだれるしかなかった。雑用は結局、弟のぼくの仕事なのだ。


利き手、リボンの有無、そしてコミセンにいてアリバイがある時間帯。圭司から受注したのは、その三つの情報をまとめ上げる仕事だった。まずお見舞いに来ていた十三人の名前を思い出し、書き連ねたところで早くも筆が止まった。利き手とリボンは月曜日に学校で観察すればいいとして、問題はコミセンに滞在した時間だ。ぼくの拙《つたな》い記憶では、何時に誰が来て何時に誰が去ったか自信を持って再現することができなかった。特に、ほとんど喋ったことのない女子数名に関しては、さっぱりだ。

幹事役じみた立場だった麗ならわかるかもしれないと、電話で確認しようかと考える。でも、どういう聞き方をすればいいのか。事件のことを隠している以上、容疑者リスト作成のためと言うわけにはいかないし、かといって、それとなく聞き出す技術は持ち合わせていないし。

結局進捗《しんちょく》のないまま日曜日を迎え、夕方となった。圭司はぼくの気苦労もどこ吹く風で、テレビゲームに興じている。わからないことをそのままにしておける圭司ではないから、諦めたり関心を失ったりしたわけではないだろうが。

ぼくは受話器の前で未だ迷っていた。遅かれ早かれ伝わってしまうことなのだから、桜の身に起こったことをみんなに話し、その上で正直に協力を仰ぐという手もある。でも、どんなにみんながショックを受けるかは容易に想像がつくし、クラスメートを疑っているのも露骨になってしまう——ああ、どうすればいいのだ。何か驚異的な方便が閃かないものか。

目の前の電話が鳴ったのはそんな折だった。

「あっ、有人君?」頼子だった。「今、暇かな」

「えっ、まあ」何の用件だろう。

「この間、千枚桜作ったじゃない? あれ、のりで軽く台紙にくっつけただけだったからポロポロ取れちゃったのよ。だから今から麗の家で、紐とか接着剤を使ってしっかり貼り直そうと思うんだけれど。よかったら手伝ってくれない?」

桜への贈り物をさらに改良しようとしているのだ。その優しさが、今は苦々しい。なおさら事件のことを言い出せなくなったじゃないか。

「行けよ」ぎょっとして顔を上げる。いつから耳をそばだてていたのか、圭司が含み笑いを浮かべて突っ立っていた。「アリバイを問い質《ただ》す絶好の機会じゃないか」

「簡単に言ってくれるね。そんなこと言うんだったら圭司が——」

「圭司⁉」と電話の向こうで頼子が声を上げた。「あんな奴、誰も誘ってないわよ！　それで、有人君は来るの？　来ないの？」

頼子の吊《つ》り上がった眉を思い描き、圭司の不気味なにやつきに目をやって――。もう、ぼくに選択の自由はないじゃないか。

「――行くよ。もちろん」


麗の家には、頼子と麗、小松《こまつ》葵《あおい》ら女子三人の他に、忠正と明もいた。頼子に無理やり招集されたクチだろう。

床に広げられた画用紙に、剝がれてしまった花弁をくっつけていく。穴を開け、紐を通してレース状にするなど、単調さを避ける気配りも忘れない。

よく見ると桜の花の形には、各員の個性が詰まっている。この花の一つひとつに、一人ひとりの思いが託されているのだ――そこまで考えてまた、ぼくは憂鬱な気分に陥った。

「桜、喜んでくれるかなあ？」と葵が呟く。

「うん、だってこの間も桜の花が見たいって言ってたじゃん」

忠正が声を弾ませた。ずっと機を窺《うかが》っていたぼくは、今だ、と切り込む。

「そ、そういえばこの前コミセンでこれ作ったときって、お見舞いに行ったメンバーみんな来てたっけ？」

最初に口ごもってしまったとはいえ、タイミングとしては不自然ではなかった――はず。

「えーっと、うん、みんな来てたけど……ん、有人君、何でそんなに顔が赤いの？」

麗の指摘にどきりとし、ぼくは思わず持っていた接着剤を強く握った。花びらの上に大量の接着剤が押し出される。……自分では平静を保てていたつもりだったのだが。

「いやあ、この部屋暑くない？　あはは」ぼくはしどろもどろになって言い訳をする。「えっと、じゃあさ、後半から来た人たちって何時くらいから来たか覚えてる？」

「え？　えっとね」

若干怪訝《けげん》そうな顔をしながらも、麗は丁寧に答えてくれた。ぼくは頭の中にデータを叩《たた》き込む。よしよし、順調だ。

それで気を抜いたのがいけなかった。ぼくは調子に乗り、もののついでにと、リボンのことを尋ねてしまったのである。

「リボン？　何でまたそんな変なことを聞くんだ？」

明が眉を顰《ひそ》めた。不審そうにぼくを見つめる十個の目、目、目。いっそ事件のことを打ち明けてしまうか？　いや、この場でそんな水を差すようなこと、口が裂けても言い出せない。そうだ、話題を変えよう。それしかない。

「ううん、何となくだよ。――それよりさ、これで完成じゃん！」

最後の、接着剤をつけすぎた一枚を、べったりと画用紙に押し当てた。歓声が上がる。ぼくへの注意は完全に逸《そ》れたようだった。ほっと胸を撫《な》で下ろす。疲れた。早く帰りたい。

だが非情にも、頼子の次の一言がぼくにとどめを刺した。

「よし、じゃあこれから渡しに行こう！」

「今から!?」

「あれ、言ってなかったっけ。ほら、早く喜んでほしいじゃん。もう具合はよくなっているんじゃないかな」

「え、でもまだわかんないよ」

「じゃあ桜ママに電話してみるね」

終わりだ。

ひどい脱力感を覚えた。全く、ぼくの心労は何と無意味だったのか。

どうせこうなるのなら。初めから。

「……葉っぱが落とされていたんだ」

もう、吹っ切れた。洗いざらい話してしまおう。

「病院の、桜の木の葉っぱが、二千枚くらい、明らかに人の手によって落とされていたんだ。紛れもなく桜への悪意だよ。それで桜は今、具合が悪くなっているらしい」

部屋に、堪えがたい沈黙が降りた。

胸が、痛くなる。

「ど、どういうこと……？」と忠正が遠慮気味に尋ねた。

「忠正はあの日途中で帰ったから聞いてないんだな」ぼくは答える。「桜は、自分の命を、あの桜の葉っぱに見立てていたんだよ。それを落とすっていうのがどういうことか、わかるでしょ？」

忠正は息を呑《の》んだ。

「でも、たまたまかもしれないじゃない！　桜に関係ない人がやったってことも……」

麗が反論の声を上げる。

「ぼくだって、そう思いたかったよ。でも一昨日、色々と調べたんだ。そうしたら——」

ぼくは一昨日の調査結果を余すところなく吐き出した。気遣いが徒労に終わった無念と犯人への怒りとで、次第に語勢は強さを増していく。

「——だから、信じたくはないけれど、犯人たちはクラスの中にいる。リボンのことを聞いたのもそういうわけなんだ」

「……何それ」

短く呟いたのは頼子だった。

「あっ、別に君たちを疑っているわけじゃなくて、圭司に聞いてこいって言われたから」

「違うわよ」と頼子は鋭い眼光をぼくに浴びせた。「有人君に怒っているんじゃない。わたしは犯人が許せない！　桜はあんなに必死に生きようとしているのに。なのに、どうして……」

ぽろりと、涙がこぼれた。麗と葵が駆け寄って、肩をさする。あの勝気な頼子が泣くのは珍しい。

だが、流した涙は一粒だけだった。顔を上げ、偽りの花弁を見極めようとするかのように画用紙を一瞥《いちべつ》した後、その毅然《きぜん》とした双眸《そうぼう》をぼくに向けた。

「絶対に犯人を突き止めて——そう、圭司に伝えてよ」

6

ふん、結局はおれ頼みなんだな。

家に帰って早速圭司に報告すると、返ってきたのはそんな不遜《ふそん》な台詞だけだった。そこは闘志を燃やすべきところだろうに。

「当たり前だけれど、プレゼントを渡しに行くのは後日になったよ。到底そんな空気じゃなかったからね」

「だろうな。それで、リスト作成の進捗はどうだ？」

「結局はぼく頼みなんだね。ちゃんと全員のアリバイは聞き出せたし、上々だよ。あとは明日、利き手とリボンの確認をするだけ」

「今日来ていた五人にリボンについては聞かなかったのか？」

「ああ、聞いたよ。葵ちゃん以外はみんな、ついているって言っていた。最後に葵ちゃんが言い出しづらそうに、結構前になくしたって告白したけれど、それだけで彼女を疑わないでよ？　そういう人って他にも多いと思うし、あの目が嘘をついているとは思えなかった」

「おまえの主観は毛ほども参考にしないが、それだけで疑いをかけはしないさ。というより、既に全員に等しく疑いをかけているんだがな」

「はいはい。まだ全く絞れてないんだね？」

「まだ容疑者が誰なのか知らないからな。情報が揃《そろ》ってから一気に考えた方が、効率がいい」

その口振りからは余裕が滲《にじ》み出ていて、あながち口から出任せというわけでもないようだった。頼もしいことこの上ない。

「……といっても、たかが小学生が起こした程度の事件にこれ以上時間をかけるのも癪《しゃく》だ。そうだな——明日中には真実を突き止めよう。犯人に目に物見せてやるさ」


圭司の解決宣言の翌日、遅刻ぎりぎりに登校すると、ぼくはすぐに後ろのロッカーを調べた。ランドセルを一つひとつ取り出して、リボンの有無を検《あらた》める。ついていない人でリストに載っていたのは、葵と寺井太志、そして吉原加奈《よしはらかな》の三人だった。犯人らしさがあるのは——太志？　明と大悟と太志の三人組が、いつもの薄笑いを浮かべて、嫌がらせで行ったのか？

ぼくは首を振る。やっぱりあいつらがそんなに悪い奴らだとは思えないし、根拠もないのに疑うなんて礼を失している。

利き手の調査は、思いの外たやすかった。教室の後ろの壁に、各自のプロフィールが掲示されているのだ。それによると、左利きは圭司とぼく、仲西亜矢《なかにしあや》の三人で、リボンの有無から炙り出した三人をさらに絞り込むことはできなかった。

大丈夫だろうか——不安になり圭司を見る。彼とて、情報収集をすべてぼくに丸投げしているわけではない。お見舞いの帰りに桜のお母さんが明かした事実を、誰かに話しはしなかったか聞き回っているらしかった。結果、誰も漏らしてはいないと判明したが、犯人が嘘をついていないとも限らない。確認されたのは、犯人の少なくとも一人がリスト上の十三人の中にいるという、半ば自明の前提のみだった。

　何はともあれ、完成したリストをぼくは圭司に見せた。あとは彼の能力に頼るしかないのだ。圭司はひったくるようにしてルーズリーフを奪うと、真剣な目つきで紙面を凝視した。

〈容疑者リスト〉

名前	作業時間	リボン	利き手	備考
亀山大悟	四時から六時	あり	右利き	
川脇麗	一時から六時	あり	右利き	
小松葵	四時から六時	なし	右利き	
寺井太志	一時から三時	なし	右利き	
仲西亜矢	四時から六時	あり	左利き	
永野春菜	三時から六時	あり	右利き	お見舞いを早退した
野沢佐里	一時から四時半	あり	右利き	
平井忠正	四時から六時	あり	右利き	お見舞いを早退した
深北明	一時から三時	あり	右利き	
麻坂有人	一時から六時	なし	左利き	
麻坂圭司	一時から二時半	あり	左利き	
山口頼子	四時から六時	あり	右利き	

吉原加奈　　三時から六時　　なし　　右利き

無機質な情報の羅列に、目が滑ってしまう。ぼくは圭司の表情を窺った。

「どう、圭司？　とりあえず、リボンがなかったのは三人のみだけれど……」

圭司は曖昧《あいまい》に頷くと、太志の席まで歩いていった。

「おまえさ、ランドセルにリボンがついていないよな。どこにやった？」

唐突な問いかけに太志はいくらか狼狽《ろうばい》したように顔を上げ、「そうだったっけ？　というか、それがどうかしたのか？」と質問で返した。

「大事なんだよ。それで、いつなくしたか心当たりはあるか？」

「えっ、――いや、待てよ。今日の朝までついていた気がするぞ。うん、今朝家で見た。間違いない」

「そんなこと言ったって、事実ついていないじゃんか」

「知るか、そんなの。誰かに取られたんじゃないか？」

太志の反論に、ぼくは頭を抱えた。犯人が他の人からリボンを奪う――考慮に入れて然《しか》るべき可能性だった。これでは、リボンの手がかりの持つ意味が無に帰してしまう。

でも、逆に、リボンを持っている者の中にこそ犯人がいるということに――いや、太志が咄嗟《とっさ》に嘘をついたということだってありうる。何も断定できやしない。ただでさえ混迷を極めていた調査状況が、さらにこんがらがってしまった。

――と。そのとき見た圭司の横顔を、ぼくは忘れられない。すべてを見通すかのように澄んだ瞳と、口元に浮かぶ意味ありげな微笑。全身が粟立《あわだ》った。

「圭司――。ひょっとして……？」

恐る恐る、ぼくは問う。

「ああ」と彼は深く頷いた。「手がかりはすべて揃った。犯人と話をつける」

放課後の教室。圭司とぼくは、先ほど来るように伝えた人物がやってくるのを待っていた。

教室にいるのはぼくらだけ。ぼくは圭司の無表情を盗み見る。彼はいかなる理路を辿り、何を思っているのか。自分と全く同じ風貌を持つ眼前の少年の脳内が、あまりにも遠い。その距離に、軽い目眩《めまい》を覚える。

数分が、数時間のように思われた。その間ぼくの中で燻《くすぶ》るのは、さっき圭司の挙げた人物が犯人であるはずがないという思いだった。実際圭司の口調には、彼自身は無自覚だったかもしれないが、わずかな迷いがあった。しかし、圭司がてんで的外れな推理をするとも思えないが――。

まあ、考えていても仕方がない。

それもこれも、もうすぐわかることだ。

ぼくが深呼吸をして覚悟を決めたとき、教室前方のドアが開いた。少し緊張した様子でこちらを向く二つの瞳。

「話って何？」と頼子が言った。

7

圭司は腰掛けていた教卓からひょいと飛び降りた。

「頼子、おまえが葉っぱをちぎり落とした犯人なんだろ」

前置きなどなかった。彼は依然として、無表情を貫いている。

一方の頼子は呆気にとられ、口をぱくぱくと動かしていた。それからやっとのことで「違うわ」と否定した。

「違う。どうしてそんなこと言うの！」

「論理がおまえを犯人だと名指しした。だからだ」

ぼくはじっと頼子の表情を観察する。見慣れたはずの、彼女の顔。さっき圭司を見たときと同じ酩《めい》酊《てい》感に見舞われる。彼女は、今、何を考えているんだ？

「初めに断っておくが、今回の事件において、いわゆる偽の手がかりというのは存在しないとおれは確信している。何故って、容疑者はガキだけなんだ、ダミーの解決を誘導するなんて悪知恵が働くはずがない。そもそも、おれが事件に介入することも予想できなかったことだしな。よって、手がかりはすべて本物だという前提で話を進める。いいな？」

自分も同じ子供であることを棚に上げ、圭司は前口上を述べた。異論は出ない。第一、頼子は「偽の手がかり」なんていう概念を理解していないだろう。

「では一から説明しよう。まずは、事件の鍵を握る、物置に落ちていたリボン。その持ち主を炙り出す前に着目すべきは、リボンが残されていたという事実そのものさ。どうして犯人はリボンを落としたことに気づきながらも持ち去らなかったのか？　これが最大の疑問点だ」

「どうしてって、取ろうとしても届かなかったからでしょ」意図を摑めないぼくは抗弁する。

「じゃあ聞くが、おれたちはどうやってあのリボンを回収したんだ？　もちろん、極めてシンプルな、靴箱を動かすという方法によってだ。一方で犯人は、わざわざ外から拾ってきた枝に引っかけて取ろうとし、だめだったので諦めた。何故犯人は、靴箱を動かすという簡単な手段をとろうとはしなかったんだろうね？

ついでに、もう一つ引っかかるのは、犯人が足がかりに机と椅子を持ち出したことさ。あの物置には他に、脚立という木登りにはもってこいの道具があった。にもかかわらず、犯人はあの古びて頼りない机と椅子を選んだ。一体どういうわけか。

　これらの不自然な行動は、一つの結論を明確に指差している。犯人は靴箱を動かさなかったのではなく動かせなかった。脚立を運び出さなかったのではなく運び出せなかった。何故なら、犯人は一人だったからだ」


　犯人が一人。ことこの事件においては、至極重大な事実である。

　ぼくは思い返す。靴箱は、圭司一人では動かすことができなかったが、二人の力を合わせれば十分可能だった。身長よりも大きいあの脚立は一人で持ち出すには無理があるが、分けて運ぶことのできる机と椅子は、一人で移動させるのにうってつけだろう。

「犯人が一人とわかれば、話は早い」と圭司は続けた。「さっきみんなに確認したところ、桜が葉っぱに自分の命を重ねていた事実は、誰も他言していないとのことだった。単独犯である以上、犯人は直接それを聞き知っていた人物ということになる。つまり、犯人は見舞いに行った十三人から、早退した忠正と永野を除く十一人の中にいるわけさ。加えて、利き手の条件も効力を発揮し、左利きの仲西、そしておれたちも容疑者圏外となる。これで八人だ」

　八人——。納得と、未だに信じられないという思いが、胸の内で交錯する。

「次に注目するのは、木の根元に残っていた机と椅子の跡だ。その部分だけ、雨に濡《ぬ》れず乾いていた。雨が降ったのは三時半前後の約十分間だから、その間に机と椅子が外に出ていたこと、すなわち犯人が作業中であったことが保証される。よって、この時間アリバイのあった川脇麗と吉原加奈が新たにリストから外れるわけだ」

　残り六人——単独犯とわかった途端、すんなりと容疑者の候補が狭まっていく。だが。

「ちょっと待って、圭司。少し雑すぎない？　前に圭司は自分で言っていたよね、複数人がそれぞれ好きなタイミングで作業をしたのだとしたらアリバイの条件も役に立たないって。で、さっき圭司が単独犯を確定させた根拠は机と椅子を出したこと、およびリボンを落としたタイミングのそれぞれで一人だけだったという話だったでしょ。だったら、机と椅子を出すタイミング、そしてリボンがそのままになっていたことでしょ。だったら、机と椅子を出すタイミング、およびリボンを落としたタイミングのそれぞれで一人だけだったというだけで、複数人が協力していた可能性も否定できないんじゃない？　例えば、雨が降るまではA君が作業していて、その後入れ替わりでBちゃんに交代した、みたいな」

「なるほど、なかなか鋭いな。じゃあそういう可能性も残して、話を続けよう。いずれにしても問題となるのは、犯行がなされた時間帯だ。おれが目を向けたのはまたしても机と椅子の跡だった。あれがすべてを物語っているんだよ。

思い出せ、有人。おれたちが現場を見に行ったとき、踏み台代わりのものがあったため乾いていた部分を除き、庭の土は等しく湿っていた。禿《は》げた木を目の前にしておれたちが何も違和感を感じなかったのは無理もないが、本当はあの時点で即座に気づくべきだったのさ。想像力を働かせればたやすくわかる——葉っぱが残っている状態で雨が降ったのならば、木の根元があのように濡れることはありえないんだよ。葉が傘の役割を果たして雨が地面に到達するのを防ぐからな。にもかかわらず木のすぐ近くの地面も他のところと同様に濡れていたのは、雨が降ったとき葉っぱは既になくなっていて、枯れ木同然になった桜はろくに雨宿りもできないような状態だったからに他ならない。要するに、雨が降った三時半頃にはもう、犯行はほぼ完了していたということさ。雨が降ったことをきっかけにして、もうこれくらいでやめておくかと、作業を切り上げたと考えるのが自然だな」

ぼくは感嘆のため息を漏らしていた。葉っぱがあったときに雨が降ったのなら、机と椅子の置かれていた場所のみならず、葉の陰となる根元周辺の地面も、庭の他の場所と比べたら乾いていたはずなのだ。しかし実際には、机と椅子のあった場所以外は一様に湿っていた。よって、葉が切り落とされたのは、雨が降る前。葉っぱがない状態の現場しか見ていないから盲点になっていたが、言われてみれば当たり前の理屈だった。犯行時刻はいとも簡単に特定できたのだ。

「したがって、複数人交代制説も棄却していいだろう。三時半以前のアリバイがずっとない人たちには、わざわざ持ち場を離れて代わりばんこに作業する理由はないからな。学校から病院に直行して、一時から三時半前まで一人で葉っぱを落とした上で、雨が降ったときに一旦避難し、止んでから机と椅子を片付けて、家に荷物を置いたのちコミセンに急いで四時頃に到着——こんなシナリオがぴったり合う。すなわち犯人は一時から三時半のアリバイがない人物に絞られた……残っている中では亀山大悟、小松葵、そして頼子。この三人だけさ」

ベン図の中心に、しっかりと頼子は残っている。推理の顚末《てんまつ》は既にわかっているとはいえ、壁が四方から迫ってくるような恐怖感に、胸がきりきりと痛み出す。

「ここで特筆すべきは、太志の疑惑が晴れたことによって、彼の証言の正当性が確認されたことだ。彼は、朝までリボンがあったと主張した。それが本当なら、常識的に考えて、今朝のうちに学校でリボンが奪われたということだ。もちろん、犯人の動機はリボンの紛失を隠すこと。逆に言えば、犯人はリボンをつけていた人物の中にいることになる。これで、リボンをなくしていた小松葵も消去でき、残ったのは二人——亀山大悟とおまえだけだ。

ところで、犯人は木を登るのに机と椅子を使った。ずば抜けて背の高い大悟なら道具などなくても優に登れたはずだ。まあ、机か椅子のどちらかを足がかりにするくらいならありうる話かもしれない。しかし、大悟が机に乗るために椅子まで持ち出すのは明らかに不自然だろう。つまり犯人は比較的小柄だった——出揃った条件をすべて満たすのは頼子、おまえしかいないんだよ。

おまえが犯人なら、犯人が何故金曜日ではなく週明けの月曜日、それも朝一番にリボンを盗んだのか、という問題にも説明がつく。これは、犯人の中でリボンがないことへの危機感が変容したからに他ならない。別にリボンをなくしたくらい、本来なんてことはなかったはずなんだ。ところが、おれたちが物置を調べてリボンを探り当てたことを、犯人は週末のうちに知ってしまった。そう、昨日川脇の家で有人が話したからな。動揺した犯人は疑われることを恐れて、咄嗟にリボンはあると嘘をついた。だからこそ月曜日の朝になって慌てて盗まなければならなくなった。おまえはこの条件にもばっちり当てはまる。もはや疑いの余地はない」

頼子の目が小刻みに揺れ、潤んだ。圭司の推理にはやや大雑把《おおざっぱ》な点があったものの、組み合わさった様々な要素が確かな説得力を生み出していた。本当に、本当に彼女がやったというのか……。

いや！　ぼくは危うく圭司の方に傾きそうになる思考を押しとどめ、舵《かじ》を切る。そんなわけないじゃないか！　だって、何といったって、動機がない！

「圭司、ちゃんと頼子の目を見てよ！」とぼくはたまらず食い下がった。「確かにちょっとは筋が通っているけれどさ——冷静に考えてよ！　頼子がやったわけないじゃん。きっと何かを見落としているんだ」

「文句なしに論理的といえる推理じゃないことは認めるが、蓋然性《がいぜんせい》は十分すぎるほどだ。それに、おまえが頼子を擁護する理由の方が遥《はる》かに非論理的なのに気づいているか？　冷静が聞いて笑う」

「論点をずらさないでよ！　圭司、本気で頼子が犯人だって思ってるの？　頼子がどれだけ桜のことを思っているか知っているでしょ？　そんなひどいことするわけがない！」

ぼくは圭司を直視する。さっきまで圭司の目に見え隠れしていたわずかな迷いは——もう、影を潜めていた。

「おれは……人の心なんか信じない。おれが信じるのは目に見える事物と、そこからおれの頭が弾《はじ》き出した真実だけだ。悪かったな」

「何でだよ、おかしいって圭司！　思い出してよ！　ぼくたちは四人でたくさん遊んだじゃん！　頼子がいざというときにどんなに優しくて頼りになったか、圭司だって」

「もういい！」

ぼくの訴えを遮《さえぎ》ったのは頼子だった。両目が赤く充血し、涙で顔がくしゃくしゃになっている。

「えっ……？」とぼくは彼女の顔を覗き込む。

「……もう、いいの」

頼子は静かに繰り返すと、俯《うつむ》き加減で走り去った。小さくなっていく背中にかけるべき言葉が、ぼくには見つけられない。

嘘だ。本当に、頼子が……？

ぼくには、もう、わからなかった。

8

ぼくの短い人生の中で、一番憂鬱な夏休みだった。

圭司はずっと不機嫌だったし、ぼくもあまり誰かと遊びに行くような心持ちになれなかった。あのときの頼子の顔が去来するたび、背中に冷たいものをあてがわれたような、生理的な嫌悪感が押し寄せるのだ。

頼子とは夏休み中、一度も顔を合わせることはなかった。

本来なら、もう一回ちゃんと向き合って、事実を確認するべきなのだろう。誤解があるのならそれを解かなければならないし、本当に頼子がやったのだとしても、それには深い事情があったに違いない。でも――頭ではわかっていながら、ぼくはついに行動に移すことができなかった。恐れているのだ、とどこか他人事《ひとごと》のように分析する。頼子の口から桜への悪意が吐き出される事態を、ぼくは心底恐れている。そんなことになったら、圭司みたいに、もう何も信じられなくなってしまいそうで。

そもそも、頼子が悪意ではない別の目的で犯行に及んだのなら、あのときそれを説明しているはずなのだ。あそこまで糾弾されて、黙っている道理はない。ただ――もしもあのとき言えなかっただけなのだとしたら、きっとすぐに釈明があるはずだ。そう信じるしかなかった。

その後、桜のお見舞いには何度か行った。もちろん圭司の推理を桜に伝えることはしなかったが、そうでなくとも桜は日に日に弱っていくようだった。庭の桜の木に残ったわずかな葉は、人為とは無関係に、ただ自然の摂理に従って、少しずつ散っていく。

そして、頼子からの釈明はついにないまま、夏休みが明けた。彼女はいつもと同じように登校してきた。だが、ぼくと言葉を交わすことはただの一度もなかった。無論、圭司とも。

今まで築き上げた友情は、こうも脆《もろ》く崩れてしまうのか。ぼくは言いしれぬ空しさに苛《さいな》まれていた。いや最初から友情なんてぼくの妄信の産物であって、実際にはそんなもの――。

「おまえもわかっただろ」帰り道、圭司が投げやりに言った。「人を信じるなんてことがいかに馬鹿げているか。信じていいのは物的証拠から導かれる真実だけだってな」

ぼくは、肯定も否定もできなかった。


九月末の放課後、ぼくは桜の見舞いに赴いた。これすらやめたら、本当に圭司側の人間になってしまう気がしていた。

いつものように会話は大して弾まないけれど、時折彼女が見せる屈託のない笑顔に、ぼくは救われる心地がする。この笑顔だけは、嘘ではないように思えた。

「――有人君。実は来週、手術をするの」と些《いささ》か唐突なタイミングで彼女は切り出した。「もし成功すれば、退院できるはずだって」

もし、という言葉が、彼女の弱気さを物語っていた。嫌でも目に入る点滴器具や薬が、ぼくの心を掻き乱す。

「うまくいくよ、きっと」と月並みな励ましの文句を並べるしかなかった。「みんな、待ってる」

「みんな、ね……」と視線を落とす桜に、ぼくは良からぬ予感を覚えた。「――あのさ、有人君」

「何？」

「……夏休み前に、桜の葉っぱを切り落としたのは、誰だったんだろう？」

的中した。ずっと避けてきた話題だったし、桜の方から言及することもなかったから、もうあまり気にしていないのかもしれないとも思っていた。だがやはり、そんなはずはなかったのだ。

「……わからない」

「ほんとにみんな、わたしのことを待っているの？　誰かがわたしに嫌がらせしようとして葉っぱを切り落としたんでしょ？　違うの？」

返答に窮した。それがいけなかった。

「違うって言ってよ！　有人君もそう思っているの？　誰かがわたしに、死んでほしいって――ゴホッ、ゴホッ」

桜は縋《すが》るように喚《わめ》いて、激しく咳《せ》き込んだ。ぼくは彼女の背中をさすりながら、自分自身に呆然《ぼうぜん》としていた。以前のぼくなら、すぐさま「それは違う、そんなはずはない」と否定していただろう。だけれど今のぼくにはその言葉を述べるだけの根拠などなかったし、沈黙が桜を傷つけることになるという発想もなかった。

「ごめん……その、」

「――謝らないでよ」と桜は掠《かす》れた声で制した。「もう、わかったから」

その力ない言葉にぼくは、手術は成功するのだろうかという、当然とも突飛ともいえる不安に襲われた。ふと、桜の葉っぱの様子が気になって、あの日以来ずっと閉めっぱなしのカーテンを、桜に気づかれないよう静かにめくる。

そして、次の瞬間。

網膜に映し出された光景に、ぼくは目を疑った。


「圭司、まだ頼子が犯人だって思ってるの？」

「何で考えを改める必要があるんだよ」

「あの日——コミセンで千枚桜を作った水曜日、頼子と学校で喧嘩したのを覚えてる？」

「ああ、そんなこともあったな」

「あのとき頼子は新品の綺麗なワンピースを着てきていたんだよ。それに圭司が気づいてくれなかったから、余計不機嫌になっていたんだ」

「ふん、そんなものなのか。で、それがどうした？」

「木登りをしようって日に、わざわざそんな服を着てくるかな？」

圭司が立ち止まった。

ぼくは繰り返す。

「圭司の推理だと、あの日の放課後、頼子は病院に行って葉を切っていたわけだよね。それなのに、新しい水色のワンピースを着てくるのはおかしくない？　動きづらいし、何より、汚れてしまう」

「——別に汚れたって構わないだろう」

「女心をわかっていない発言だね」とぼくは一蹴《いっしゅう》する。

「……女心？　そんな不確かな根拠でおれの推理を否定した気になるなよ。第一、頼子は消去法で炙り出されたんだ。彼女が犯人でないのなら、犯人がいなくなってしまう」

「大前提が間違っていたりして」

「何が言いたい？　こんなところまで連れてきやがって」

病院に到着した圭司は不満を吐いた。お見舞いに行った翌日のことである。

「桜がもうすぐ手術っていうからさ。勇気づけてもらおうかと思って」

病室に入ると、桜以外に三人の姿があった。ぼくが呼び集めた三人だ。頼子と、麗と、もう一人。

頼子は圭司が入ってくるのを見て反射的に視線を逸らしたが、すぐに素知らぬ顔で椅子に座り直す。

ぼくは無言で彼らの間を通り過ぎ、窓際まで進んだ。

「みんな、見てほしいものがある」

ぼくはそう言うと、思いっきりカーテンを引いた。外の光が久しぶりに、病室いっぱいに差し込んでくる。そこに現れたのは、あの桜の木だ。

一拍置いて、誰かが息を呑む気配がした。唾を飲み下す音が聞こえた。無理もない。その木には、桜の花が咲いていたのだから。


桜の口をついて出たのは驚嘆の叫びでも戸惑いの言葉でもなく、「綺麗……」という一言だった。季節は秋。葉っぱがほとんど失われているなか、枝の一部にぽつりぽつりと、薄紅色の花弁が魔法のように現れていた。でもこれは魔法でも、ましてや奇跡でもない。これこそが犯人の「動機」だったのだ。

「桜っていうのは春に咲いた後、冬を越えるため翌年の春まで花芽《かが》を眠らせるものらしいんだ。葉っぱから休眠ホルモンを出してね」とぼくは押しつけがましくならないように気をつけて解説した。

「ところが、夏前に何らかの原因で葉っぱが落ちてしまうと、そのホルモンが芽に供給されなくなる。すると、秋を春だと勘違いし、花を咲かせてしまうことがあるらしいんだ」

「そんな」と短く呟いたのは圭司だった。見開いた瞳が、小刻みに震えている。

「そう。つまり、犯人は桜を狂い咲かせるべく、葉を切り落としたんだよ。そこにあったのは決して悪意なんかじゃなくて、君に桜の花をできるだけ早く見せて元気づけたいという優しさだったんだ」

話を咀嚼《そしゃく》するようにしばらく黙りこくった桜の頬を、やがて、一筋の涙が伝った。それは、安堵《あんど》と喜びの涙に違いなかった。

「馬鹿な、そんな馬鹿な話が」圭司は早口でまくし立てた。「じゃあ一体誰が。頼子か?」

「そこまで突き止めなくてもいいんじゃないかな」とぼくは笑った。「すべてを白日の下に晒《さら》そうだなんて、無粋な考えだとぼくは思うよ」

とは言いながらも、ぼくには犯人の目星がついていた。犯行の動機が桜の仮託と無関係だったとしたら、犯人は必ずしもお見舞いに来ていた人物だとは限らなくなる。とはいえ、桜がお見舞いのとき「桜の花を見たい」と漏らしていたことや、犯行がその直後であったことを踏まえると、あのメンバーの中に犯人がいると考えるのが妥当だ。

また、圭司の列挙した条件のほとんどは生きている。単独犯であること、右利きであること、一時から三時半のアリバイがないこと、リボンを持っていたこと、日曜日に麗の家に集まっていたこと。これらをすべて満たすのは頼子を除くと平井忠正、彼のみだ。

忠正はお見舞いを早退したから、桜の望みは聞いていたが、葉を命に見立てていたことは知らなかった。生き物や植物が大好きでサクラの性質に関する知識も持っていた忠正は、葉を切り落とす計画をすぐ思いついたのだろう。それで翌日、それが彼女を傷つけることになるとは露知らず、早くも実行に移した。秋に開花した桜が、病床の彼女を勇気づけると信じて。

よかれと思ってやったことが桜を苦しめたのだと知ったとき、忠正はどんなにショックを受けたことだろう。そして彼は自分がやったと打ち明けることができず、その場凌《しの》ぎの嘘までついてしまった。

罪を逃れようとしたわけではないはずだ。きっと、彼は元から隠し通すつもりだった。桜のためにあんなことをやったと知られるのは、照れ臭くて恥ずかしいことだから。

そうだよね、忠正？

ぼくが目配せすると、彼はぽっと顔を赤らめた。ここで公にするべき事柄でないのは明らかだった。

「そうだ、桜。渡すものがあるの」と麗が紙袋から画用紙を取り出した。「じゃーん。これ、だいぶ遅くなっちゃったけど、みんなからのプレゼント！」

それは、夏休み前に作った千枚桜だった。渡す機会を逸していたが、今日持ってくるよう麗に伝えてあった。今なら、桜は素直にみんなの思いを受け取れるだろうと。桜は顔を明るくして、両手で大事そうに抱え込んだ。

「ありがとう、みんな……」

彼女の大きな瞳は感動で揺れている。

「じゃあ、桜。手術、がんばってね。必ず成功するよ」動転している圭司が真相に辿り着く前に、ぼくは桜に声をかけた。「桜を待っているんだから。間違いなく、みんなが」

うん、絶対戻るから。桜は涙を拭いながら、窓外の桜の花と同じくらい天真爛漫な笑顔を咲かせた。

それだけで、必ずや手術は成功するとぼくを確信させるには十分だった。


「わからねえ」

帰り道。忠正たちと別れ、先を早足で歩く頼子を眺めながら、圭司が呟いた。

「忠正がやったんだってことはわかったさ。あいつしかいない」と圭司は乱暴な口調で喋る。「でもな、たかが桜を見せるためだけにあんな重労働をするか？　誰がそんな動機で納得するんだよ。善意だけでそこまでできるのか？　大体な、外山が苦しんだことを知った時点で正直に名乗り出るべきだろ」

圭司に今度は「恋心」というやつを講義してやることも考えたが、彼にはあまりにも高度すぎる気がして自重した。

いずれにせよ本件は、悪意を前提に考えていた圭司には解決不可能な事件だったのだ。とはいえ、ぼく自身も一度はそちら側に流れ、挙げ句の果てに頼子が本当に犯人なのかと疑ってしまった。海より深く反省しなければならない。

「そうだ、圭司。頼子と仲直りしないの？　あんなにひどいことを言った上に、犯人扱いまでしてさ。結果的に圭司は間違っていたんだよ」

ぼくの指摘に圭司は悔しそうに歯噛みしたが、やがて渋々といった様子で、前を行く頼子を呼び止めた。

「おい、頼子！」

彼女の足が止まる。

「その——」着地点を探し回るように、語尾がふらついた。「……ごめんな、頼子。色々と」

頼子はびくりとして、決まり悪そうに突っ立つ圭司を顧みた。圭司の口から謝罪の文句を聞いたのはいつ以来だろう。

「……ばーか！」と頼子は叫んだ。「色々とって何よ、あんなひどいことやっておいて。そんな言葉だけで全部許されると思う？　世の中はあんたが思うほど甘くないわよ」

「何だと？　人が折角頭を下げてるっていうのによ」

「それで頭を下げてるつもりなの？　俯いているだけじゃないの！　もっとごめんって気持ちを見せなさい。何なら、この場で土下座して——」

「うるせえ、調子に乗るなよ！」

ぎゃーぎゃー罵《ののし》り合う二人。そう、昔からそうだった。彼らにしてみればこれは、仲直り以外の何物でもないのだ。

口元が思わず綻《ほころ》ぶ。

圭司には、忠正があそこまでやった心理を理解できない。そして、同じ理由でずっと気づかないに違いない。

頼子が新品のワンピースに気づかれず不機嫌になったわけも。

犯人扱いされた頼子が否定もせずに見せた、あの悲しそうな表情の意味も。

今怒鳴り散らしている頼子が、どこか嬉しそうな顔をしている理由も。

消えたペガサスの謎

1

十度目の春が巡ってきて、ぼくたちは小学四年生になった。

小学校生活は早くも折り返し点を迎えたことになる。年齢が二桁になるなんて、もっと先のことだと思っていた。

でも年に見合った成長を実感できているかと聞かれると、答えには詰まってしまう。

「ダブルゴッドラリアーット！」

校門を通ってすぐ、ぼくと圭司《けいじ》が並んで歩いているところに、平井《ひらい》忠正《ただまさ》が両腕を広げてぶつかってきた。後頭部に衝撃が走る。

「おまえ、やりやがったな！」と圭司。

「くらえ、スペシャルゴッド光線！」

ぼくが眉毛《まゆげ》の前に両手をかざす決めポーズをすると、忠正はうごっ、と珍妙な呻《うめ》き声を上げ、大げさに吹っ飛んでいく。その体を呆《あき》れ顔で受け止めたのは山口《やまぐち》頼子《よりこ》だった。

「もう、あんたたち危ないから校門の前で暴れないでよね！」

「そうだよ、もう低学年じゃないんだから」と隣の外山《とやま》桜《さくら》も諭すように続く。昨秋の手術は無事成功し、彼女はすっかり元気になっていた。

「うるせえ、急に大人ぶるんじゃねえよ、ガキのくせに！」

圭司が二人に目を剝《む》いた。今回ばかりは、喧嘩《けんか》腰の彼にぼくも味方したくなる。先生が「高学年としての自覚を」と呪文のように唱えたせいなのか、最近クラスの女子がやたらとませているのだ。六年生の女子が着るようなお洒落《しゃれ》な服を急に着てきたり、マジックテープ式ではなく靴紐《ひも》がついた靴を買ってきたりと、背伸びしたい気持ちが前面に出ていて微笑《ほほえ》ましくすらある。

「何よ、あんたたちがお子ちゃますぎるのよ！」

「じゃあ聞くが、おまえこの間の算数のテスト何点だったんだ？　良識ある大人なら当然満点だよなあ」

所要時間わずか五分でいつものように百点をとった圭司が見え透いた挑発をした。頼子は顔を真っ赤にし「関係ないじゃない！」と圭司に摑《つか》みかかろうとする。圭司は校庭に入って、頼子を煽《あお》りながら機敏に逃げ回る。乾いた土が二人の追いかけっこで巻き上げられ、宙に舞った砂埃《すなぼこり》がぼくを襲う。全く、朝っぱらから……。

「はい、ストップストップ！　そこまで！　一旦深呼吸しよう！」

ぼくは二人を制止した。喜ばしいことかどうかはさておき、人を宥《なだ》める能力だけは日に日に磨かれている気がする。

同じ昇降口を使う一年生から三年生までの下級生たちは、誰も彼も好奇の目を二人の争いに向けていた。頼子はすぐに咳《せき》払いをして呼吸を整えたが、「また圭司と一年間同じクラスだなんてついてないわ……」と聞こえよがしに不満がる。そうなのだ。ぼくと圭司、それに頼子の三人は、またしても同じクラスになっていた。それを受けて圭司も「けっ、こっちの台詞《せりふ》だぜ」と応戦する。再び火花を散らす二人。いつでも間に割って入れるよう身構えるぼく。

四年生になったぼくらは、悲しいかな、何一つ変わっていない。

2

ただ、クラス内で圭司と衝突しているのは頼子だけではなかった。実際のところ、頼子と圭司は長い付き合いだし、喧嘩するのは仲がいい証拠ともいう。今更二人が深刻なトラブルを起こすことは心配していない。ぼくが懸念しているのは、この四月に帝都《ていと》小の編入試験を突破してきた転校生、竹内《たけうち》洋太郎《ようたろう》と圭司の関係性だった。小学四年生には見えない大柄な体格と鋭い目つき、および無口さで近寄りがたい空気を醸し出していた彼は、出席番号の関係で、あろうことか圭司の左隣の席になった。それも、教室の中央の列の最も後ろ、圭司と机をくっつける形で。

初めから、嫌な予感はあった。歩く暴言製造機圭司と、この少し頑固で気難しそうな転校生とがうまくやっていけるのだろうか、と。ただ、いかんせん転校生の方は寡黙なので、不和の火種となるような会話が交わされること自体が稀《まれ》で、圭司の一つ前の席のぼくが適宜間をとりもつことで穏便にやり過ごせていた。圭司の彼に対する認識は「無愛想でいけすかない奴《やつ》」という程度にとどまっており、わざわざ喧嘩を売りに行くほどではなかったようだ。

しかしとうとう決定的な軋轢《あつれき》が生まれてしまった。つい先週のことだ。

「おい。それ、ゴッドレンジャーのバッジじゃないか」

洋太郎の体操着入れにつけられたバッジに気づいた圭司が、休み時間に話しかけたのだ。『ゴッドレンジャー』は少し前から流行《はや》っている戦隊モノのテレビ番組で、ぼくらのクラスでも男子の半分くらいが熱狂している。社会現象といってもいいほどの人気により、関連商品は今や品薄状態。人の欲しがるものを欲しがるタイプである圭司も、ゴッドレンジャーのフィギュアやバッジ、各種グッズの収集に勤《いそ》しんでいた。

「ああ、まあな」と洋太郎は頷《うなず》いた。

「好きなのか？」

「バッジとかフィギュアは集めている。プラモデルを作るのも好きだ」

「へえ。にしてもそれ、かなりレアなやつだな。どれどれ、見せてみろ」と圭司が何気なく手を伸ばしたそのときだった。

「触るな！」

ドスの利いた声に、前の席のぼくも思わず振り返っていた。圭司はびくりとして手を引っ込めたが、自分に何が起こったかを理解するかのような不穏な沈黙の後、声を低くした。

「ああ？　今なんつった？」

「すまん、つい大きな声が出ちまった。いや、あまり人に物を触られたくなくてな。潔癖症みたいなところがあるんだよ。気を悪くしないでくれ」

嫌味のない素朴な口調で、「触るな」からのリカバリーとしてはまずまずなんじゃないかとぼくは人心地ついたが――これが圭司の逆鱗《げきりん》に触れていた。

「は？　何だよそれ。おれにバッジごときを触らせないなんて何様のつもりなんだ？」

分析するに、圭司の癇《かん》に障ったのは、触ることを拒まれた事実よりも、洋太郎が圭司の脅しに微塵《みじん》も臆することなく対応してのけたことそのものなのだろう。圭司はこのクラスの王だった。自分に従わず、恐れも見せない転校生が、彼には不気味で気に食わないものに思われたに違いない。

「ああ、悪かったって。そんなに怒らないでくれよ」

あくまで冷静な対応をする洋太郎に、圭司はさらに腸《はらわた》を煮えくり返らせる。圭司の人となりをわかった上でやっているのだから、洋太郎の方も屈しまいと躍起になっているといえばそうなのだ。結局手が出ることはなかったが、この日を境にして明らかに、二人の間に剣呑《けんのん》な空気が漂い始めた。これもぼくの推測だが、喧嘩に持ち込んだところでガタイのいい彼に勝てるという自信が持てないからこそ、圭司はなおさら不愉快に感じているのだろう。

そして二人の対立は、今日――つまり、この「触るな」事件の翌週にあたる火曜日、一つの事件で頂点に達することになる。


「見ろ、これ。ついに手に入れたぜ、ゴッドペガサス号のフィギュア！」

朝から校庭で頼子との小競り合いを演じた圭司は、教室に入るなり、持参していたミニチュアを取り出した。最新DVDのランダムな特典のうち、主人公の乗り物であるゴッドペガサス号はスーパーレアだとされていた。

「すげー、カッケー！」

圭司の席の周りでは、ゴッドレンジャーに熱中している男子たちが集まっては感激の声を上げていた。確かに〝スーパーレア〟なだけある。その広げた翼の精巧な作りや細部のリアリティある彫り込みは他のキャラクターのフィギュアよりも手が込んでいて、ため息が漏れるほどかっこいい。

「だろう?」と圭司は鼻を高くしている。「おっと、あんまり雑に扱うんじゃねえぞ。壊したら百万円払ってもらうからな」

触っていた男子は慌《あわ》ててフィギュアを圭司に返した。圭司のことだから、本気で百万円を請求してきかねない。

そこで圭司は、隣の席の洋太郎を見やった。それに合わせて彼が視線を外したのを、圭司は見逃さなかった。粘着質な笑みを浮かべて洋太郎の方へ向き直る。

「おまえも見たいんだろ、これ。それとも、もう持っているか?」

「持ってない」と洋太郎は抑えた声色で答えた。

「へっ、だろうな！　なんてったってスーパーレアだもんな。そのバッジなんかよりもずっと貴重だ」

圭司は洋太郎の机の左側のフックにかかっている体操着入れを指差した。

「……ちょっと、見せてくれ」

「えっ？　何か言ったか？」

「よかったら、ちょっとそれ、近くで見せ――」

「見るんじゃねえよ！」と圭司はフィギュアを引っ込めて机の中に仕舞った。「おまえなんかに見られたらゴッドペガサス号がかわいそうだ。残念だったな！」

先週の意趣返しのつもりだということは、誰の目にも明らかだった。転校生は悔しそうに顔を歪《ゆが》める。ぼくはいつでも仲裁する準備はできていたが、幸い彼は「じゃあ見なくていい」と言って、そっぽを向いた。圭司はわざとらしくけらけらと笑ったが、洋太郎はもう意に介さず前方を見つめている。

「やめなよ、圭司。そんな意地悪するの」

たまらずぼくは注意したが、圭司は構わず笑い転げていた。全く、このひねくれた性格はどうにかならないのか……。

そんな日に限って、一時間目の途中から降り出した雨の影響で二時間目の体育がなくなり、教室での自習となった。一触即発の二人が背後にいる状態では、ぼくも勉強に集中できやしない。三、四時間目は教室で道徳の授業だった。圭司に一番学んでほしい教科だというのに、彼は教科書の陰に隠して難解そうな高校数学の本を読んでいた。

雨はいつの間にか上がっていて、給食と掃除の時間の後、ぼくらは校庭に出た。地面は少し湿っているが、水たまりがあるほどではない。ぼくと圭司、忠正を中心にいつものメンバーでサッカーをした。昼休みはみんな教室の外に出て遊ぶことを推奨されているので、狭い校庭は鬼ごっこをする集団や縄跳びに励む児童たち、歓声を上げてドッジボールをする上級生らでごった返している。「活気」を絵に描いたようないつも通りの光景だ。

昼休み終了のチャイムが鳴ると、ぼくらは教室に戻った。サッカーをやっていた場所が昇降口の近くだったので、ぼくと圭司が着いたとき教室にはまだ誰もいなかった。「ああ、疲れた疲れた」とぼやきながら席に腰を下ろしたところで、圭司が叫んだ。

「ない！」

「えっ？」

「ないんだ、ゴッドペガサス号が！」

珍しく圭司が、本気で狼狽《うろた》えていた。机の中をまさぐるが、筆箱と何冊か教科書が出てくるだけ。他には何もなかった。

「本当に机の中に仕舞ったの？　ランドセルに仕舞ったってことはない？」

「いや、確実に机の中に入れっぱなしにしていた」

とは言いながらも、一応彼は教室の後ろの棚に入っている自分のランドセルをチェックし、また机の左側のフックから外れて床に落ちていた自分の体操着入れの中まで検《あらた》めた。しかし、見つからない。フィギュアは跡形もなく消え失《う》せていた。

「ちくしょう、どういうことだよ！」と悪態をつく圭司に、校庭から帰ってきたクラスメートたちは怖気《おじけ》付いたような視線を注ぐ。そこで彼は下方を指差した。「見ろ、有人。これ」

圭司が示す先、彼の席近くの床には、湿った土がまとまって落ちていた。この汚い校舎ではありふれた一コマだ。

「これがどうしたの？」

「いや、わからない。まだわからないが――」と圭司は頭を抱えた。「くそ、ゴッドペガサス号が勝手にいなくなるはずがない。となると誰かが、おれのフィギュアを盗んだんだ。この土が犯人の残したものだとすれば……」

「ちょっと待ってよ、話が飛躍しすぎじゃない？」

「いや、ゴッドペガサス号は盗まれた。それは間違いない。じゃあ誰がそんなことを——ああ」

思い当たったように彼は顔を上げた。彼の考えることが手に取るようにわかったのは、別にぼくらが双子だからというわけでもないだろう。

「洋太郎の奴だ。あいつがやったに違いない！　くそったれ、調子に乗りやがって！」

「ぼくが何をやったって？」

驚いて振り向くと、ドアのそばに、ちょうど校庭から戻ってきたところの洋太郎が立っていた。引け目を一切窺《うかが》わせない堂々たる立ち姿。てめえ、と圭司が拳を振り上げて彼に近づいて行き。

キーンコーンカーンコーン。

まるで停戦の合図のように五時間目の開始を告げるチャイムが鳴って、圭司の追及は一時中断となった。

3

「つまりおまえは何も知らないと、あくまでそう言い張るわけだな」

圭司は洋太郎に詰め寄った。彼は微動だにせず、「そうだ」と答える。五時間目が終わった後のことだった。

「わかった。じゃあおまえの持ち物、すべて検査させろ」

「それは断る。なんでぼくがそんな検査を受けなきゃいけないんだ。それを強制する権利は、おまえにはないだろ」

　もっともな拒絶ではあったが、本当に無実なら許可しても良さそうなものだ。単に意地を張っているだけなのか、あるいは本当に犯人が彼だから拒んでいるのか。圭司はあからさまにムッとした様子で、さらに語気を荒らげる。

「はあ？　おまえ以外誰が盗むんだ。やっていないって言うんだったら証明してみろよ」

「どっかに落としただけなんじゃないのか」と洋太郎は冷たく答えた。「とにかく、ぼくが自分で疑いを晴らす義務なんてない。そもそもぼくが盗んだと疑う理由がどこにもないんだからな。そっちこそ、ぼくがやったって言うんだったらそれを証明してからにしたらどうだ」

「てめえ、理由もクソも、先週から喧嘩売ってきて、今朝だって物欲しげにフィギュアを見ていたじゃねえかよ。おれに挑発されたからその腹いせか？」

「圭司」とぼくは激昂《げきこう》している彼を諭す。「さすがに理不尽だよ。それだけをもって盗んだって決めつけるなんて」

「まるで馬鹿だな」と洋太郎。

「今なんつった！」と手を振り上げる圭司をぼくは必死に押さえ込む。落ち着こう、一旦。そう耳元で訴えかけると、圭司も少しずつ冷静さを取り戻していった。それにしても近頃のぼくは、猛獣使いか何かか。

「……確かに、おまえの言うことにも一理ある」ようやく圭司は静かになった。「面白い。証明してみろって言うんだったら証明してやるさ。あまりおれを舐《な》めるなよ。吠え面《ほづら》かかせてやる」

　気迫漲《みなぎ》る圭司の台詞に、さすがの洋太郎も顔色を変えた。そうなのだ、喧嘩っ早くて口も悪い圭司だけれど、頭は抜群に切れる。小学生が相手を煙《けむ》に巻くための常套句《じょうとうく》である「証明してみろ」でさえ、圭司の前では実現可能なことに思えてくる。彼が本気を出せば、あるいは、事件は一瞬で——。

「早速だが、有人《あると》、事情聴取開始だ。犯行は昼休み——十三時から十三時半まで何をしていたか、クラスのみんなから聞き出してくれ」

はい、と身を縮ませる。巻き込まれるのはいつものことだった。

ぼくの懸命な調査活動の結果、クラスメートの昼休みにおける動向がかなりはっきりとわかってきた。

まず、ほとんどの人は掃除が終わるなり校庭に飛び出していて、三十分間の昼休みが終わるまで遊び続けていた。また、そのうちの大多数が同じメンバーでずっと固まっていたので、アリバイは完璧と言ってよい。

そんな概況の中で、特筆すべき例外が三人だけいた。

一人目は村井為朝《むらいためとも》だ。彼もまた今学年からの転入生で、教室でいつも本を読んでいるような物静かな児童だったので、まだほとんど言葉を交わしたことがなかった。彼は昼休みの時間も読書に費やすのが常で、今日は昼休みが始まると同時に図書室に行って、本を借りてきたらしい。その後、校庭の片隅にある木陰のベンチで読書に耽《ふけ》っていたのだという。

二人目は高橋祥子《たかはししょうこ》だ。比較的内気な子だが、今は席が隣なので喋《しゃべ》る機会も多かった。最近ませてきたところも含めて、雰囲気はどことなく桜に似ている。今日だってフリル付きのブラウスに白いスカートという大人びた出《い》で立《た》ちだった。まるで服屋のマネキンからそのまま取ってきたみたいに綺麗《きれい》な服だ。

そんな彼女は昼休みの開始時、校庭で一輪車をしていたらしい。しかし途中で縄跳びをしている集団につかまり、一緒にやろうと誘われる。今の時期は、夏の縄跳び大会に備えてほぼ全員がマイ縄跳びを用意しており、机の右側のフックに引っかけている。彼女は即座に教室に戻り自分の縄跳びを取ってきたのだという。これは、縄跳び集団の女子たちの証言で裏が取れていた。

そして最後、三人目が他ならぬ竹内洋太郎である。彼は昼休み中鉄棒をしたり途中からは縄跳びをしたりしていたそうだが、一度だけ校舎に戻っていた。彼いわく、給食で牛乳を飲みすぎたせいか急にお腹《なか》が痛くなって、トイレに駆け込んだのだそうだ。使ったのは、昇降口から入ってぼくらの教室の一つ奥にあるトイレ。この一時退出も、一緒に鉄棒をしていた人たちの証言から確かめられていた。逆に言えば、周りの人にも知られていたから隠し通すわけにはいかなかったということだが……。

とりあえず、目立った動きをしたこの三人が、圭司の元に集められた。校舎内で何をしたかの部分は、各自の証言にしか依《よ》っていない。おおよそ同じ時刻に校舎にいた彼らの詳しい話を擦《す》り合わせ、真相を浮き彫りにしようという魂胆だろう。


「じゃあまず、為朝。おまえの昼休みの行動を細かく話してくれ。時刻や、誰かとすれ違わなかったかまで、よく思い出してな。図書室を出たところからでいい」

「わかった。図書室で本を三冊借りて、出たのが、そうだな——昼休みが始まってちょうど十分くらいのときだった。そこから教室には戻らず、本を抱えたまま昇降口へ行き、下駄箱に上履きを仕舞《しま》って、運動靴を取り出した。そのとき誰か知っている人にすれ違ったりしたかは——ごめん、正直覚えていないや。考え事をしていたから、あんまり周りに注意を払ってなかったかも。でも、ぼくの下駄箱は一番校庭に近い側だし、そこにいるタイミングで校舎に戻ってきた人がいたら、さすがに気づくと思うな。外に出た後は、校庭の隅の休憩スペースまで行って、ベンチでずっと本を読んでいた。意外とそういう人って多いんだ」

「そうか。とにかく、この二人を見た記憶はないと」

「うん」

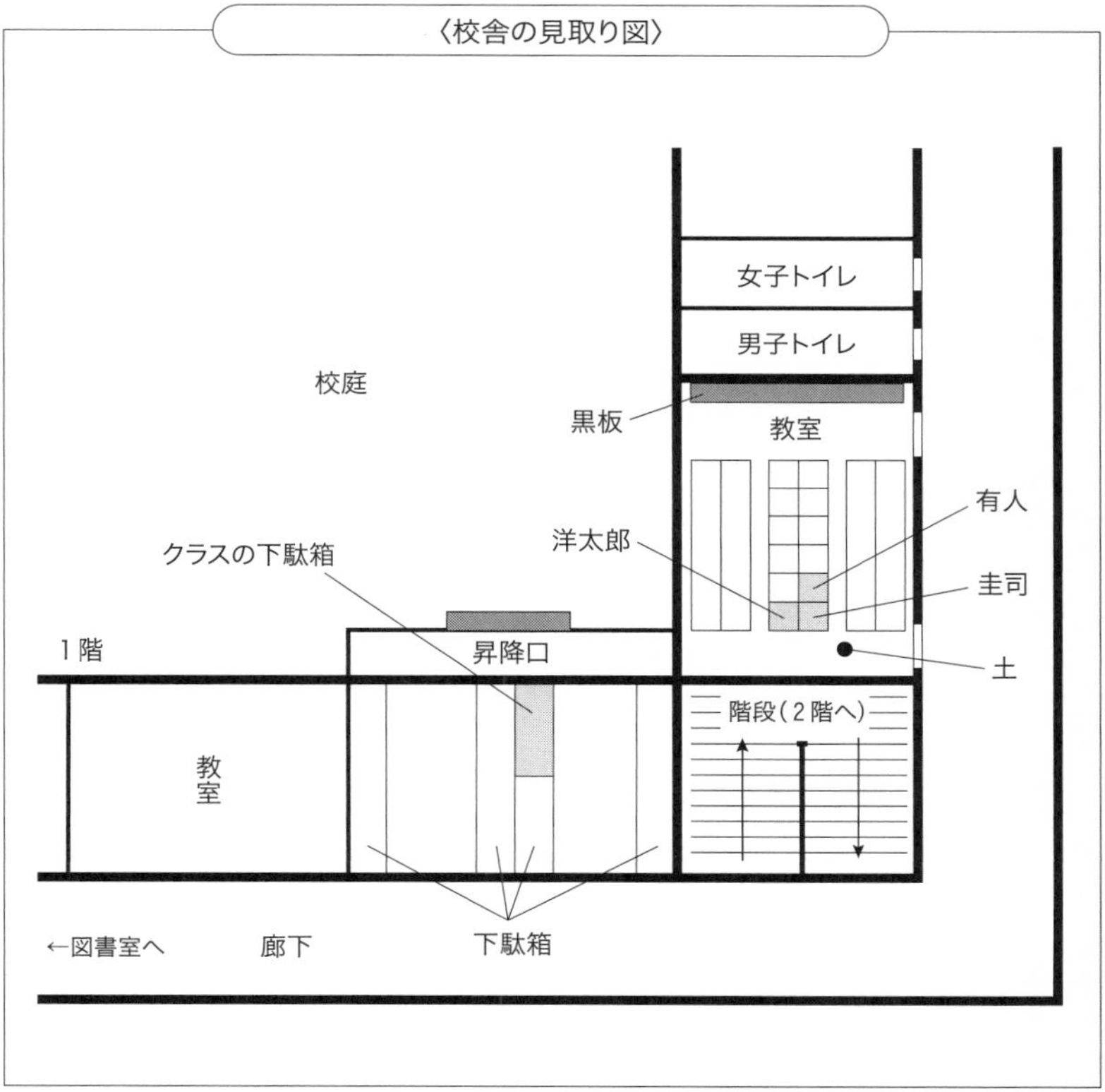
〈校舎の見取り図〉
女子トイレ
男子トイレ
校庭
黒板
教室
有人
洋太郎
クラスの下駄箱
圭司
1階
昇降口
土
階段（2階へ）
教室
←図書室へ
廊下
下駄箱

「他に何か気づいたことは？」

「ないや、ごめん……」

「了解だ」と圭司は頷き、祥子に向き直った。「じゃあ次に、祥子。おまえが校舎に戻ったときのことを詳しく話してくれ」

「えーっと、詳しくっていっても、ちゃんと覚えているかな……。時間は、昼休みが始まって十分も経《た》ってないくらいで、校舎に入って、真っ直《す》ぐに教室に向かったよ。そのとき誰かとすれ違ったかは……うーん、覚えてないな。それから、机にかけていた縄跳びを取って、教室を出た」

「おれの机には触れてないだろうな？」と圭司が凄《すご》む。

「え？　も、もちろん。ゴッドレンジャーなんて興味ないし……」

「わかった。じゃあその後、洋太郎には会ったか？　校舎にいたのはおよそ同じくらいの時間帯だったはずだが」

「えっと――、あ、言われてみれば、会ったわ。ちょうどトイレから出てくるところだったから一緒に昇降口のところまで行ったよ。その後のことは知らない」

「なるほど。そのとき洋太郎は手に何か――例えばおれのフィギュアなんかを持っていたりはしなかったか？」

「えっ？　い、いや、何も持ってなかったよ」

「そうか、残念だ」

　誘導尋問さながらの圭司の質問が終わると、追及の手は最後の証人、洋太郎その人に伸びた。

「ぼくは鉄棒で遊んでいたんだが、急にお腹が痛くなったから急いで校舎に入った。昼休みが始まって七、八分くらいだったと思う。使ったのは昇降口から入って左手、ぼくらの教室の奥にある一階の男子トイレだ。数分かけて用を足すと、トイレから出た。そこで、ちょうど教室から出てきた祥子ちゃんに会ったから、一緒に下駄箱のところまで行って、外に出た。それからはずっと鉄棒や縄跳びをしていた」

「校舎にはもう戻っていないんだな?」

圭司が念を押した。祥子と昇降口で別れてから、すぐに仲間と合流はせず、Uターンして教室に戻った可能性を疑っているらしい。

「もちろんだ。これは信じてもらうしかないが」

圭司の睨《にら》む通り洋太郎が犯人だとするならば、今の話のどこかに嘘《うそ》があったことになる。しかし、わずかこれだけの情報からまやかしを見破って、盗みを証明するなんて可能なのだろうか?「行動の謎」というようなぼく好みの要素がない以上、どこから手をつけていいのかさっぱりわからない。

ただ——何か違和感があった。些細《ささい》なことかもしれない。だが、彼らの話の中の何かが、喉《のど》に刺さった魚の小骨のように引っかかっている。それが具体的に何なのかはっきりしないのがもどかしい。

「土だ……」と圭司がぶつぶつ呟《つぶや》きながら歩き始めた。「やっぱり土が問題なんだ……」

「土? さっき圭司が見つけたやつ? でもあんなの事件に関係あるかどうかさえわかんないじゃん。こんな汚れた校舎なんだし」

「おまえの頭は空っぽなのか。昼休み前には掃除があるだろう?」圭司は後方のドアのすぐ前にある、箒《ほうき》が飛び出している掃除道具入れを見やって指摘した。「それ以前に落ちたものなら当然ちりとりで回収されているはずだろ。この量だ、服についていたのを軽く払ったっていうレベルじゃないし、見逃されるはずがない。現にこの一箇所を除けば他には埃一つ落ちていない」

彼の言う通りだった。このクラスでは、教室の席の縦一列分、六人が一つの班となり、教室、手洗い場、トイレ、下駄箱などの掃除を割り当てられていた。全六班のうち、例えば第四班は出席番号が十九から二十四までの六人から構成され、圭司とぼくが属している。今週の担当場所は下駄箱で、ぼくらのクラスが使うエリア、縦四マス×横九マスを乾拭《からぶ》きして綺麗にするのが仕事だった。一方教室掃除を担当する班では、まず机を前に移動して教室後方の雑巾掛けとゴミ集め、次に机を後ろに移動して教室前方の雑巾掛けとゴミ集め、最後に机を元の場所に戻し、先生のチェックを経て終了、というのが大まかな流れだ。一番乗りで教室に戻ってきたぼくらが床にあの量の土を発見するというのは、言われてみると、普通のことではなかったのである。

「ん、待って。掃除があったってことは、その間に盗まれたって可能性もあるんじゃ」

「いや、ない。ちゃんと掃除後に教室に戻って、フィギュアがあることを確認している。盗まれたのはその後だ」

「そんなに大事なら校庭に持っていけば――」

「あんな繊細なものをポケットに入れて、全力でサッカーができるかよ!」

確かに、それはもっともだ。それに、基本的に人を疑ってかかる圭司でも、まさかフィギュアを盗むほどの悪人がクラスに潜《ひそ》んでいるとは想定していなかったのだろう。

「――しかし、そうは言っても土ってそんなに重要かな。みんなの上履きにもついてるものじゃん。特にうちの学校は下駄箱があれだし……」

あれ、というのは下駄箱に靴を入れる場所が一箇所しかないことを指していた。大抵は上履きと運動靴を入れる場所が上下二段で別々になっているものだが、ぼくらの使う昇降口の下駄箱だけは、買い替えるタイミングがなかったのか一緒になっている。校舎内に土が多いのも半分はこのせいなのに、とぼくは密《ひそ》かに不満に思っていた。

「それは確かにな。でも、他に手がかりが」

そこで言葉が切れ――。

圭司がはたと立ち止まった。

目を静かに瞑《つぶ》り、わずかな沈黙の後、きっと見開く。

「それだ、有人」と興奮気味に言った。「簡単なことだったんだ」

「えっ？　どういうこと？」

目を白黒させるぼくにそれ以上のヒントを与えず、彼は洋太郎の方へずかずかと歩を進めた。怯《ひる》む洋太郎の目の前で満面の笑みを浮かべ、言い放つ。

「おまえが犯人だ、竹内洋太郎。お望み通り証明してやるよ」

4

「さて、と。昼休みが始まる前にはあったおれのゴッドペガサス号のフィギュアが、昼休みが終わった後には忽然《こつぜん》と消え失せていた。一体誰が盗《と》ったのか――この謎を解く上で特に留意したい点が二つある。一つ目は、おれの席の近くの床に落ちていた土だ。ほら、ここにあるだろう？　この土の由来を掘り下げるところが、初めの一歩だった」

「土？　そんなものが事件に関係あるのか？」

「ああ、あるさ」

そう言って圭司は先ほどぼくに話した内容を繰り返した。掃除があった以上、土が昼休みよりも前から落ちていたというのはありえないということ。また、ぼくらが教室に戻ってきたときには既《すで》にあったので、昼休み後に誰かが落としたものでもないということ。

「これでわかっただろう？　たかが土、されど土だ。土は昼休み中、何者かによって持ち込まれた。もちろんそいつが犯人だという保証はないが、事件に関係ないなんて切り捨てるのは馬鹿のすることだ。

続けて、二つ目の引っかかる点を挙げよう。それは、落ちていたおれの体操着入れ、さ」

えっ？　完全に眼中になかったものがいきなり視界のど真ん中に現れた感覚だ。落ちていた体操着入れ――確かに昼休み後教室に戻って来たとき、圭司の体操着入れはいつもかけている机の左側のフックから外れ、洋太郎の机の下に転がっていた。しかし、何かの拍子でフックから落ちたのがそのままにされていただけ、という常識的な解釈ではいけないのか？

「これもさっきと同様だ。昼休みの直前に教室の清掃が行われる際、おれたちの机は教室の前へ後ろへと移動させられる。仮に掃除以前にフックから外れて落ちていたとしても、運ぶ人はそれを拾ってフックにかけないことには移動できない。床を雑巾掛けしないといけない以上、落ちていた場所に放置するわけにはいかないだろ？　最後に机を元の位置に戻すときも、運び手は体操着入れをフックにかけて、あるいは机の上に載せて移動させるはずだ。運んでいる最中や運び終えたタイミングで落としたらすぐに気がついて拾うし、最後列にあるおれの机を元に戻した時点で、先生のチェックを経て掃除はおしまいになる。したがって、元々の状態がどうであれ、掃除が済んだ瞬間におれの体操着入れが床に落ちているという蓋然性《がいぜんせい》は相当低い。また、おれの席の左側は通路になっていないから、誰かが通って落としたということもない。だが、現に昼休みが終わった時点でおれの体操着入れは床に落ちていた。これは、体操着入れが何者かによって『昼休み中に』フックから外されたのだと解釈できる」

なるほど……。一分《いちぶ》の隙《すき》もない演繹《えんえき》とはいかないまでも、可能性の問題としては十分納得できる。

それに、この体操着入れが他でもないクラスの王、圭司のものであるという事実も、重要なファクターだ。落とした人が圭司の怒り顔を思い浮かべた上で、面倒だからそのままでいいやと放っておくというのは、心理的に考えづらい。

「まとめよう。床に落ちた土とフックから外れた体操着入れ。この二つの現象が昼休み中に生じた原因を探ることが、事件解決への鍵というわけさ。まずはより重要な、土の方について検討しよう。あの土は、一体どこからやってきたのか」

「ちょっといいか、圭司君。さっきから土が大事だとかなんとか言っているが、答えは明らかじゃないのか？　昼休み中教室に入ったのは祥子ちゃんだけなんだろ？　だったら祥子ちゃんの上履きについていた土が落ちただけってことで何の問題もないじゃないか」

「ふんっ……」待ったをかけた洋太郎に対し、圭司は鼻から息を漏らした。「問題大ありさ。彼女の上履きに一体いつ土がついたっていうんだ？　そこに落ちている土は湿っている。今朝校庭は砂埃が舞うほどに乾いていて、雨が降り出したのは授業が始まってからだ。するとその土は、今日雨が止《や》んでから初めて外に出たとき——つまり昼休みについたものだってことになる。ところが校庭から帰ってきた彼女が下駄箱で靴と上履きを取り替えるだけでは、上履きに校庭の土がつくことはない。昼休みに校庭から連れて帰った土が上履きにつくタイミングなど、どこにも存在しないってことさ。おまけに、昼休み前にはおれたちが下駄箱の掃除をしている。上履きは綺麗な状態にあった——仮に乾いた土がついていたとしてもそれは少量だったはずだ。だからこの土が祥子の上履きから落ちたものだとは考えられない。

　また、祥子は今、新品同様のブラウスとスカートを着ている。汚れがついた形跡が見られない以上、例えば校庭で派手に転んで服に土が大量につき、どういうわけかこの場所で払った、みたいな仮説は否定して構わないだろう。以上の推論から、この土を落としたのは縄跳びを取りに来た祥子ではありえない」

「じゃあどうなるっていうんだ。他に誰かが教室に入っていたっていうのか」

「しかしそうだとしても、今と全く同じ理屈で、校庭の湿った土が運ばれてくることは考えづらい。では逆に、どういう条件を満たす人物が教室を訪れれば上履きから土は落とされるのかを考えよう。

おれたちが使っている下駄箱の特性を考慮すればそう難しいことじゃない。校庭に出た後、一度校舎に戻って運動靴を下駄箱に仕舞い、再び校庭に出るべく上履きを下駄箱に仕舞う。その上でもう一度校舎に戻って、下駄箱の中で土がたくさんついた上履きを履き、その足で教室に向かえばここに土が落とされてもおかしくはない。つまり、昼休み中に二回以上校舎に戻った人物がこの土の発生源であり、それを隠している以上、フィギュアを盗んだ犯人でもある、ということさ」

　なるほど。運動靴についた土は一度下駄箱を経由して上履きにつくしかないが、それには二回の出入りが必須というわけか。言われてみれば当たり前の筋道ではあるが、ぼくはそんなことさえ深く考えるのを放棄していた。

「ただ奇妙なのは、何故《なぜ》犯人が二回も校舎に出入りしたのか、ということだな。おれのフィギュアが目的なら一回教室に入れば事足りる。どうしてわざわざ入り直したのか——だがおれは、入り直すだけの理由を持っていた人物を、一人だけ知っている。正確にいえば、入り直さざるをえなかった人物を、な。

　竹内洋太郎。おまえはおれのフィギュアを狙って校舎に入った。まずトイレに向かったのは本当に用を足したかったからなのか、あるいは教室に入ろうとしたところで為朝か祥子の姿に気づき、慌てて偽装として使ったからなのか、それはわからない。とにかく、もう大丈夫だろうとトイレから出て教室に向かおうとしたところで、ばったり教室から出てくる祥子に出会《でくわ》してしまったんだ。用もないのにその状態から教室に寄るのは不自然だし、あとで証言されると困る。仕方なく校舎を出るところまでは一緒に行き、祥子と別れてから再び校舎に戻って教室へ急いだんだろ？　そしておれの机からフィギュアを盗んで、犯行を成し遂げたってわけさ。違うか？」

　洋太郎は答えない。じっと俯《うつむ》いている。

「さらにここで二つ目の疑問点に繋《つな》がってくる。何故おれの体操着入れは落ちていたのか。おれの机の左側のフック、そのすぐ隣にあるものといえばおまえの机の右側のフックだ。そこには他と同様、縄跳びがかかっている。おまえはおれのフィギュアを盗むとき、ついでに自分の縄跳びも持って行くことにしたんだ。その際、手が触れておれの体操着入れがフックから外れてしまったんだろう」

「何のために？」とぼくは条件反射的に質問をしている。「何でそんなときに縄跳びが必要になるの？」

「カモフラージュのためさ。一回目の侵入で散々妨害にあった洋太郎は、今回も教室を出るときなどに誰かに目撃される可能性を危惧《きぐ》した。そのとき『縄跳びを取りに行っていただけだよ』と誤魔化《ごまか》せるよう、保険として縄跳びを持って行くことにしたのさ。実際おまえは、昼休みの後半は縄跳びもしたと言っている。てっきり最初から持っていたものだと思っていたが、このとき入手したものと考えても辻褄《つじつま》は合う。

どうだ、洋太郎。すべての手がかりがおまえを犯人だと示している。言い逃れはできない」

洋太郎は視線を落とし、苦しげな表情をしていた。もう諦《あきら》めて自白すべきか否か逡巡《しゅんじゅん》しているように、ぼくの目には映る。

やれやれ、と圭司は両肩を上げ、とどめを刺しにかかった。

「往生際が悪いな。実は、おまえがゴッドペガサス号をどこに隠しているか、おれには既に見当がついているんだよ。さっき持ち物検査を拒んだことから単純にランドセルや体操着入れの中に隠しているのかとも思われたが、そうじゃないな。おまえは五時間目が始まる直前まで教室に戻ってこなかった。ランドセル等に隠したのなら、おまえが帰ってくる前に、犯人がおまえだと当たりをつけたおれが勝手に荷物を漁《あさ》って見つけ出してしまう恐れが少なからずある。そうでなくとも、盗んだ品を教室に残したのなら、早く帰って目の届く場所に入れたいと思うのが犯罪者心理だろう。にもかかわらず、おまえの言動には余裕があった。それは、フィギュアを教室に隠したわけではないからさ。

では、ポケット等に入れて携帯していたのか。だがこれは考えづらい。ゴッドペガサス号は精巧に作られている。ちょっとでも力を加えたら翼が折れてしまいそうなくらいだ。そんなものをポケットに入れて、鉄棒や縄跳びのような激しい運動ができるとは思えない。ゴッドレンジャーファンならなおさらだ。

教室に残したのでも、校庭に持って行ったのでもないとすると、もう答えは一つしかない。文字通り両者の中間地点に絶好の隠し場所がある。そう、下駄箱さ。校庭に出るときは上履きの中に、校舎に入るときは運動靴の中に、そのときどきで移し替えながら履き替えれば見つかる心配はまずない。家に帰るときに何食わぬ顔で運動靴から取り出してポケットに仕舞えば、奪取成功、という寸法だ。おまえが教室に戻ってくるのが遅かったのは、上履きから運動靴への移し替えを誰にも見られないよう、人がいなくなるのを待っていたからだろう。また、持ち物検査を拒否したのはダミーだ。あそこで『ああ、好きなだけ調べてみろ』なんてどっしりと構えていたら、隠し場所が別にあることを声高に主張しているようなもんだからな。

もっとも、今の推理に絶対の根拠はない。だが、おれはかなりの確かさで隠し場所が靴の中だと信じている。さあ、今下駄箱を調べれば一発だ。どうだ、自白する気になったか？　それとも下駄箱を見に行くのを許してもいいのか？」

洋太郎は答えない。開きかけた口を悔しげに震わせている。その反応にご満悦な様子の圭司は最後の仕上げにかかる。

「おまえはなかなか頑張った。それは認めよう。小学四年生のちっぽけな脳味噌《みそ》でよくもこれだけ先を見越して手を打ったもんだ。上出来だよ。だが、相手が悪かった。それだけさ。おまえじゃおれには勝てない。おれの頭脳には遠く及ばない。おれには逆らえない。いいか、おれに抗《あらが》おうだなんて百年早いんだよ。

さあ、罪を認めろ。おれのフィギュアを盗んだのはおまえ、そうだろう?」

そうか、と背筋が寒くなる。圭司は事件の解決を通じて、洋太郎の〝上〟に立とうとしている。超然として圭司に屈しなかった転校生に、洗脳よろしく自分の力を思い知らせようとしているのだ。すべてを掌握しないと気が済まない、生まれながらの帝王気質。それが麻坂圭司という人間だ。

洋太郎の唇の震えが止まった。観念したように頭《こうべ》を垂れ、ゆっくりと口を開く。

「圭司君、そうだ、ぼくが」

5

「ちょっと待って」

遮《さえぎ》ったのはぼくの声だった。

一斉に集まる視線を浴びて、ぼくは続ける。

「一つ、聞きたいことがあるんだ」

「ああっ?」圭司が怪訝《けげん》そうに顔を顰《しか》めた。「何だよ。おれの推理にケチをつけようっていうのか?」

ぼくは圭司の機嫌を損なわないよう、言葉を選びながら答える。

「三人の証言を聞いたときからずっと何かが引っかかっていたんだ。その正体が、今の圭司の話を聞いている途中で、ようやくわかった。この気づきがどんな意味を持つのか、そもそも本当に正しいのか、それはまだわからない。ただ、もしも正しかったら、圭司の推理は成り立たなくなると思う。だから、最後に確認したいんだ」

「どうせしょうもないことだろ。わかった、好きにしろ」

「ありがとう。ぼくが質問したいのは……為朝君、君にだよ」

えっ、ぼく？　というように為朝が目を見開いた。そう、君に、と頷く。

「君の話の中で一箇所再確認したい点がある。図書室を出てからの行動を、順を追って説明するとき、君は次のようなことを言ったよね。『下駄箱に上履きを仕舞って、運動靴を取り出した』と。これは本当なの？」

「え、そりゃ、もちろん」

「本当に順番はこれで正しかったの？」

ぼくの言葉を受け、圭司ははっとしたように息を呑《の》んだ。

やがて、忌々《いまいま》しそうに呟く。

「……そういうことかよ」

「えっ、どういうこと？」と当の為朝はぽかんとしている。

「いや、だからその順番はありえないんだ。おれたちの下駄箱には靴を入れる場所が一つしかない。必然的に、上履きを仕舞う前にまず運動靴を取り出さなきゃいけないのさ。おまえの言った順番は万に一つもありえない——だが、常識で考えたらただの言葉の綾、単に順番を間違えて言ってしまっただけだろう。よく思い出してくれ」

「あっ、そっか！　ちょっと待って……。今思い出してもその順番で出し入れした気はするんだけど——あのときは考え事していたし、いざそう言われたら自信はないかも……。っていうか、その順番がありえないんだったらぼくの記憶違いってことかな。わからない……」

「君はそのとき本を三冊抱えていたんだよね？」とぼくが助け船を出す。「そしたら、少なくとも片手は完全に塞《ふさ》がっていたはず。もし正しい順番で出し入れしたのなら、もう片方の手で一気に上履きと運動靴を入れ替えるという指先の器用さを要する作業をしたか、そうでなければ一度本を床に置く、ないしは運動靴を下に落としてから上履きを入れるという手間のかかる動作をしたはずだよ。いずれにしても、いつもと違う手順で出し入れしているわけだから、ぼーっとしていたとしてもそれは記憶に残っているんじゃないかな？」

「うーん、そんな変なことをした覚えはないよ。本を抱えたまま普通に片手で上履きを押し込んで、その後運動靴を取り出した……はずなんだけれど、えーっと、あれ？　それはありえないのか。どういうことだろ……」

そう、通常の状態だったら絶対にありえない。しかし、片手が塞がっていたことも加味すると、為朝の証言をただの記憶違いと切り捨てるには信憑性《しんぴょうせい》がありすぎる。ならば、下駄箱は通常の状態ではなかったと考えざるをえない――。

見ると、圭司は頭を抱え込んでいた。ただ、彼は決してぼくの突いた穴に絶望して匙《さじ》を投げたわけではない。彼のギラギラした眼光を目《ま》の当たりにすれば明白だった。圭司は、ぼくの指摘を踏まえた上で、瞬時に推理を再構築しようとしているのだ。

ぼくは――自力で行けるところまで行ってみよう。

「今の為朝君の証言に誤りはないと仮定して話を進めよう。こんな出し入れの仕方が可能になるのはどんな場合か。単純なことだよ。為朝君の真上か真下の靴入れが空だったらいいんだ。それなら、うっかり上履きをそこに入れてしまうことも十分ありうると思う。普通の下駄箱はそういう構造になっていて、転入生の為朝君にはそっちの方式の方が馴染《なじ》み深いだろうからね。心ここにあらずのときならなおのこと、間違えてしまっても無理はない。付け加えると、一般的な下駄箱では上履きに泥がつかないようにするため、運動靴の上に上履きを入れる作りになっている。よって、真下ではなく真上の下駄箱が空いていた可能性の方がずっと高いだろう」

「『上の空《うわそら》』かつ『上が空《うえから》』だったわけだ」と圭司はにやついた。

「そうだね。ただ、この仮説には無視できない問題点が一つある。仮定した〝空の靴入れ〟なんて、通常はどこにも出現しないんだよ。主《あるじ》が校庭に出ていようが校舎内にいようが、たとえ学校を休んでいたとしても、下駄箱には上履きと外履きのいずれか一つが必ずあるはずだ。例外は週末や夏休みに上履きを持ち帰るときとか、そもそも初めから使い手がいない場合とかだけれど、今はどちらにも当てはまらない。今日は学期中の火曜日だし、ぼくらの使う四×九マスは三十六人のクラスメートで全部埋まっているからね。

じゃあ、なんであの瞬間空の靴入れが存在していたんだろう。実は、例外がもう一個ある。下駄箱を普通ではない、しかし極めて人間的かつ日常的なやり方で使えば、簡単に下駄箱が空になるという状況は生まれるんだ。すなわち、すぐ戻ってくることを前提に校舎内に入ることを強いられた人物が、運動靴を靴入れに仕舞わず昇降口で脱ぎ捨て、かつ上履きを履いて校舎に入った場合だよ。そしたら、その人が戻ってくるまでのわずかな間、下駄箱は空っぽになる。まさにこのタイミングで為朝君が昇降口を使ったのなら辻褄は合うよね。

そして都合のいいことに、この時間に条件を満たす候補者が二人いる。言うまでもなく、為朝君が校庭に出る直前に校舎に入った洋太郎君と祥子ちゃんだよ。ところで為朝君、君の出席番号はいくつだっけ？」

「二十七だろ」と代わりに圭司が答えた。「おまえの下駄箱は一番校庭に近い側、つまり一番右側の列にあるとのことだった。下駄箱は横の列に九人分入るから、出席番号は九の倍数でないといけない。その上で、『村井為朝』は出席番号二十四の『麻坂圭司』よりも後ろだから、九と十八は消える。そして、このクラスに『山口頼子』という為朝よりも後の奴がいる以上、最後の三十六番というのはありえない。消去法により二十七しかない」

「そうだよね」とぼくは頷いた。実は、教室の席を覚えていたのでぼくもわかっていた。「そしたら、為朝君の真上の靴入れは誰のものだろう。九を引くと、十八。席順から考えて、ちょうど圭司の左隣。

そう、洋太郎君、あの瞬間空だったのは君の下駄箱なんだね」

ドンピシャだった。洋太郎がトイレに向かったとき、彼は急いでいたため運動靴を脱ぎ捨てていったのである。ただ、潔癖症のきらいがある彼は靴下でトイレに踏み入るわけにはいかなかったから、上履きはちゃんと履いた。至って自然な行動である。

ただ……この意味するところは何なのか。洋太郎は本当に急な腹痛に襲われトイレに駆け込んだだけの善良な一児童なのか？　一つ確かに言えるのは、校舎に出入りするときは運動靴をきちんと下駄箱に仕舞うものだという一見当たり前のことを前提にした圭司の推理が、根底から崩れ去ったということである。一回目に入るとき運動靴を下駄箱に仕舞っていなかったのなら、二回目も上履きに土がつくことはない。圭司の書いたシナリオは完全に破綻《はたん》した。

だが、洋太郎が犯人でないのなら、教室に土を落とし、圭司の体操着入れをフックから外したのは何者なのか。すべては振り出しに戻ってしまった。

「そうだ。ぼくは確かに、靴を脱ぎ捨てて校舎に入った。だから、さっきの圭司君の推理は一から十まで間違っている」

洋太郎は自信を取り戻したように、力強く言い放つ。

ぼくは、まずいと思って圭司を見た。真正面から否定された彼が逆上するのではないかと危ぶんだのだ。しかし彼は、ぼくの予想に反して、不気味なくらいに落ち着いた表情をしていた。

「悪かった、洋太郎。おれは間違っていた。一つ言い訳をさせてもらうなら、今日のおれの過ちの原因は、初めからおまえが犯人だと決めてかかっていたことだ。おまえがおれのフィギュアを盗んだ、その命題を証明するのに執心したあまり、有人でさえ気づくような簡単な手がかりを見落としてしまった。だが、やっと目が覚めた。おれの目的は、断じて、犯人がおまえだと示す理屈を組み立てるなんてくだらないことじゃない。真実を知ることだけさ。

そして今なら、この教室で何が起こったかを完璧に説明できる。洋太郎、おまえは犯人じゃなかった。真犯人は高橋祥子、おまえだろ?」

えっ、とぼくは思わず声を出していた。あまりに唐突な告発だった。

祥子がフィギュアを盗んだ犯人? そんな馬鹿な。彼女はゴッドレンジャーになんて興味がないはずだ。動機がない。——ただ、圭司なら、動機なんてものは度外視して推論を進めている可能性があるが。

祥子は反応しなかった。ただ、不安そうな目で圭司の次の言葉を待っている。

「今一度事件を整理しよう。解決すべき点は変わらず二つだ。昼休み中に床に落とされた土と、おれの体操着入れ。上履きを経由して土が教室に運ばれるためには校舎に最低二度出入りする必要があるが、そうするだけの理由を持つ唯一の人物だった洋太郎は運動靴を脱ぎ捨てて入ったから、このロジックが通用しない。では、土は一体どこから降って湧いたのか。

犯人がいなくなってしまった以上、おれの推理のどこかに穴があったことになる。詰めが甘かった点があったとすれば、それはさっきの有人の指摘で明らかになったように、『校舎内の出入り』と『上履きと外履きの交換』、これらを切り離すことのできないものと見なしていたところだろう。実際には、校舎内に出入りするために必ずしも上履きと外履きを交換する必要はない。それどころか、昼休み中に一時的に教室に戻って用事を済ませるという場合なら、生真面目に正規の手続きを踏んで校舎に出入りする方が不自然かもしれない。この着眼が示唆するもの、それは〝上履きを経由せず〟土が持ち込まれた可能性だ。

おれがまず考えたのは、犯人が土足で教室に入った場合さ。靴を脱ぐのが面倒でつい、というのはありえない話でもない。ただ、フィギュアを盗もうとする犯人がそこまで急いでいたというのはリアリティがないし、おれの席の近く以外には土は落ちていなかった。土足で入ったのなら廊下の時点で大半の土が振るい落とされるだろう。あそこだけに大量に土が落ちるというのはいただけない。

そこでおれは折衷案を——再び、文字通り中間だ——採用することにした。つまり、犯人が運動靴を片方だけ履いたままにし、もう片方は裸足もしくは上履きの状態になって、運動靴を履いてない方の足でけんけん歩きをしながら教室に向かったのだとしたら？　忘れ物に気づいて家に取りに帰るときなんかに、靴をどっちも脱いでまた履き直すのは億劫《おっくう》だからついついやってしまうあれさ。教室はすぐそこだし、大いに現実味のある想定だろう。そしてこの仮定の下で話を進めてみると、興味深い解釈が成立する。

普通に歩いていたのならそうそうバランスを崩して転んだり机にぶつかったりすることはない。だが、片足を地面についてはいけないけんけんの状態だったらどうだ？　例えばドアの前の掃除道具入れから突き出ている箒につまずいて、バランスを崩す。だが、片足立ちの状態だからすぐに立て直すことができず、ぴょんぴょんと跳ねておれの席まで進み、激突する。この反動でおれの机が倒れ、フックから体操着入れが外れるとともに、床に両足をついたことで靴に付着していた校庭の土が取れて、床を汚したのさ」

はっと息を呑むのはぼくの番だった。今圭司の提示した光景が、ぼくの頭の中で映像として鮮明に再生される。片足跳びでバランスを失った誰かが思いっきり衝突し、ガッシャーンと音を立てて倒れる机。落ちていた体操着入れと土は、同じ一つのハプニングの帰結だったのか。

「そして、机の中から飛び出たゴッドペガサス号は机か犯人の下敷きになった。そうでなくても、あんな繊細な作りのフィギュアが衝撃を受けたら、翼の部分はタダではすまない。このときゴッドペガサスの翼は折れたのさ。そこで犯人は、今朝おれが、『フィギュアを壊したら百万円払え』と脅していたことを思い出した。それを真《ま》に受けたわけじゃあないだろうが、素直に謝っておれに怒りの矛先を向けられるよりも、フィギュアを盗み去り、なくなったことにした方が身のためだと考えたんだろう。これで、フィギュアに興味がなくても盗むだけの動機ができた。

以上から、犯人は急ぎの用ができて教室に入った人物だ。該当者は一人しかいない。祥子、おまえが犯人さ」

圭司は今度こそ、自信満々に断定した。

少しの間、教室に沈黙が流れる。

だがやがて、祥子の大きな瞳が涙で潤み始めた。

「……ごめん、圭司君」ぐすん、と洟《はな》を啜《すす》る。「そう、わたしがやったの」

「ふん、やっぱりな」と圭司。「さっさと返せよ、くだらないことしや……」

「違う、やったのはぼくなんだ！」

大声で割り込んだのは洋太郎だった。ぼくは面食らって彼の顔をまじまじと見る。彼は真剣な面持ちのまま、言い直した。

「――ぼくがやったも、同然なんだ」

「どういうことだ？」と圭司が目を鋭くする。

「トイレから出たところで教室の中から机が倒れる音がした。驚いて中を見ると、圭司君の机が倒れていて、祥子ちゃんが近くで尻餅をついていた。床に転がるのは既に翼の欠けたゴッドペガサス号。ぼくは机を立て直すのを手伝うと、フィギュアをどうするか祥子ちゃんと相談した。祥子ちゃんは正直に話して圭司に謝るしかないと言ったけれど、ぼくはそれに反対だった。圭司君の過剰な怒りが祥子ちゃんに向くのはかわいそうだったんだ。そこで提案した。ぼくには、プラモデルを作る技術がある。家には、修繕のための道具も揃《そろ》っている。だからフィギュアを一回持ち帰って完璧に直し、明日《あした》適当な場所に置いておいて知らんぷりを決め込むのが一番いいんじゃないかって。祥子ちゃんは納得してくれた。だからぼくはフィギュアを預かった。隠し場所はさっき言われた通り、ぼくの下駄箱の中だ。余計なことは言うまいと黙っていたけれど、フィギュアを下駄箱に仕舞うとき為朝君の上履きが間違ってぼくのところに入っていたのに気づいたから、下手《へた》に探されてフィギュアを見つけられても困るし、ちゃんと名前を確かめて正しい場所に戻しておいたんだ。

とにかく、本当にすまない、圭司君。こんな大ごとになるとは思わなかったんだ」

なるほど、と圭司は唸《うな》り、腕を組んだ。「おれがそんな不運な事故でフィギュアを壊されたからって怒るような奴だと思ったか？」

「それは、思うでしょ」

反射的に答えたぼくは圭司にげんこつを見舞われる。

「でも、悪いのはわたしなの。靴を脱ぐ手間さえ惜しまなかったらこんな大変なことにはならなかったのに」

「けんけんをするにはかなりの距離だけれど、意外とものぐさな性格なんだね」とぼく。

「新しく買った紐靴にまだ慣れてなくて、両足とも脱いでまた蝶々《ちょうちょ》結びをやり直すのがどうしても面倒だったの」

やっぱり、背伸びなんてするものではないみたいだ。

「とにかく、だ」圭司はぶっきらぼうに言った。「早くゴッドペガサス号を返してくれ。どういう状態なのかチェックしたい」

「わかった」

洋太郎は小走りで教室を出た。その間、ぼくは今の圭司の推理を再検討する。確かに事態を矛盾なく説明できる解釈だったし、説得力もあった。一方で、それが現実に起こったという確たる証拠は欠いていた気がする。それに、教室で起きたと思われるハプニングを仮に認めたとしても、祥子がその転んだ張本人であると限定するには多少の飛躍があるのではないだろうか。おそらく圭司もそのあたりの決め手のなさは自覚していて、だからこそ、自信ありげに推理を開陳することで自白を引き出し、それを証拠に代えようとしていたに違いない。

だが、ぼくは一つ、圭司の推理を補強する傍証を見つけた。為朝が上履きを仕舞う場所を間違えた件だ。彼は、一つ上の洋太郎の下駄箱が空であったせいで惑わされた。しかし、いくら転入したてで動作が染み付いていなかったとはいえ、もし洋太郎のすぐ左隣の下駄箱である祥子の下駄箱に運動靴が入っていたら、その隣に上履きを入れようとは思わないのではないか。

けれど、もしあのとき祥子の下駄箱に上履きが入っていたというのなら、視界に入ったそれに無意識に倣《なら》い上履きを隣に入れたのだとも捉《とら》えられる。つまり、あの瞬間祥子は校舎内にいたにもかかわらず、彼女の下駄箱には上履きが残っていたということだ。これはとりもなおさず、彼女が洋太郎同様、「普通ではない」入り方をしていたことを意味するのではないか。

……まあ、今更考えても仕方のないことだけれど。

洋太郎が大切そうにゴッドペガサス号を持って戻ってくる。翼は先端の部分が綺麗に折れていた。だが、想像したよりもひどい破損じゃない。

圭司は険しい表情をしてそれを受け取った。裁きが下るのを待つ、重たい沈黙。

おもむろに顔を上げる圭司。

「……おまえ、これを直せるのか?」

ぼそりと呟いた。

「えっ? ああ」と洋太郎が驚いたように声を裏返す。「まあな、修理には慣れている」

「そうか。じゃあ、頼む」

あっけらかんとして圭司は言った。

「えっ？　ぼくでいいのか？」

「ああ、だが勝手にいじられるのは嫌だからおれに立ち会わせてくれ。そうだな、早い方がいい。今日、おまえの家に寄っていいか？」そこで圭司は少し照れ臭そうにはにかんで付け加えた。「おまえのコレクションも見たいしな」

洋太郎もつられて白い歯を見せる。二人が笑い合ったのはこれが初めてのような気がする。

「ああ、来ていいぞ」

「行ってやる」

二人は並んで歩き出した。遠ざかる二つの背中が廊下の角で消える。

安心したというか、拍子抜けしたというか。

それにしても、竹内洋太郎。さっき圭司に告発されたとき、彼は自分がやったと認める素振りを見せていた。祥子を庇《かば》い、圭司の怒りを受けて立つ覚悟があったということだ。随分と肝が据わっている——圭司との衝突がますます心配になるくらいに。

でも……意地っ張り同士、お互いを認め合って、案外仲良くやっていくのかもしれない。残されたぼくら三人は揃って目をぱちくりさせ、肩を竦《すく》め合った。

サンタクロースのいる世界

1

眠ってはいけない、絶対起きているんだ。今年こそ——。

重くなる瞼《まぶた》に、村井為朝《むらいためとも》は力を込めた。

目覚まし時計に視線を向ける。時刻は午後九時半を回ったところだった。ベッドに入って優に一時間は経過している。怒濤《どとう》のごとく押し寄せる睡魔に、意識を保つだけで精一杯だった。

去年は粘った末、九時頃に眠りに落ちてしまった。その前の年は、八時半。着実に、近づいてはいるのだ。サンタクロースに会うという、彼のかねてからの願いに。

為朝は、サンタに一目会って、ちゃんとお礼を言いたかった。サンタは毎年、枕元にプレゼントを置いていっては何も言わずに立ち去ってしまう。何かをしてもらったらありがとうと伝えなさい、というのが母の口癖だった。

今年、彼はテレビ番組『ゴッドレンジャー』のフィギュアを心の内で頼んでいた。小学四年生にもなって未だに戦隊モノに夢中だと知られるのが気恥ずかしく父には隠しているが、録画した『ゴッドレンジャー』を毎週見るのが、彼の密《ひそ》かな楽しみなのだった。ゴッドレンジャーたちが悪役を倒していく様は痛快で、それを見ている間はどんな嫌なことだって忘れられた。

時刻は十時に達しようとしている。熱願《ねつがん》とは裏腹に、まとわりつく眠気が彼の意識を奪っていくのを感じていた。窓の外に降る雪が霞《かす》み、「もうだめだ、眠ってしまう」と、妙にはっきりと自覚する。

まさにそのときのことだった。

部屋の外で物音がした。正確に言えば、そのような気がした。心臓が飛び跳ねる。為朝は自分の顔を強く叩《たた》くと、意識を集中させた。

再びがたごとと、ドアの側で音が聞こえた。聞き違いではなかった。無理やり目を見開いて、強引に自らを起こす。

だが、それっきり物音は途絶えた。何度も顔を叩き、十分、二十分と待つ。しまいには血の滲《にじ》むほど頬を引っ掻《か》いたが、もう音が聞こえることはなく、為朝はため息を一つついた。緊張が解けた反動で、箍《たが》が外れたように溢《あふ》れ出た極度の眠気が、彼を柔らかく包み込む。もはや限界だった。瞼から力が抜けていく。真っ暗な奈落に沈んでいくような感覚。ああ、今年も望みは叶《かな》わないのか――。

その刹那《せつな》、ふと気配を感じ、為朝は奥の壁の方を見た。

驚くべき光景がそこにあった。赤い服を着た太っちょの人影が、壁を貫通して彼の部屋に入ろうとしているではないか。やがて全身が壁を通過すると、彼の元に歩を進めてくる。背中には大きな袋、顔には溢れんばかりの白い髭《ひげ》。間違いなかった。サンタクロースがやってきたのだ!

サンタは大きな袋からプレゼントを取り出して、枕元に置く。不思議と彼の心は落ち着いていた。

自分のするべきことは一つだけだ。

「サンタさん」為朝は静かに呼びかける。「いつも、ありがとう」

するとサンタは、降りしきる雪を背に、にっこりと笑った。

よかった、お礼が言えた。母の言いつけも守れたのだ――為朝は温かい幸福感に満たされながら、壁をすり抜けて部屋を後にするサンタに、別れの言葉を囁《ささや》いたのだった。

吸い込まれそうなほどに黒い空から、止めどなく吐き出される白い礫《つぶて》たち。

家から一歩出たぼくは、街灯に照らされて煌《きら》めく雪の美しさに、しばらく呼吸をすることすら忘れてしまう。

「おーい圭司《けいじ》、何してるんだ？　もう行くぞ」

父さんが家の中に呼びかける。靴を履くのにでも手間取っているのか、「ちょっと待って！」と圭司は答えて、なかなか出てこない。父さんがしびれを切らしてドアを開けると、彼は父さんの腕の下を潜《くぐ》って外に出てきた。

「有人《あると》も、行くよ」

雪景色に見とれていたぼくに声をかけ、父さんは歩き出す。足の裏にざくりざくりと伝わる雪の感触を楽しみながら、ぼくらは小走りでついていった。

2

今日は待ちに待ったクリスマスイブ。誕生日と双璧《そうへき》をなす、全小学生にとっての大イベントだ。おまけに、今宵《こよい》は十年ぶりのホワイトクリスマスだと騒がれている。天気予報によると、夕方からちらつき出した雪は、朝方にかけて降り続けるのだそうだ。

もっとも、雪なんかはただの飾りにすぎない。ぼくがクリスマスを心待ちにする所以《ゆえん》はただ一つ、プレゼントをもらえるというところに尽きる。今年はサンタクロースにラジコンヘリコプターをお願いしている。一年中いい子にしていたのだから、きっと今年も来てくれるはずだ。

ぼくらがこれから向かうのは近所の教会だった。二年ほど前から、クリスマスイブにはミサに行くことが慣例になっている。別に父さんが敬虔《けいけん》なキリスト教徒だというわけではないが、聖歌の合唱をしたり、みんなでキャンドルを持ったりして夜更かしする非日常を、すっかり気に入ってしまったのだ。

それに、ぼくと圭司にとって、このミサはもう一つの意味を持っている。この二年間サンタは、ぼくらがミサで家を空けているタイミングでプレゼントを置いていくという粋な計らいをしているのだ。それまでは眠っている間にクリスマスツリーの下に届けてくれるのが常だったのに。今年もサンタが気を利かせてくれる保証はないとはいえ、期待は膨《ふく》らんでしまう。

ミサは午後九時から始まり、一時間半ほどでお開きになった。終始ぼくがそわそわしていたのは言うまでもない。圭司も、同じ様子だった。一時期サンタはいないだなんてひねくれた主張をしていた彼も、一昨年《おととし》と去年の件ですっかり改心したようだ。

教会を出る。そのとき初めて、雪が止《や》んでいたことを知った。雲が切れた東の空では、猫の目みたいな満月が冴《さ》えた輝きを放っている。降雪が止まってしまったのは残念だと感じたものの、家で待っているはずのラジコンヘリのことを考えれば些細《ささい》なことだった。

「早く帰ろう！　きっとサンタさんが来てる！」

たまらず駆け出すと、圭司が「おい待てよ！」と追いかけてくる。ぼくは楽しくなって、積もった雪に足を取られそうになりつつも家へ全力疾走した。

十分ほどで到着した。雪明かりが照らす玄関への小道には、ぼくらが家を出たときにつけた足跡はもう残っていなかった。ぼくら三人はまっさらな雪を踏みしめてドアへ走っていく。息が上がり、視界が白く煙《けむ》る。

ついに運命のドアの前まで来た。父さんがポケットから鍵を取り出す。激しい動悸《どうき》がしているのは、ダッシュしたせいだけではあるまい。さあ――。

「ちょっと待ったあ！」

父さんが鍵穴に鍵を差し込もうとしたまさにその瞬間、圭司が大声を上げた。

「何だ、圭司」と父さんは驚いて手を引っ込める。圭司は鷹揚《おうよう》な態度で続けた。

「悪いけど父さん、今からおれはサンタクロースの存在を否定したいと思う」

「はあ？」とぼくは聞き返した。何を言っているのだ、圭司は。

「幼稚園のときから、おれはサンタクロースなんていないものだと思っていたんだ。おれたちが眠っている間に父さんがこっそりプレゼントを置いているだけのことだってな。だから、二年前、初めてミサへ行った日は本当に驚いた。家を出るときにはプレゼントなんかなかったし、教会でも父さんはずっと隣にいたのに、プレゼントはけろりとした顔をして部屋に置かれていたんだからな。でも、だからといってサンタなんかを信じたりしなかったぜ。科学的に考えて、一晩で世界中の子供たちに贈り物を届けるなんてありえないだろう？」

「全く、圭司はませているな……」と父さんは困ったように笑う。

「そこでおれは考えたんだ。もし父さんに共犯者がいたのだとしたら、あの不可能状況に説明はつくって」

共犯者だなんて物騒な……殺人事件の話の聞きすぎだ。

しかし、圭司の口調は真剣そのものである。

「つまりこういうことさ。父さんは誰かに、おれたちがミサに行っている隙《すき》にプレゼントを置くように頼んだんだ。裏の窓の鍵でも開けておけば共犯者はそこから出入りできる。それが一昨年おれが辿《たど》り着いた仮説だった。そこで去年は、家を出る前に戸締まりを念入りに確かめ、満を持してミサに向かったんだ。ところが、プレゼントは前の年と変わらずあったし、窓にもドアにも鍵はかかったままだった。おれは頭を抱えたさ。だけど、おれももう子供じゃない。やっと父さんの使った方法がわかったんだよ」

圭司は得意満面で言い放つ。

「合鍵だろ、父さん？　鍵屋に頼みさえすれば、同じ鍵をいくらでも用意することができる。合鍵を渡された共犯者は、堂々とドアから出入りしたんだ」

馬鹿馬鹿しい！　サンタからの贈り物は目と鼻の先にあるはずなのに、圭司のくだらない空想にどうして付き合わないといけないのだろう。

ドアの横についている大きな窓は、クリスマスツリーのあるリビングのものだ。ぼくは居ても立ってもいられず、ジャンプをして中を覗《のぞ》き込もうとするが、電気が消えているので何も見えやしなかった。

「あのな、圭司」と父さんは諭すように言う。「そんなのでたらめだよ。それに、サンタを疑うなんてへそ曲がりな子にプレゼントは――」

「プレゼントなんていらない。おれが手にしたいのは真実だけだ！」そこで圭司はにやりと唇の端を吊《つ》り上げた。ぞっとするほど様になっている。「……まあ、いいさ。簡単に認めないのは織り込み済みだ。だからこそおれはある仕掛けを用意したんだよ。家を出るときにおれが残って何をしていたかわかるか？」

「えっ⁉」

父さんは珍しく、調子外れな声を立てた。圭司はにやにやしながらポケットからペンを取り出す。あれは！

「マンガ雑誌の付録についていた、書いた文字に特別な光を当てると紫に光って見えるという仕掛け付きのペンさ。ただし、普段は透明。これを内側のドアノブ一面に塗りたくった。すると何が起きるか？　水性だから、少しでも触れれば、触れたところのインクが乱れ、手の跡が必ず残る。もちろん当人はそんなことには気づかないし、気づいたところでもう手遅れだ。

さて、もうおれの言いたいことがわかるだろう？　父さんの共犯者が家を出る際に、玄関のドアノブを内側から握るのは避けられない。もしその痕跡がインクに残っていれば、それは、おれたちが留守の間に誰かが家に出入りした証拠になる。ちなみに、おれが最後に家を出たときは父さんにドアを開けてもらって身を潜らせたから、ドアノブに触らずに済んでいるんだ。さあ、父さん、追いつめたぞ。おれはこの一年間、父さんを油断させせようと、ずっとサンタクロースを信じているふりを貫き通してきた。すべてはこの日のために――」

ぼくも、圭司の徹底ぶりには感心せずにはいられない。仮に父さんがプレゼントの贈り主だとしたら、もはや掻《か》い潜《くぐ》る隙のないトラップだろう。だが、圭司は根本的なところで誤っている。サンタは実在するのだ。父さんがサンタの正体だなんてありえない。

と、自らに言い聞かせるが、圭司の自信たっぷりな語り口に取り込まれそうにもなっていた。過去の失敗から学んでか、不要な偏見を捨てた近頃の圭司のロジカルさは、また一段と凄《すご》みを増しているのだ。

しかしまあ、考えていても仕方ない。泣こうが喚《わめ》こうが、ドアノブが答えを教えてくれる。

「開けるよ、父さん」

圭司は鍵穴に鍵を挿入し、捻《ひね》った。ガチャリと音を立ててドアが開く。すぐさま圭司は玄関の内側に回り込み、ペンの反対側についたライトをノブに当てた。口の中が乾く。そこに映し出されたのは――。

一面の紫だった。一糸の乱れもない、圭司が書いたままのインクの跡。指の紋様など全く認められない。紛れもなく、圭司が敗北した瞬間だった。

「嘘《うそ》だろ……？」

圭司はその場に崩れ落ちた。

ぼくは彼に慰めの言葉をかけてやることも考えたけれど、それよりも先にすべきことがあるのを思い出す。靴を脱ぎ捨てると、リビングに駆け込んで、電気を点《つ》けた。

「わあー!」

クリスマスツリーの下に置かれていたのは二つの大きな箱。赤と緑のきらびやかな包装紙にくるまれた、サンタからの贈り物だった。さらにぼくは、床に一本の赤い繊維が落ちているのを見つけ、拾い上げる。やはりサンタは来てくれたのだ。存在を少しでも疑った自分が情けない——。

「有人君へ　サンタより」と書かれた方の箱をハグすると、はやる気持ちを抑えて丁寧に包装を解いていく。中から現れたのは、ぼくの頼んだ通りの、ラジコンヘリコプターだった。嬉《うれ》しさが全身に広がって、言葉も出ない。

「やっぱりあったか……」

振り返ると、圭司は苦虫を嚙《か》み潰《つぶ》したような顔をしてリビングの入り口に突っ立っていた。クリスマスプレゼントの発見という場面を迎えるのにふさわしい表情だとは思えない。

「ほら、圭司も落ち込んでないでプレゼントを開けなよ!」

「……ああ。でも——」

「ねえ」とぼくは問う。「圭司は何でそんなに、サンタクロースがいないって思っているの?」

「だから科学的にありえないんだって。世界中の何億人もの子供の願いに耳を傾け、いい子でいるか監視し、プレゼントを用意して配達する——。そんなことが可能だって本気で考えているのか?　おれからしたら、信じている有人の方がよっぽど不思議さ。おまえも馬鹿じゃあないんだし」

ぼくと圭司は瓜《うり》二つの双子だというのに、何故《なぜ》こうも考え方が違うのだろう。そのことが一番不思議だった。

「でもさ、圭司。だからといってみんなが揃《そろ》って嘘をついているとは到底思えないでしょ？　父さんも先生も、友達のお母さんも、テレビの中のお兄さんも、みーんな示し合わせて子供たちを騙《だま》しているだなんて、そっちの方が現実的じゃないよ。一体何のメリットがあるっていうの？」

「だけど……」

「それに、圭司がサンタの存在に納得できないのは、サンタが一人だけって考えているからでしょ？」

「えっ⁉」

虚をつかれたように、圭司は顔を上げる。ぼくは得意になって、持論を披露することにした。

「確かに、一人だけで子供たちの観察からプレゼントの管理まで執り行うのは無理がある。でも、もしサンタが分業制を採用していたらどう？　各サンタは管轄として特定の町や地域を担当していて、その中の子供たちだけにプレゼントを届ける。これならまだできそうじゃない？　そして、世界中に何万人もいるサンタの総司令官こそが、ぼくらのよく知っている、北国に住むあのサンタなんだ。たぶんそのサンタはトナカイの引くそりに乗って、部下のサンタたちがちゃんと仕事をしているか視察して回るんだろう。場合によっては、手助けや配置替えなんかをしてね」

「なるほど……」圭司は考え込む。「それなら労力の問題は回避できるかもしれない。でも、どうやって子供たちの欲しいものを察知したり、家に侵入したりするんだ？　煙突なんてない家がほとんどだぞ？」

「科学的にありえない、か。でもさ、圭司。ぼくたちはまだ、科学のほんの一部しか知らないんだよ。テレパシーとか瞬間移動みたいな魔法じみた能力を使っているのかもしれないし、最先端の科学技術を駆使して、人の心を読んだり、ドアや壁を通過したりできる道具を開発したのかもしれない。とにかく、現代の科学をもって頭ごなしに不可能だと決めつけるのはよくないよ」

「でも、父さんが何らかのトリックを用いた可能性だってまだあるだろ?」

「いや、それはないでしょ。だって、そんな大仰《おおぎょう》な密室トリックを使用する必要性がないからね。父さんは、圭司があんな罠《わな》を仕掛けているなんて知らないんだよ? なのに、合鍵を使う一番単純な手段をとらない理由はない」

圭司は悔しそうに唇を歪《ゆが》める。自分の考えを弟に否定されること、そして何より、ぼくの見解に対する有効な反論を繰り出せないことが気に食わないのだろう。

「……有人、おまえの言う通りなのかもしれない。認めたくはないが——」

「圭司!」そのときリビングに入ってきた父さんが彼の肩を叩いた。「何を躊躇《ためら》っているんだ。早くプレゼントを開ければいい!」

圭司は無言で首肯すると、とぼとぼとプレゼントに近づいていき、トナカイや雪だるまの躍る包み紙を乱暴に破った。中から姿を現したのは『理科大事典　全五巻』。希望通りのクリスマスプレゼントを、圭司は恨《うら》めしげに睨《にら》みつけるのだった。

3

翌日、学校ではクリスマスプレゼントの話題で持ちきりだった。やれゲームソフトを三個ももらっただの、欲しかったものとは違っただの、興奮冷めやらぬ様子で口々に自慢や不平不満を並べる。もちろん、ぼくも例外ではなかった。帰ったらラジコンヘリコプターを心行くまで飛ばすのだ。空は快晴で、絶好の飛行日和《びより》である。

そのことを平井忠正《ひらいただまさ》たちに話すと、すぐさま「ぼくたちにもやらせてよ!」という反応があった。

「まあ、今日はぼくが満喫したいから、明日《あした》にでもうちに来なよ」とぼくは応じる。

「絶対だぞ、有人！」と忠正は詰め寄った。

「うん、約束ね」

「それで、圭司は何をもらったの？」と山口頼子《やまぐちよりこ》は聞いた。

「いや、おれは」と圭司はぶっきらぼうに答える。「本だよ、ただの」

昨日のショックから、圭司はまだ立ち直れていないようだった。どんな本なの、と頼子が質問を重ねる前に、ぼくは話題を変えてやることにする。

「そういえば為朝は？　来ていないみたいだけれど」

実際、気になっていることではあった。

「そうね。何も聞いてないわ」と頼子。「寝坊したんじゃないの？」

「終業式だっていうのにな」

先生から呼ばれ、ぼくらは廊下に整列した。終業式は極寒のオンボロ体育館で行われたが、クリスマスの高揚感と来《きた》る冬休みへの期待感のおかげで異様な熱気に満ち満ちていた。校長先生の話や冬休みに向けての生活指導が終わり、ぼくらは解放される。

「さあ、ヘリコプターが待ってるぞ！」とぼくは叫び、解けかけた雪を踏み散らして家へ駆けた。為朝はついに学校に来なかった。


ヘリは、近所の空き地で飛ばすことにした。おれにもやらせろ、と事典を読み耽《ふけ》っていた圭司もついてくる。

説明書は昨晩のうちに読み込んである。全長約五十センチのヘリコプターを地面に置き、リモコンのスイッチをオン。リモコンの上部のレバーを奥に倒すとプロペラが回転し、機体はゆっくりと上昇を始める。

「うわあ！」

「すっげえ！」

気づけば、ヘリはぼくらの遥《はる》か頭上、十メートル近くまで上昇していた。リモコン下部についたレバーを右に傾けると、ヘリも右に旋回する。左に動かせば左に。あの空中に浮かぶ機械の操作が自分の手に委ねられているという事実には、有無を言わせぬロマンがある。心待ちにした甲斐《かい》があったというものだ。

ぼくは我を忘れ、ヘリを自在に動かす。圭司の存在も忘れて——。

「おい、そろそろ代われよ！」と圭司はぼくのリモコンを引ったくった。

「ちょっと待ってよ、飛ばし方をまだ説明してないじゃん」

ぼくは大慌《おおあわ》てで取り返そうとする。マニュアルなどに目を向けるはずもない圭司に、この繊細な機械の扱いを任せるわけにはいかないのだ。

「そんなもの、勘でどうにかなる！」

「そんなこと言って壊れたらどうするんだよ！」

ぼくは圭司からリモコンを奪おうとするが、彼は走って逃げていく。このやろう！　ぼくは必死で圭司を追いかけ回した。

そこで、はっとして空を見上げる。危惧《きぐ》していた通り、ヘリは明後日《あさって》の方向に飛んで行っていた。徐々に高度を下げながら——。

「まずい！　墜落する！」

ぼくは空き地を飛び出し、ヘリの落ちていく方角へ疾走した。圭司も少し事態の切迫具合を認識したのか、やや慌てた様子でついてくる。ふざけるなよ、サンタからの大切なプレゼントを一日で粉々にされてたまるか！

ただ機体だけを見つめ追走する。あと十メートル、五メートル、一メートル――。手を伸ばし、ヘリをがっちりとキャッチした。

深い安堵《あんど》のため息が漏れる。胸の中にある機械を、生まれたばかりの我が子でも抱くかのような慈《いつく》しみの心を込めて抱える。よしよし、怖い思いをさせちゃってごめんね、と。

「おっ、キャッチできたかー。よかったよかった」と圭司が暢気《のんき》に駆け寄ってきた。全くこいつにはどれだけ迷惑をかけられなければならないのだ。反省の色が全く窺《うかが》えない圭司を、今更非難する気も起きない。

「もう圭司には一生使わせないからね！」

リモコンを彼の手から奪い取る。もう家へ帰ろう。そう思って顔を上げたとき、初めて気がついた。この場所には見覚えがある。

「何だ、ここ為朝んちの前じゃんか」と圭司が言った。

うん、とぼくは神妙に頷《うなず》いた。家の前に停《と》まっているパトカーの存在を認識したからだ。

「なにかあったのかな？」

今日為朝が学校に来なかったことを思い出し、圭司と顔を見合わせる。確かめないわけにはいかなかった。ぼくは恐る恐る、圭司はずかずかと為朝の家へ歩み寄る。よくみんなで集まる場所なので、村井家の構造は頭に入っている。開かれた門から敷地内を覗き込もうとしたそのとき――。

「君たち、なにをやっているのかな？」

赤い手袋が圭司の肩を叩いた。びくっとして振り返る。もっともその反応は、出し抜けに声をかけられたための反射的なものにすぎなかった。声の主《ぬし》が誰かは、聞いた瞬間に把握できている。

「おまわりさん！」

警察官の制服に身を包んだひょろりと背の高いその男は、ぼくらもよく知っている、この町の巡査だった。和田寺人《わだてらひと》という立派な名前があるのだけれど、ぼくらは単に「おまわりさん」と呼んでいた。優しく、融通が利き、ぼくらの探偵ごっこに付き合ってくれたこともある。だから、住居不法侵入未遂をしつこく咎《とが》められることもないとわかっていた。

「為朝んちで何かあったのか？」と圭司は臆面《おくめん》もなく問う。

「質問しているのはこっちの方なんだけどなあ。まあ、君たちに隠したって仕方ないね。それに、直《じき》にニュースにもなる」

ニュース？　そんなに大きな事件が起きたというのか。

「ショックを受けるかもしれないけれど」そこで、おまわりさんは自分の言葉がもたらす効果を高めようとするかのように、数拍間《ま》をとった。「村井為義《ためよし》さんが――つまり、為朝君のお父さんが、殺されたんだ」

ええ、という間延びした声が口をついて出た。

為朝のお父さんとは一回だけ、忘れ物を取りに戻ったときに出会《でくわ》して、少し言葉を交わしたことがある。中年太りで眼鏡をかけた冴えない風体の彼は、いかにも不器用そうな人だった。その彼が――友達のかけがえのない父親が、殺されただなんて。為朝はどれだけショックを受けていることだろう。いや、でも……。

「現場の状況は？」

圭司はやはり物怖《ものお》じせずに問い質《ただ》した。その子供離れした振る舞いに、おまわりさんは呆《あき》れた様子で頭を掻いている。

「うーん、ぼくはあくまで現場周辺の見回りを頼まれているだけの立場だからはっきりとは知らないんだけど――」そこでおまわりさんは声を潜《ひそ》めた。「事件の概要を知りたいんだったら、君たちのお父さんの方が詳しいと思うよ。何といったって、麻坂《まさか》警部はこの事件の担当だからね」

4

ぼくらの父さんは刑事である。それも、四十歳足らずで警部にまで上り詰めたのだから、公平に評してかなり優秀な。

ぼくらが普段聞かされるのは解決済みの事件が主だったが、ときには捜査中の事件が話題になることもあった。そして、ぼくらがそういった事件を解決に導いた――控えめに、捜査の進展に繋《つな》がるようなアイディアを口にした、くらいにとどめておこう――ことは、一度や二度ではない。もちろん、「小学生の息子が犯人を特定しました」と父さんが報告できるはずもなく、ぼくらの功績は秘密裏に葬られているのだが、唯一おまわりさんはぼくたちの暗躍を知っていた。父さんとおまわりさんとは高校時代から先輩後輩の仲で、ぼくらに好意的なのもそういう背景があるからである。

「さて――」と父さんは口を開いた。「村井為義さんが殺されていたのは、村井さんの自宅の東側にある離れの中だった」

夕食の席でぼくらが「どんな事件だったの？」と探りを入れたことに対する答えだった。捜査情報を漏洩《ろうえい》しようというのに、まるで躊躇《ちゅうちょ》がない。日常茶飯事なのだ。

「その離れは被害者が研究室に使っている場所で、夜遅くまで研究に没頭することもあったため、ベッドを持ち込んで寝室も兼ねていたらしい。トイレや水道も備え付けの、下手な下宿より快適そうな環境だ。彼はそのベッドの上で殺されていた。被《かぶ》っていた布団が少しずらされて、無防備になった背中をナイフで一突きだ。死亡推定時刻は幅をとっても、午後九時から十一時。シーツの血痕の様子や、抵抗の形跡がないことを考えると、被害者が眠っている最中に刺されたものと見て間違いないだろう」

父さんは味噌汁《みそ》を啜《すす》りながら、なかなかに生々しいことを言う。

「おまえたちが気になるのは部屋に侵入した方法だろうが、実は、それは問題にはならない。ドアの鍵は単純なもので、ピッキングの形跡がしっかりと残されていた。素人でもその気になれば、十五分もかからずに開けられるような安物だったらしい。おまけに、死体発見時もドアの鍵は開いたままだったから、密室なんてものは登場しないよ」

残念だったな、というふうにぼくらを見る。ぼくは黙って肩を竦《すく》めた。

「じゃあここで一旦止まろう。父さんの今までの説明から、どんなことが言えるだろうか？」

早い話、ぼくらを試しているのだ。真っ先に受けて立つのは決まって圭司である。

「まず一つ言えるのは、行きずりの物取《ものと》りによる犯行ではない、ということだな。仮に離れに白羽の矢を立てた泥棒がピッキングで侵入したのだとしたら、鉢合わせになって顔を見られたというのならまだしも、ただ眠っているだけの被害者を殺す必要がない。そもそも、金目のものがあるようには到底見えないあの離れを標的にするのは不合理だ。犯人が被害者を殺すつもりで部屋に侵入したのは間違いない。

それと一番重要なことだが、被害者が背中を刺されていたってことは、うつぶせの状態で殺されたってことだろ。つまり、犯人は被害者の顔をさほど確認せずとも、その人物が自分の狙う村井為義であると確信していたわけさ。加えて、ピッキングの道具を用意していたことから、犯行はある程度計画的なものだったのだろう。以上のことから、被害者が離れを寝室としていたことを事前に知っていた者のみが、犯人たりうる——どうだ？」

「お見事。手堅い見立てだ」と父さんは圭司に賛辞を贈る。「逆に、これらの情報だけではそこまでしか絞れない。でも安心しろ、もう一つ決定的な手がかりがある。足跡だ。昨晩は雪が積もっていた。そこに犯人の足跡が刻み込まれていたんだよ。それも、少し奇妙な状態でね——」

「奇妙な？」

「そう。足跡は三組あったんだ。離れに行く向きの足跡が一組と、離れから出る向きの足跡が二組だ。雪の足跡は解けかけていて、後ろ向きに歩くなりすれば向きは誤魔化《ごまか》せただろうが、問題は『三組』あったという点だ。雪が止んだのは午後十時きっかりで、それ以降は全く降っていない。そして被害者はそれよりもっと前、八時半には離れへ行ったことが、為朝君の証言により明らかになっている。被害者は疲れていた様子だったというし、研究作業をしていた形跡もなかったから、そのまま眠りについたのだろう。したがって三組の足跡はすべて犯人のものと考えるのが自然だな。しかしこれは実に不可解だ。足跡は、門と玄関を繋ぐ石畳の道の途中から逸《そ》れ、庭を突っ切って離れの方に向かっていた。石畳の雪はほとんど解けていて、足跡は判別できなかったけれど、家に侵入するのにも脱出するのにも犯人は門を乗り越えたはずだ。何しろ、家を囲う塀の上に積もった雪には乱れがなかったし、離れの周りも、その三組の足跡と、第一発見者である為朝君の足跡を除けば処女雪そのものだったからね。とにかく、犯人が門から離れへ向かう、次に離れを退出し門を目指す——この作業が何回繰り返されたところで、最終的に犯人は村井家の敷地から出ているんだから、足跡は偶数組でなくてはならない。三組になることはありえないんだ」

なるほど、状況は概《おおむ》ね理解した。でも、そんなに不思議なことだろうか。適当なトリックでも持ち出せば、この程度の不整合は容易に解消されそうな気がする。

「靴底の形状なんかは全く保たれてなかったんだが、意外にも、足跡から割り出されたことが他にある。残された足跡のうち離れから帰ってくる向きのものの数箇所に、明らかに庭のものとは違う質の土が付着していた。近頃の鑑識は優秀でな、そんなわずかな残留物から様々な情報を取り出すことができるんだ。調査の結果、その土壌は、被害者が教授を務める大学の、東南アジアの植生を再現した温室のそれと一致した。日本にはない土壌だし、その温室を管理しているのが他ならぬ被害者のゼミ

〈村井宅　見取り図〉

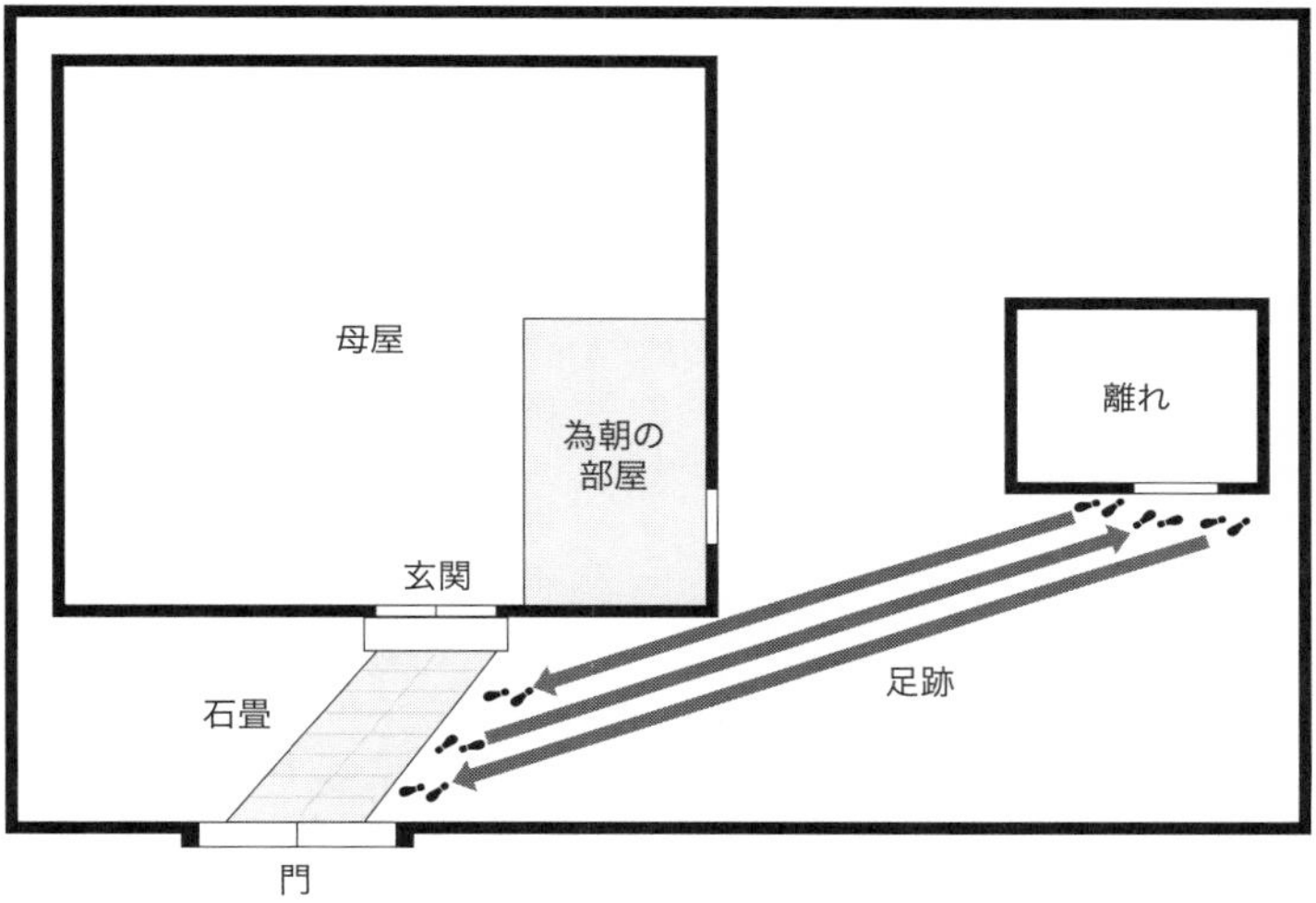

なのだから、その土は温室に由来するものと断定して構わないだろう。そして被害者が温室に入るときに履くのは大学に置かれているローファーで、母屋から離れへ向かうときに履いていたのはスニーカーだった。よって、その足跡が被害者本人のもので、土がついているのも当たり前だ、という説明は成立しない。早い話、土を残したのは犯人。逆に言うと、犯人は土を残しえた人物というわけだ。温室には鍵がついており、学生の出入りは記録に残っていた。その土壌が用意された一ヶ月前から現在に至るまで温室に入った人物は、被害者を除けばたったの三人だ。いずれも一週間以内に一回は温室に入っていて、土が付着したままだったとしても不自然はない。被害者が離れで寝ていることも周知の事実だった。よって、問題は単純な三択に帰結したんだ」

　サンタクという言葉にサンタクロースを連想し、つい頬を緩めてしまう。

「都合のいいことに、学生三人の主張する昨晩のアリバイは、それぞれ時間帯が異なっていた。一人目、石橋影斗《いしばしえいと》は一人暮らしだが、夜中に現場近くにある友達の家でパーティをやったらしく、午後九時半から午後零時半までのアリバイがある。次に二人目、川中富士子《かわなかふじこ》は郊外の実家に帰省していて、午後零時には既に向こうに着いていたことが確かめられている。移動時間を逆算すると、どんなに遅くても、午後十時十分には、事件現場を出ていなくてはならないことがわかった。最後の一人、栗原要《くりはらかなめ》は、家族と暮らしていて、午後九時半には皆自室に入ったという。それから朝まで顔を合わせていないから、その間に家を抜け出したのだとしても不自然ではない。彼の家から現場までの距離を加味して、犯行が可能な時間帯は九時四十分以降だ。それぞれの動機の有無については調査中で、まだめぼしいものは見つかっていない。でも教授と学生の間柄なら何らかのトラブルがあったとしてもおかしくはないだろうね」

ぼくはこめかみに指を当てる。死亡推定時刻の九時から十一時に照らし合わせる限り、犯行の機会は誰にでもあったようだ。するとこれは、三組の足跡の謎を解くことで犯行時刻を絞り込み、犯人を特定する類《たぐい》の問題なのだろうか……。漠然とそう考えたものの、頭が回らない。気がかりなことがあったからである。

「父さん、為朝はどんな様子なの？」とぼくは聞く。

「ああ、おまえたちの同級生だったね。ぼくも話をしたが、彼は強い子だ。涙一つ見せなかったし、必要最低限の証言はしてくれた。犯人は彼の部屋の窓の前を通ったはずなんだが、角度的にベッドからは空しか見えなかったようだから、犯人の姿を目撃したということはなかったようだが」

「……でも、これで為朝は一人になっちゃうんでしょ？」

「ああ、そうだな――」と父さんは目を伏せた。「彼は幼いときに母親を亡くしていて、ずっと被害者と二人暮らしだった。今は警察で保護しているけれど、たぶん唯一の身寄りである、隣県の祖父母に引き取られることになるだろうな」

本当に、為朝は大丈夫なのだろうか……？

「それで情報はすべてなんだな」

圭司はそれだけ呟《つぶや》くと、早速思索に耽り始めたようだ。非情な奴《やつ》だ、などと今更目鯨《めくじら》を立てるつもりはない。圭司の興味はいつも事件の解決にあって、それ以外のことには目もくれない。昔からそうだ。

ぼくはといえば、果たしてこの事件は本当に三択なのだろうかという、小さな疑念を検討していた。

5

為朝とぼくが知り合ったのは、四年生の最初に転入してきた彼と同じクラスになってからだった。後から聞いたことだが、彼は元々通っていた公立小学校に馴染《なじ》めず転校することになったらしい。

大人しい子だな、というのが最初の印象だった。クラスの輪に入ろうとする気配はなく、しばしば一人で本を読んでいた。圭司のフィギュアが消えた事件をきっかけにして少し仲良くなってから、たまにぼくの方から話しかけるようになった。そういうときはぽつりぽつりと言葉を返してくれるものの、必要以上の会話は望まないという姿勢を、なかなか崩してはくれなかった。

ぼくは彼ほど内向的ではない。でも、どこか彼はぼくに似ている。どうしてだろう――。そんな曖《あい》昧模糊《まいもこ》とした印象を持て余しながら、ぼくは村井為朝という人物に少なからぬ興味を抱き始めたのだった。

契機は、遠足の日に訪れた。ぼくはビニールシートの上で、級友と談笑しながら昼食にありついていた。友達が、美味《おい》しそうな唐揚げやキャラ弁当を自慢してくる。

そのとき、為朝が一人輪から離れて、孤独に食事をとっているのに気づいた。孤独に、というのはもちろんぼくの主観にすぎないのだが、見て見ぬふりをするわけにはいかなかった。

ぼくが為朝の近くまで歩いていくと、彼は顔を上げた。

「何?」とやや冷たく言い放つ。

「えっと、為朝君。ぼくらと一緒に――」

ぼくは言葉を止めざるをえなかった。彼が食しているのは質素なコンビニ弁当だったのだ。

為朝はぼくの視線に気づき、「悪い?」とぶっきらぼうに聞いた。

「いや、そうじゃなくて」

「お母さんがいないんだ」唐突に彼は告白した。「お母さんは、ぼくが五歳のときに事故で死んだ」

ひどく衝撃を受けると同時に、妙に納得していた。為朝がぼくらに心を閉ざしていた要因――それには母親がいないことへのコンプレックスもあったのだろうか。そして。

「ぼくもだよ。ぼくの母さんも、病気で亡くなっている。二歳の頃だから顔も覚えていないんだけどね」

同じような境遇にあったことが、為朝に対する親近感の由来だったのだろう。謎が氷解した。

「えっ、そうだったの……?」

普段は表情をほとんど変えない為朝が、動揺している。自分の不幸を振りかざして相手を困らせるつもりはないので、ぼくはこの話題を一度終わらせることにした。代わりに、腰を下ろす。

「隣、いいかな?」


それからというもの、ぼくらは学校でも少しずつ喋《しゃべ》るようになった。野球の話、アニメの批評、先生への愚痴――。数週間後にはすっかり意気投合し、ぼくの紹介で晴れて彼は帝都《ていと》小探偵団の一員になった。桜《さくら》の事件をきっかけに三年生の頃加入した忠正や、女子二人と打ち解けていくまでそう時間はかからなかった。彼は自分の殻に閉じこもる必要もなくなり、笑顔を取り戻したのだった。

なのに。

為朝は父親までも失ってしまった。また彼は元のように——。

否、ぼくが危惧しているのはそんなことではなかった。何故なら、為朝は父のことを、母を殺した人間として嫌悪していたからである。

いつだったか、二人で喋っているとき、話題が父親のことになった。ぼくは得意になって、「ぼくの父さんは警察官なんだ」と自慢したが、為朝は追従笑《ついしょうわら》いすら浮かべなかった。そして、珍しく敵意を剝《む》き出しにして、「ぼくはお父さんが大嫌いだ」と断言したのだ。戸惑って理由を問うと、大好きだったお母さんを殺《あや》めたからだという。

「お父さんは仕事ばっかりなんだ。自分の好きな植物の研究だけに夢中になって、ぼくらのことは気にもかけてくれなかった。お母さんが死んだのも、あいつのせいなんだ。ある雨の日、お父さんと喧《けん》嘩《か》して泣きながら家を飛び出したお母さんは、車に轢《ひ》かれてもう二度と帰ってこなかった。あいつが殺したようなものなんだよ。なのにあいつはまだ研究に——むしろお母さんが死ぬ前以上に没頭している。ぼくのことなんか……ほんとに興味がないんだよ」

憎しみに震える彼の声は、未だに耳の奥に残っている。

だから、為朝が父親の死を受けて悲嘆に暮れているとは思えなかった。それよりぼくの頭を掠《かす》めるのは、他でもなく、為朝が犯人なのではないかという不安だった。

まさかとは思う。為朝の怒りを直接聞いてしまったから、こんな突飛な発想に取り憑《つ》かれるのだろう。しかし、三択に集中する前に、この可能性をきちんと潰《つぶ》しておきたかった。

足跡の問題がある。いくら何でも、小学生が大人と同じ歩幅で、しかも雪の中を歩くのは無理だろう。それに、足の大きさだってかけ離れているはずだ。父さんに聞いたところ、足跡の間隔は大人にしても少し広いくらいだったとのことで、為朝がつけられる代物ではないはずだ。

しかし、現場には三組の足跡以外に、為朝の足跡も残っていたという。死体発見時のものと見なされているが、犯行時についたものだとしたらどうか。すると三組の足跡はすべて被害者のものだということになるが——。

待て。土のことを忘れていた。被害者が離れに履いていったスニーカーに土がついているはずはないのだから、あの痕跡に説明がつかなくなってしまう。為朝が偽装しようにも、あの土壌が特別な意味を持つことは知らないはずだし、そもそも土を入手する術《すべ》がない。やはり、あの土は犯人の遺留物と見て相違ないのだ。

ぼくはほっと胸を撫《な》で下ろした。為朝は、無実だ。

土が偽の手がかりなのではないかと疑ってみたところで、それを入手して配置しえたのはあの三人のみなのだから、この議論は意味をなさない。ゆえに、容疑者の候補は石橋、川中、栗原の三人で閉じている。晴れて、この問題が三択であることを確かめられた。

そうとわかったらうかうかしていられない。どんな手を使ってでも犯人を突き止めようとする圭司のことだ。放っておいたら何をしでかすかわからない。その前にぼくが事件の真相を見抜いて——いや。

少なくとも今回に関して言えば、ぼくを事件へと駆り立てる動機付けは、危なっかしい兄が誤った方向へ突き進まないか見守るため、でなくてもいいはずだ。出題されたパズルに、どちらが先に解答を与えられるか。男と男の誇りをかけた真剣勝負だ。

久しく忘れていた胸の高鳴り。結局ぼくも、事件は嫌いではないらしい。

忠正たちが家に押しかけてくるまで、昨日《きのう》した約束のことなんてすっかり忘れていた。

「そっか、ヘリコプターを飛ばすんだったっけ？」

ぼくは玄関口に出て対応する。本当は昨日の事件のことをじっくりと考えたかったのだが、致し方ない。

「いや、この際そんなことはどうだっていいんだ！」と忠正は興奮気味に声を上擦《うわず》らせた。「有人も聞いたろ？　為朝のお父さんが殺された事件」

そうか、もうニュースになっているのか。うん、と頷くと、後ろにいた頼子と桜が、

「為朝君がどれだけ悲しんでると思うの？」

「わたしたち帝都小探偵団の出番じゃない！」

と、口々に訴えた。別に為朝は悲しんではいないはずなんだけれどなあ、とはもちろん言わない。

「何だ、騒がしいな」

後ろから顔を出した圭司は厄介な頑固親父《おやじ》のような台詞《せりふ》を吐いた。

「あっ、圭司！」頼子が声を上げる。「だからね、為朝君のお父さんが死んじゃった事件を解決して仇《かたき》を討とうって」

参ったな、とぼくは思う。しかし、みんなで意見を出し合った方が刺激になって、かえって推理が捗《はかど》るかもしれない。そう捉《とら》えることにしよう。

それにしてもみんな、友達の父親が殺されたっていうのに気丈だな——変に感心しながら、ぼくは彼らを家に上げた。

会議場所は、ぼくと圭司の部屋だ。最近は専《もっぱ》ら為朝の家を根城としていたのだが、これからはそうもいくまい。

初めに、ぼくが事件の詳細を彼らに説明した。

「なるほどなあ。三人に絞れているんだったら簡単そうじゃん」と忠正は楽天的に言う。「しかも、片足跳びも後ろ向き歩きもありなんだろ？　ぼくでも何か捻り出せそうだ」

「ねえ、三択っていうけれどさ、その石橋さんっていう人が犯人ってことはまずありえないんじゃない？　だって足跡が残っていたってことは、雪が止んでから犯人が来たんでしょ？　雪が止んだのは十時で、死亡推定時刻は九時から十一時。そしたら、十時から十一時までのアリバイがある石橋さんに犯行はできないわ」

思いの外鋭い発言をしたのは桜だった。いや、少し考えれば思いつくことか。

「外山、それはあまりに浅はかな考えだ」圭司は容赦せず彼女の意見を棄却する。「犯人が犯行に及んだときと、足跡を残したときが同じだとは断定できないだろう？」

「えっ？　どういうこと？」

「説明するさ。石橋が犯人だと仮定すると、どのようなシナリオを想定できるか。まず殺しを遂行したのは、死亡推定時刻内でアリバイのない午後九時から九時半の間だ。その後彼は午後零時半までパーティに参加していたわけだが、途中、雪が止んだのに気づく。そこである策略が閃《ひらめ》くのさ。今再び現場に戻って足跡を残せば、犯行は雪が止んだ後に行われたと推定される。すると、午後零時半までのアリバイがある自分は、死亡推定時刻との合わせ技で、容疑者から外されるんじゃないか、ってな。

三組の足跡を残す方法はシンプルだ。まず右足のみでけんけんの要領で離れまで行き、両足で帰ってくる。次に今度は左足で跳ねながら離れに行って、また両足で帰ってくる。これであの奇妙な状況は完成するんだが――」

「すごい、すごいじゃないか！　さすが圭司だよ。犯人のアリバイを崩した！」

早合点した忠正が圭司を褒めちぎる。圭司はやれやれと芝居がかった仕草で肩を竦めた。

「落ち着けよ忠正。この推理では不十分だ。犯人がどうしてわざわざ三組の足跡を残したのか、説明できていない。雪が止んだ後の犯行に見せかけたかったのなら、単に往復の跡を残しておくべきだろう？　三組目は不要どころか、下手に勘繰らせる上に手間のかかる、不自然すぎる行動だ。それに何より、証拠がない」

「む、確かに……」と忠正は肩を落とす。部屋に沈黙が降りる。

圭司の指摘する通りだった。この事件は一見手段を問うもののように見えて、その実、方法自体はどうとでもでっち上げられてしまう。父さんだって、口にしなかっただけで、この程度のアイディアには当然思い至っていたはずだ。

ゆえに真の問題は、犯人がどうしてそのような行動をとったのか、の部分にある。ハウダニットの皮を被ったワイダニット。

その論点の推移は、ぼくにとって有利に働くものだと言えた。人の行為の理由を探る作業は、ぼくの得意分野だ。対して圭司は、即物的なトリックとロジックに拘泥《こうでい》するあまり、肝心の「人間」を疎《おろそ》かにするきらいがある。

犯人が三組の足跡を残した意図はどこにあるのか――。

意図？

ぼくはその単語に、どうもちぐはぐな印象を受けた。本当に犯人は何らかの策略に基づいてあのような状況を作り出したのだろうか。忘れてはいけない――雪が十時に止むことを、誰も知る術はなかったのだ。天気予報によれば、雪は朝まで降るはずだった。少なくとも犯人は、事前に綿密なトリックを組み立ててから犯行に及んだわけではないのだ。

つまり犯人は、圭司がさっき述べた例のように、雪が止んでから咄嗟《とっさ》に何かを思いついて、実行に移したということになる。疑いの目を自分から逸らすためか、あるいは他者へ向けさせるためか。偽装工作を行う動機として挙げられるのはこのくらいだろう。でも、容疑者が三人にまで絞られたのは動機や機会の面からではなく、偏《ひとえ》に土のせいである。要は、犯人のミスだ。彼がこの事態を予期していたはずはなかった。そのような状況下で、敢《あ》えて自らのアリバイを確保したり、他の誰かを陥《おとしい》れたりするために、即席の策を弄《ろう》するメリットは薄いのではないか。

大体、よっぽどすばらしいトリックを思いついたというならともかく、単に三組の足跡を残すという企《たくら》みでは、何かを誤誘導するための偽装としてあまりに貧弱すぎる。片足跳びや後ろ向き歩きといった陳腐な術を駆使すれば、いかようにも作り出せるのだ。実際、犯人の絞り込みには何の影響も与えていない。それだったら、現場に長くとどまったり戻ってきたりするリスクの方が大きいように思う。

と、なると。ぐだぐだと続けた思考の結論はこうだ。犯人は何かを意図して三組の足跡を残したのではなく、何らかの事情で三組の足跡を残さざるをえなかったのではないか。

——曖昧な論考にふさわしい、実に捉え所のない着地点だ。ぼくは自虐《じぎゃく》的な評価を与えながらも、一応みんなに話してみることにした。案の定、反応は芳《かんば》しくない。

「何らかのって何だよ、何らかのって」と忠正のもっともな批判。

「うーん、例えば……片足跳びをしたにしても、それは知略に基づくトリックのためではなく、もう一方の足が痛かったからとか、そういう成り行き上のものだった、ってことだよ」

「痛かった足が途中で変わったっていうのか？」

「いや、だからこれは例を挙げただけで――」

「まあ、言いたいことはわかるけどさあ」と忠正は頭を掻く。「それじゃあなんだか犯人らしくないっていうか、間が抜けているっていうか……」

彼の言いたいこともわかる。でも、忠正の期待するような推理小説的で計算尽《ず》くの作戦を犯人が決行したとは考えづらい、という話をしているのだ。

そこでふと違和感を覚えた。圭司がいやに無口なのだ。最初に少し意見を披露したきり、黙り込んでいる。本来の圭司なら、ぼくの見切り発車に食いついてしかるべき場面なのに。

圭司は自分の推理を出し惜しみ、最後の最後で洗いざらい吐き出すタイプではない。彼が旨とするのは、誰よりも早い真相の解明。思いつくことがあればすぐにそれを突きつけて、犯人の自白を強引に引き出すような。たとえその推理が正しかろうが間違っていようが、だ。

だからこうした、事件への安楽椅子探偵風な取り組み方は、もしかしたら圭司の苦手とするところなのかもしれない。つまり今回は、二重に圭司が不利な立場なのだ。けれどそれを差し引いても、今日の彼は大人しすぎた。

「あの、どうしたの圭司？　やけに静かだよ。体調悪いとか？」

「えっ、いや、ああ。まあな」

この歯切れの悪さも圭司らしくない。何かに迷っているような、そんな表情だ。

「もしかしてさ、情報が足りないんじゃないの？」と桜が口を挟んだ。「手がかり不足なんだわ。じゃないと、二人してこんなに冴えないわけないもん」

情報の不足。昨日からぼくも考えていたことではあった。特段の不可能状況もない今、犯行を再現する決め手がどこにもない。

だが情報不足を嘆くのは、試験で出題者にクレームをつけるのにも似て、ただの逃げにすぎない。

本気で考え抜いた者にのみ、問題の不備を指摘する資格がある。まだぼくらはきっと、重要な何かに気づいていないだけなのだ——そう自分に言い聞かせ、黙考に沈んだ。

悶々《もんもん》としたまま、気づけば時刻は正午を回っていた。気分転換しよう、と誰かが言い出し、ぼくらはインスタントラーメンを掻き込んでから外に出る。空き地でヘリを代わりばんこに飛ばし、それに飽きるとこおりおにやドロケイを始めた。事件のことなど頭の片隅に追いやられ、だんだんと日常に戻っていくような感じがする。

日が暮れてくる。こうして楽しい時間を過ごしていることを、ぼくは急に空恐ろしく感じた。為朝がここにいないのに、こんなに無邪気に遊んでいていいのだろうか。おばあちゃんたちの家に住むことになれば、彼はもうここには戻ってこないかもしれないというのに。

ぼくらはその場で解散した。「また明日遊ぼうな。バイバーイ」と手を振って、それぞれオレンジ色の家路につく。いつも通りの夕暮れ。

「なあ圭司」ぼくは並んで歩く彼に声をかけた。「やっぱり大丈夫かな、為朝」

為朝が父親を嫌っていたというのがせめてもの救いではあったが、それでも彼が両親を失ったことに変わりはない。そんな状況で転校でもしてしまったら、彼はまた前みたく周囲に心を閉ざし、孤立してしまうのではないか——。

「大丈夫って何が？　事件のショックならそんなに受けてないみたいなんだろ？」

圭司に共感を求めたぼくが馬鹿だった。憂鬱な気分になり俯《うつむ》くと、

「おい、噂をすれば、だぞ」

圭司の声に顔を上げる。そこには為朝が立っていた。夕日がアスファルトに、彼の長い影を刻み込んでいる。

「為朝……」どういう顔を作ればいいのかわからず、ぼくはそう呟くほかない。

「よお、どうしたんだ為朝」と圭司は平気で声をかける。

「とりあえず今夜からおばあちゃんちに居させてもらうことになったんだ。荷物運びとかはまだだけどさ。君たちには伝えておこうと思ったのに家にいなかったから、空き地で遊んでるのかと思ったら、やっぱりそうだった」

「……ごめん、こんなときに」とぼくはばつが悪くなって頭を下げていた。

「何で謝るんだよ、有人。別にいいよ。……まあ、そういうわけだからさ、当分会えないかもね」

彼のその事もなげな言い方は、少し強がっているようにも聞こえた。

「なあ為朝」とぼくは呼ぶ。「その……ほんとに大丈夫?」

「お父さんが死んだこと? それならむしろせいせいしてるくらいだ。あいつがいなくなって悲しむ理由なんてどこにもないよ。でもさ、ぼくが悲しいのは、もうみんなと――」

彼は口を結んだ。瞼を伏せる。何かを堪《こら》えるような数秒の後、

「ううん、何でもない。とにかく、今までありがとう。探偵団のみんなにも伝えといてくれよ。短い間だったけど、すごく楽しかった。特に有人、君には心から感謝してるんだ」

為朝の瞳は、心なしか潤んでいた。胸がちくりと痛む。

「為朝――ぼくもだ。でもそんな、これで終わりみたいな言い方しないでよ。そうだ、明日もみんなで遊ぶ約束してるんだ。秘密基地に来てよ。そのときにちゃんとみんなにもバイバイすればいいじゃん」

「そっか。うん、そうだね。行けるかわからないけれど……」

「明日じゃなくたっていい。明後日でも、来週でも、いつでも待ってるからさ。だから、また会えるよね? これで終わりなんかじゃないよね」

「うん、きっと」

為朝は力強く頷《うなず》くと、手を差し出してきた。ぼくはその手を固く握り返す。

そのときふと気がついた。彼の右腕、めくれた長袖の下から覗く、あるものに。

「それってゴッドレンジャーのリストバンドだよね？　買ったの？」

「いいや、これは買ったんじゃない」と為朝は少し得意げに話す。「君にだから言うけどさ、サンタさんにもらったんだ。バンドだけじゃなくて、フィギュアとかＤＶＤまで！」

ゴッドレンジャーを見るのはぼくと彼の共通の趣味だった。圭司やクラスメートが特撮モノを徐々に卒業していく中、ぼくらはまだあの熱い世界観に魅了されていた。

「へえ、いいなあ」

「それが、聞いてよ！　サンタさんに会ったんだよ！」と為朝は声を高くする。

「えっ!?」

彼は事細かに語り出す。クリスマスイブの晩に起きた、ささやかな奇跡の物語を。その話が進むにつれて、頭の中の小さな歯車が動き、嚙み合い出すのを感じた。かちりかちりかちりかちり。何だ、この胸のざわつきは。

「はあ、サンタクロース？　ほんとかよ。夢でも見たんじゃないのか？」

まだサンタの存在を認めようとしない圭司が、せめてもの虚勢を張る。

「夢じゃないよ。そのときに顔を引っ掻いた傷が残ってるんだから。ほら」

そう言って、為朝は、頰にできた一筋の赤い線を見せつける。圭司はいかにも不機嫌そうにそっぽを向いた。ぼくはといえば、今しがた脳細胞が散らした火花に必死で薪《まき》を焼《く》べ、燃え上がらせようとしている。

「為朝！」考えのまとまる前に、ぼくは彼に詰め寄っていた。「サンタを見たのは十時二十分過ぎで、間違いないんだよね？」

「えっ……時計なら正確だよ。一回も狂ったことはない。何でそんなことを聞くの？」

怪訝《けげん》そうな顔をする為朝には答えず、ぼくはひたすら頭を回転させる。そう、そうだ。今まで見落としていたことが一つあったとすれば、それは、事件の日がクリスマスイブだったこと。

すなわち。

サンタクロースはあの夜、為朝の家を訪れていた。

これこそが最後の手がかりなのだ。そう確信する。

「じゃあね、二人とも。ぼくはもう行かなくちゃ」

ああ、と上《うわ》の空《そら》で為朝に別れを告げる。

考えろ。考えろ。考えろ。そして——。

「何ぼけーっとしてるんだ、有人。行くぞ」

圭司の声で、我に返る。わかった、と静かに答えた。

7

「謎が解けたよ」

隣には圭司、正面には父さん。その日の晩、カレーライスを口に運びながら、ぼくは事件の解決を宣言した。為朝の新証言を父さんにも伝えた後だった。やはり彼はサンタのことを、警察には話していなかったらしい。

圭司に先んじるのは珍しい。だが今回は、事件の主眼となる謎といい、話を一方的に聞くだけの形式といい、彼に不利な要素が多すぎた。何より、事件の鍵を握るサンタクロースの存在に、圭司は懐疑的だった。悔しそうに唇を歪める彼を心の中で擁護してから、ぼくは口を開く。

「手始めに、ぼくが思い描いていた事件の輪郭を説明しよう。圭司にはもう話したけれど、あの足跡を犯人のトリックと受け取るのは不適当だって話だよ」

父さんのために、もう一度自分の考えを述べた。ふむふむ、と父さんが納得するのを見て、安心する。

「なるほどな。つまり残された足跡は、何らかの事情から仕方なしに生じた結果にすぎない、というわけか」

「うん、そういうこと」

「そんなの全然確実じゃないだろ」と圭司が口を挟む。

「じゃあもう一個、犯人が少なくともけんけんはしていないっていう証拠を挙げるよ。足跡の間隔だ。けんけんなら、普通の歩幅の二倍は飛ばないといけない。ところが、犯人の歩幅は一般的な大人のそれよりも大きいくらいだった。そりゃ本気を出したら不可能ではないかもしれないけれど、あの雪の中でそんな無理をする必要はどこにもない。けんけんで足跡の偽装をしたのなら、普通以下の歩幅になっていたはずだよ」

圭司は黙り込んだ。何だか申し訳ない。

「父さんはどう思う?」

「ああ、説得力はある。でも肝心の〝何らかの事情〟がはっきりしないのなら、いただけない話だな」

「もちろんそうだね。じゃあ、三組の足跡がトリックのためではなく発生するのはどんな場合か。歩幅の話を持ち出さなくても、片足跳びを利用した方法なんかは、まず使われていないだろうね。やむをえずけんけんをしないといけなくなった、という状況が思い浮かばないもん。するとやっぱり、犯人は真っ当に歩いた上でああいう足跡になったんだと思う。

いったん、足跡が三組である、という部分は忘れよう。問題は、奇数組であるところだよ。奇数組が不条理なのは、出入りをワンセットとして数えているからだよね。でも果たしてその数え方は正しいのだろうか。ぼくらはある先入観に囚《とら》われていたんじゃないか。

つまり、足跡のスタート地点が門ではなく離れだったとしたら？　具体的に言うね。犯人が離れまで移動したのが雪の止む前で、離れから帰ってきたのが雪の止んだ後だったんだ。これなら行きの足跡は残らずに、帰りの足跡だけが残る。二つはペアを形成しない。よって足跡は奇数組にならざるをえなかったんだよ」

ぼくはそこで言葉を止めて、反応を窺った。父さんは腕を組んで頷くが、圭司はといえば、不服そうに口を尖《とが》らせていた。

「そのくらいおれだって考えたさ。でも、それだと残る足跡は三組じゃなくて一組だろ？　ここをどう釈明するんだよ」

「まあ聞いてよ。犯人は十時前に離れへ向かった。為朝が十時少し前に聞いた物音はこのときのものだね。そして、ピッキング作業と殺人に費やした時間は大体二十分くらいだろう。その間に、雪は止んでいる。犯人はそのまま離れを後にし、門から逃げようとする。時刻は十時二十分頃。門へ向かうとき、犯人は必ず、為朝の部屋の窓の前を通ることになる。そこで、月明かりに照らされて、犯人が何を目撃したか。ちょうどその頃、為朝の部屋を訪れていた人物がいたんだよ。そう、それは――」

サンタクロースだ。

ぼくは精一杯のためを作って、その言葉を放った。忠正たちは目を瞠《みは》っている。一昨日《おととい》の晩の推理を経て、昨日、栗原要が逮捕された。父さんが問いつめると、彼はあっさり自白したのだった。小学生の息子の手柄だという点は、もちろん伏せたままで。

帝都小探偵団のメンバーは全員、〝秘密基地〟と名付けられた廃ビルの一室に集まっていた。為朝も、昨日サンタクロースについての証言を警察に求められたものの、それがどのように逮捕の決め手になったかは聞かされていないらしい。

「サンタ――そうか、時間的にも合う。でも、それがどうして残りの二組の足跡に……？」とその為朝が首を捻った。

「問題は、犯人がそのシルエットをサンタだと認識できたかどうかってことなんだよ。暗い部屋の中ではせいぜい、何やら大柄な人がいるなとわかった程度だろう。しかし、これは犯人にとっては見過ごせない光景だった。何故って、被害者は息子と二人暮らしをしており、他の大人が家の中にいるはずがないんだから。困惑しているうちに、その人影は消えてしまった。すると次に犯人はこう考えるはずだ。まさか、今の人影は村井為義だったんじゃないか。自分は間違えて別の人を殺してしまったんじゃないかって」

ああ、と為朝が声を上げた。他の人も、ぼくの言わんとするところを徐々に理解してきたらしい。部屋の片隅で不本意そうにしている圭司に口の中で謝ってから、説明を続ける。

「被害者はうつぶせの状態で殺されていた。おそらく暗闇の中で刺されたんだろう。犯人は被害者が離れで眠っていることを聞いていたし、この家に住んでいる大人は為朝のお父さんだけだとわかっていたから、疑いを持たずに刺殺した――翻って言うと、本当にそれが被害者で間違いないかを、顔を見てきちんと確かめることはしなかったということだよ。そんな経緯があった上で、いるはずのない大人の姿を家の中に認めれば、確信は揺らぐ。だから犯人はもう一度離れに戻って、自分が殺したのが村井為義であることを確認しないといけなくなったんだ。それで、無事人違いでなかったことをチェックし、安心して帰った。ようやくその段になって、家の中の人影はサンタだったのだと思い当たったんだろうね」

「な、なるほど……」

圭司を除く四人の間に、納得の嘆息が広がった。

「よって犯人は少なくとも十時前から、サンタの来た十時二十分まで為朝んちにいたことになる。その時間のアリバイがないのは栗原さんのみってこと」

ぼくは推理を終えた。

動機は、誤解による逆恨みだったらしい。自分の論文のアイディアを奪われて教授の手柄にされた。だから殺したのだ、と。

「やっぱり有人はすごいや！」と為朝は褒めちぎった。「ありがとう、犯人を捕まえてくれて。お父さんを殺したのが誰かわからないままっていうのも、あんまり気分がいいものじゃないからさ」

ぼくは曖昧な笑みを返す。

為朝は立ち上がると、かしこまって話し始めた。

「じゃあ本当に、そろそろお別れをしないといけない。次いつ会えるかわからないけれど——やっぱり今日会えてよかったよ。何かをしてもらったらありがとうと伝えなさいって、お母さんがよく言ってたんだ。だからみんな、今までありがとう！」

「為朝！」

悲鳴に近い声が重なる。為朝は照れ臭そうに目の端を掻いた。

「君たちと過ごした時間は一生忘れないよ。忘れられるもんか」

うっ、と彼は急にしゃくり上げた。こみ上げるものがあるのだろう。ぼくも、瞼が熱くなるのを感じる。為朝はしばらく下を向いていたが、やがて、涙を手で拭うと、満面の笑みをぼくらに向けた。

「ぼく、村井為朝は、今日十二月二十七日をもって、帝都小探偵団を卒業します！」

悲しいことではないはずだった。確かに、ぼくらはしばらく会えなくなる。でも、ぼくらが為朝と過ごした時間は、そしてぼくと為朝が親友であるという事実は、決して、消えてなくなりなどしないのだから——。

8

十二月二十五日、夜。

ぼくは推理を終えた。圭司と父さんは途中からすっかり押し黙って、ぼくの話に聞き入っていた。

やっぱりこの快感は、何事にも代えがたい。

「どう、父さん、圭司。どこかおかしなところある？」

ないだろう、と高を括《くく》って尋ねた。しかし。

「くくっ、くくくっ」

押し殺したような、低く不気味な笑い声。主は圭司だった。心底面白くて仕方ない、というふうに。えもいわれぬ恐怖感を掻き立てられる。

「な、何だよ。何がおかしい？」

「ははは、っ！　何がおかしいのかって？　全部さ！　この狂った世界も、今のおまえのふざけた推理もな！　でも一番笑えるのは、自分の馬鹿さ加減さ！」

圭司は目をギラつかせそう叫んだ。一体どうしたというのだ。ぼくに負けた悔しさで自棄《やけ》を起こしたのか？

違う、とぼくは直覚する。圭司の瞳に宿っていたのは、圧倒的な理性の光だった。さっきまでの不調な彼に漂っていた頼りなさが嘘のようだ。

「ほんとに、今日のおれはどうかしていた。昨晩の件で、サンタクロースが実在するんじゃないかと、少しでも思ってしまった自分がいたんだ。足下がぐらつくような感覚だったさ。でもな、サンタがいるなんて、この世界に許されたことじゃない。科学は、森羅万象が従うべき最低限の秩序だ。間違っても人間は壁をすり抜けないし、瞬間移動もしない」

「今更何を言ってるの。サンタがいるってことをまだ疑っているっていうの？」

「疑っている？　違うな。おれはサンタクロースがいないと確信しているのさ、有人」

「はあ？　……じゃあ昨晩のことはどう説明するんだよ？　うちに来たサンタも、為朝んちに来たサンタも」

圭司はふん、と鼻を鳴らした。

「ああ、ようやくわかったぜ。おれの言った通り、父さんの共犯者はやはり玄関から合鍵を使って入ったのさ。付け入る隙のない去年のクリスマスイブの密室状況を考えればそれ以外考えられないし、おれは疑いを解いたように見せかけていたから、警戒して去年と今年で侵入方法を変える必要もない。大体、たかが子供のクリスマスプレゼントの演出に、誰が鹿爪《しかつめ》らしい大密室トリックなんて用意するものか。

では何故おれの罠に証拠が残らなかったのだろう。もちろん、共犯者が家を出るときに玄関のドアを使わなかったからだ。でも、おれのトラップが気づかれるはずもないのに、どうしてそんなことをしたのか。皮肉なことに、おまえの的外れな推理を否定するヒントは、おまえの推理そのものに隠れていたのさ。去年と今年のクリスマスの違いを踏まえれば自《おの》ずと解は導かれる。言うまでもなく、雪が降ったことだ。そう、共犯者は雪が止む前に家に入って、出ようとしたときには雪が止んでいたんだよ。

あのでっかいヘリコプターや事典は持ち運べたものではないから、この家のどこかに隠されていたんだろう。合鍵で侵入した共犯者がそれらを運び出し、クリスマスツリーの下に置いているうちに、雪はぱたりと止んでしまった。リビングの窓から外が見えるから、共犯者はそこで気づいたはずさ。このまま玄関から家を出れば足跡が残り、おれたちが帰ってきたときに見つかってしまう。その事態を避けるべく、そいつはやむにやまれず裏の窓から脱出することにしたのさ。父さんにメールの一つでも送れば、帰ってきたときに父さんが窓の鍵を内側からかけることもできる。実際にそこまでしたのかは知らないが、とにかくそいつは幸運にもおれの罠を掻い潜る結果となったわけだ」

ぼくは絶句していた。筋の通った話だった。でも——そんな簡単に、サンタの正体が父さんだったなんて、認められない……。

「証拠はあるの、証拠は!」と推理小説の犯人のような台詞を口走っていた。

「裏の窓の下でも見に行けば、まだ足跡が残っている可能性はあるな。それも父さんがうまく隠滅したかもしれないが。もとより、証拠なんて必要ないんだよ。おれの説は、サンタなんて非科学的な存在を持ち出さずにあの現象を説明できている。それだけで、おれが確証を得るには十分さ」

「……それじゃあ、どうしてサンタは〝いる〟ってことになっているんだよ? 世界中の大人たちが一致団結して子供を騙しているって言うの? 前にも言ったけれど、そんなの全く現実的じゃないよ。理由がわからない」

「いわゆる動機か」圭司は応じた。「あまり興味はないが、一つ考えられることはある。サンタという人知を超えた偶像こそが、『良い子でいないとプレゼントはもらえない』という標語に強い説得力を与えているのさ。もしもプレゼントをくれるのが親だとわかっていれば、子供はあくまでも親の眼前でのみ良い子のふりをするかもしれない。あるいは、欲しかったプレゼントがもらえなかったときに、親に駄々をこねたり反抗的になったりするかもしれない。サンタはそういった子供の愚行を防ぐための大がかりな舞台装置なんだよ。元々の由来がどうだかは知らないし、文化的な側面も無視できないだろうけれど、少なくとも、サンタの存在の捏造《ねつぞう》が、親や社会にとって大いに有益な行為であることは明らかさ」

こじつけにもほどがある……。抗弁したかったが、意に反して言葉が出てこない。

そこで、ぼくには父さんがついていることを思い出した。そう、そうだ。父さん自身が圭司の説を否定してしまえばそれで済む話ではないか。

「そんなの出任せだ。父さん、圭司に言ってやってよ！　サンタのふりなんかしていないって！　ねえ！」

ぼくは父さんの腕を摑《つか》んで、懸命に訴えかける。

ところが、父さんは困り果てたような、中途半端な笑みを浮かべるだけだった。

「ごめんな、有人。もう小学四年生だし、告白しても決して早すぎはしないだろう。圭司の言う通りなんだ。父さんが、毎年和田巡査に頼んでやってもらっていたことなんだよ。喜んでくれるかなって思って」訥々《とつとつ》と語る父さんの顔が、ぼくの知らない何者かのもののように化けていく。「どこの家でもそういうものなんだ。サンタの正体は、親。つまり、この世界にサンタクロースはいないんだよ」

脳天を煉瓦《れんが》で強打された、そんな気分だった。

「父さんもやっと認めたか」と圭司は勝ち誇る。「これで晴れて、有人、おまえのサンタクロースを前提にした推理は崩壊したわけだ」

「そんな……じゃあ、じゃあ為朝が見たのは何だって言うんだよ。どう考えてもサンタだったじゃないか！」

「だからあれは夢だって言っているだろう？　サンタなんていないんだからさ」

「頬の傷はどうなるの？」

「頬を引っ掻いたところまでは現実で、サンタが現れたところからは夢の中だった――こう考えるしかないな」

「そんなの都合が良すぎるよ！」

「絶対的な真実に基づいて構成しているんだから都合も何もないさ。それに、為朝がサンタを見たとき後ろでは雪が降っていたとか言っていたよな。雪は十時の時点で止んでいるんだから、明らかな矛盾さ。あの場面が、為朝の願望が見させた夢だったと指し示す何よりの証左だ」

ぼくは口をつぐむことを余儀なくされた。サンタクロースはいない。ぼくの謎解きは完全なる誤《ご》謬《びゅう》。これはもう、受け入れなければならない真実なのだろうか。

「じゃあ――ぼくの推理は間違っていたんだね」

悔しさとも悲しさともつかない感情が渦を巻く。

「ああ、大はずれさ。そもそもサンタ云々《うんぬん》の前に、おまえの推理には論理的正当性の欠片《かけら》もないんだよ。確かに一定の説得力を持っていることは認めるが、その他の仮説が間違っているということを何一つ示せていないじゃないか」圭司は目を血走らせ、舌鋒《ぜっぽう》鋭くまくし立てた。「人が何を考えたか考えないとか、そんなことばかりに頭を使うからこうなるのさ。本当は人の心なんて、逆立ちしたって他人には見通せないんだよ。何をどう感じるか、何を行動の手引きとするか、何を信じているか。そんなものは人それぞれだ。現に、サンタの有無という重大な世界観は、容易に覆《くつがえ》ったじゃないか。他者の心理なんて不確かなものに立脚した推理は、どんなに蓋然性《がいぜんせい》と整合性を有していたところで、解明ではなく解釈にすぎない。真相を確定することは不可能――それがこの事件の、もしくはあらゆる事件の、根源的な真理なのさ」

圭司の口元に湛《たた》えられた嗜虐《しぎゃく》的な笑みは、より一層濃さを増す。

「だからな、いいか、有人。おまえは持ち前の優しさとやらで人の気持ちをわかってあげること、あるいはわかった気になることは十八番《おはこ》のようだが、そんなのはただの自己満――」

「圭司！」と父さんが低く叱責《しっせき》した。「言いすぎだ」

「……はいはい、悪かったよ」しかし圭司の言葉は既《すで》に、ぼくを打ちのめすには十分だった。「つまりおれが何を言いたいかって、どうして犯人はあの足跡を残したのか、そんなことを考えても全くの無駄だってことさ。有人は偽の手がかり説やアリバイ工作説を否定したが、それも『あの状況でわざわざそんなことをやるはずはない』っていうおまえの主観で決めたことだろう？　犯人は自分が疑われることを極端に恐れて、そして思いついた足跡のトリックをとんでもなくすばらしいものだと妄信して実行したのかもしれない。はたまた、意味ありげな足跡を残して、捜査を攪乱《かくらん》することだけが目的だったのかもしれない。

片足跳びを否定したおまえの推理も然《しか》り、だ。無理をして大ジャンプをしたわけがないとおまえは言うが、それはただ、おまえがそういう心理に共感できないというだけの話さ。裏をかいた思考をした犯人がいるという可能性を、誰も否定できやしない。

試しに一つ、もっともらしい〝推理〟を披露してやろう。犯人はおまえの言う通り、雪の止む前に離れに行き、止んだ後に出ようとした。そこで、自分の足跡が残ってしまうことに気づく。奇《く》しくも、同じ時刻にうちでおまわりさんが抱えた苦悩と一緒だな。このまま出たら、残るのは一筋の足跡。降雪が止まった時刻を跨《また》いだ犯行だと、強く示唆する手がかりになってしまう。そこで、一度出て、もう一度戻ってまた出ることにより、三組の足跡を作って、トリックが弄されたと解釈する余地を与えたんだ。同じ奇数組の足跡でも、一組だと片足跳びでは再現できないが、三組ならできる。犯人の思惑通り、おれたちは足跡から犯行時刻を全く決定できなかったんだから、彼の作戦は成功したと言えるだろう。

——と、これは大いに〝ありそうな〟話だが、何度も言うように、無数にある他の可能性を排除するものではないんだよ。まあ、おれは必ずしも完全無欠の論理にこだわるような人間ではない。目の前に容疑者がいるのなら、とりあえず今の推理を、適度にはったりも織り交ぜつつ突きつけて、自白をとれれば儲《もう》け物、だめならやり直し。そういうスタイルをとってもいいだろう。でも今回はそういうわけにはいきそうもない」

最後に肩すかしを食らった気分だった。あれだけぼくにケチをつけておいて、結局、ハウダニットもワイダニットもこの現実世界では成立しえないってことを論じただけなのか。

「がっかりだよ。圭司にだって真相はわからないんだね」

ぼくの非難に、しかし、圭司はにやりと口角を上げた。まるで、獲物に照準を絞った肉食獣のように。

「ふん、おれを舐《な》めるのも大概にしてくれ。解釈が定まらないのは、犯人の心理なんてものを推し量ろうとした場合の話さ。サンタクロースという視界を霞ませる異物が取り除かれた今、おれにはすべてが明瞭《めいりょう》に見えている」

何だと……。あれだけこの事件の解決不可能性に言及しておいて——。

「何、単純なことさ。さっき聞いただろう。サンタの正体は一般的に親だ。為朝の家も例外ではあるまい。隣の県に住む祖父母に委託した、なんて屁理屈《へりくつ》も通じないぜ。そんな重要な事実を証言しないはずはないからさ。したがって、為朝の枕元にあったプレゼントは、父親が置いたものだと断定できる」

なるほど、もっともだ……。だが、どうやって為朝のお父さんは、為朝のゴッドレンジャー好きを知ったのだろうか。為朝は父親に秘密にしていたはずなのに——。

そうか、録画だ。為朝が毎週テレビ放送を録画していたのに気づいたのだろう。そういう意味でも、サンタになれるのは為朝のお父さんしかいないのだ。

「さて、為朝が確実に起きていたのは、頬についた傷を鑑《かんが》みて、十時二十分まで。その時点でプレゼントは置かれていなかった。ゆえに、被害者がプレゼントを届けに来たのはその後のことで、十時二十分の段階ではまだ生きていたことになる。これは確定だ。すると、犯行時刻は十時二十分から十一時。この時間帯のアリバイがないのは栗原要のみ——犯人だけは有人と一緒だな」

途方もなく簡潔で、隙のないロジックだった。サンタクロースの不在を前提にすれば、結論は容易に導き出せたのだ。犯人の〝心〟など一切俎上《そじょう》に載せずに。

だが待て、足跡はどうなるのだ。

「何度言わせるんだ。足跡なんてものを考えても無意味なんだよ」と圭司はぼくの疑問を切り捨てた。

「でも一応おまえのために、最も〝ありそうな〟解釈をしておこうか。被害者は雪の止む前に母屋へ戻ってきて、プレゼントを置こうとした。これが、為朝が聞いたという物音さ。しかし、為朝はまだ起きていた。顔をぱしぱし叩く音や身じろぎする気配でわかったんだろう。だから為朝が眠るまで待つことにした。それで、十時二十分以降にプレゼントを置いて、離れに戻った。このときに足跡が一組。そう、奇数組の足跡のうち、一組は被害者自身のものだったのさ。その後、犯人がやってきて、残りの二組が生じた。これでちゃんと説明はできているだろう?」

雪が止むのを跨いで移動したのは他ならぬ被害者の方だったのか。目から鱗《うろこ》だった。——いや、まだだ。

「足跡は離れへ向かう方向のものが一組、出る方向のものが二組だったんだよ? 被害者が前者を形成したんだから、犯人は出る向きの足跡を二組も残したことになるじゃないか。何でこんなことを……」

「知るかよ」圭司は躊躇いなく吐き捨てた。「犯人は犯人なりに思うところがあったんだろうな。捜査の攪乱を狙った偽の手がかりのつもりだったのかもしれない。まあ、考えても詮無《せんな》いことさ」

悉《ことごと》くぼくの設問そのものを却下し、圭司は謎解きを終えた。ぼくは彼に、全く敵《かな》わなかった。

圭司の言葉が脳内で木霊《こだま》する。人の気持ちをわかろうとする行為は、自己満足にすぎないのだろうか。人の気持ちなど取るに足らないもののように扱う圭司を見て、せめてぼくは、人の痛みや悲しみを汲《く》んで生きていこうと心に決めていたのに。

だが、他人の心情を理解するなんて不可能だったのだ。犯人特定に、心理の推察はまるで役に立たなかった。

「名推理だな、圭司。よし、明日にでも為朝君の証言をとって、栗原を署までしょっぴこう」と父さんは言った。「助かったよ」

そう、圭司の謳ったことはきっと真実なのだろう。他者の心理など永遠に理解できない。できるはずがない。

「ふん、おれにかかればこんなもんさ。じゃあ探偵団のみんなにはおれが——」

でも、それが一体何だというのだろう?

それは何一つ、人の気持ちを考えなくていい理由になりはしない。

「だめだ!」ぼくは吼《ほ》えていた。感情が高ぶって、説明のつかない涙がぽろぽろと落ちる。「今の話はみんなに、為朝には、伝えちゃいけない!」

「何だよ、有人。負け惜しみか?」圭司は薄ら笑いを浮かべる。「ああ、それともサンタがいないなんてことを告げて、みんなの夢を壊したくない、とでも言うつもりか」

「そんなんじゃないよ！」おれは叫ぶ。「サンタの正体は為朝のお父さんだったんでしょ？　毎年、為朝の欲しがっているものを調べて、何も言わずにプレゼントを買ってあげていたのは、為朝の大嫌いなお父さんだったんでしょ？」

以前、為朝のお父さんと会ったときのことを思い出す。いつも息子と遊んでくれてありがとう、と決まり悪そうに頭を下げていた彼を。

「多分彼は——為朝のお母さんが亡くなったことに責任を感じていたんだろう。それで、自分の父親としての資格を疑っていたのかもしれない。だからこそ、研究に没頭して為朝と正面から向き合うことから逃げていたんだ。でも……不器用だっただけで、決して為朝のことをどうでもいいだなんて思っちゃいなかったんだよ。彼は、誰よりも、為朝のことを愛していたんだ！」

「見てきたように語るんだな」と圭司は鼻を鳴らした。「で、それがどうしたんだよ」

「それを知った為朝はどう感じると思う？　お父さんの物言わぬ愛に気づいたら、失ったものの大きさを思い知ったら、彼は絶対に、耐えられない……ぼくは、そう考えるんだ」

「なるほどな。それが有人一流の〝優しさ〟ってわけか」圭司は小馬鹿にしたように詰《なじ》る。「でも逆に言えば、為朝は父親の愛情を知らないまま生きていくことになるんだぜ。どっちが幸せなのか、おまえに決められるのか？」

「そうはならないよ、圭司。これは時限爆弾なんだ。年をとれば、サンタはいないっていつかわかるんでしょ？　それと同時に為朝は、お母さんが死んだ後もプレゼントをくれていたのはお父さんだったと気づく。真実を知るのは、そのときで遅くはないと思うんだよ。大人になった為朝なら——サンタのいない世界でも生きていける為朝なら、お父さんの気持ちを素直に受け止められるはずだ。でも、お父さんへの憎しみが唯一の支えに、お父さんを嫌っていたことがせめてもの救いになっている今じゃだめなんだよ。だから圭司、頼むよ。その推理をみんなには伝えないでほしいんだ。ぼくが代わりに、サンタが出てくるさっきの筋書きで納得させるから！　お願いだ！」

ぼくは兄に深く頭を下げた。どうせ却下されるだろうという予想に反して、圭司は「やれやれ、仕方ないな」と大げさに肩を竦めた。

「好きにすればいいさ。もうおれには関係ない」

「あ、ありがとう……！」

感謝しつつも、あっさりとした了承に驚いていた。普段の圭司なら自分の手柄を周りに吹聴《ふいちょう》することを優先しそうなものなのに、どういう風の吹き回しだろう。ただの気まぐれか、時限爆弾の仕掛けを愉快に思ったのか。あるいは。

あるいは、少しは為朝の気持ちとぼくの思いを汲んでやろうと考えたのか——。

まさか、な。

「おまえはこの期に及んで、まだ性懲りもなく人の気持ちなんかを考えるんだな」と圭司は腰を浮かした。「そんなんじゃ一生、おれに勝てやしないぞ」

勝てなくたっていいよ。

リビングから出ていく彼の背中を、ぼくは涙を拭って見届けた。


翌日、栗原要は逮捕され、さらにその翌日、為朝の〝卒業式〟が行われた。

事件の成り行きは、圭司の推理通りだったようだ。ちなみに奇妙な足跡の向きの理由。栗原要は、東の空に浮かんでいた真ん丸の月がまるで自分の犯そうとする罪を天から見下ろす神の目のように見え、怖くなり背を向けて離れまで歩いたのだという。圭司は正しかった。足跡の謎を考えたところで、本当に何の意味もなかった。人の気持ちなどわかるべくもなかったのだ。

しかし、たとえそうなのだとしても、とぼくは思う。たとえそうなのだとしても、他者を理解しようとする行為そのものには意味があるはずだ。考えた結果が誤っていようとも、考えること自体を放棄する人間に、ぼくはなりたくない。

クリスマスツリーの片付けられたリビングで、ぼくは寝転がった。床暖房の暖かさに、溜《た》まっていた疲れと緊張がほどけていく。

この世界にサンタがいないと知っていたって、みんなクリスマスには心を躍らせている。だから来年のクリスマスも、ちゃんとツリーを出して盛大に祝わなきゃ損というものだ。素敵なプレゼントだって、きっともらえるのだから。

黒い密室

1

あのうだるような夏の暑さを、昼下がりの校庭に降り注ぐ日差しの眩《まぶ》しさを、美優《みゆ》はまだ鮮明に胸に描くことができる。ボールを追いかける青年たちの泥に塗《まみ》れたユニフォームだって、はっきりと。

山口《やまぐち》美優は英都《えいと》高校サッカー部の元マネージャーだった。机の片隅に立て掛けられているのは、高二の夏合宿の際、部活内で仲の良かった五人で撮った写真だ。

高校を卒業してから一年と数ヶ月が経《た》つ。その間、彼らと集まることは一度としてなかった。いつまでも続くだろうと思い描いていた五人の関係は、想像するよりもずっと脆《もろ》かった。

しかし明日《あした》、美優たちは再会する。

経営している民宿を数日貸し切りにできるから、友達と一緒に遊びに来たらどうかと、祖父母に招待されたのだ。山間《やまあい》の高地にある、避暑にはうってつけの場所。友達と言われて脳裏を掠《かす》めたのは、大学でできた友人ではなく高校時代のあの仲間たちだった。

だがもちろん、初めは彼らを誘うことを躊躇《ちゅうちょ》した。もう以前のような関係には戻れないとわかっていたからだ。でも、どうしても会いたかった。話したいことがたくさんあった。思えば、日常でくすりと笑ってしまうことや少しムッとするようなことが起きたとき、真っ先に報告したい相手として思い浮かぶのは今でも彼らだった。

だから美優は、勇気を出して、四人を誘うことにした。二年に前起こったこと全部が、もう笑い話で済めばいいと期待して。

幸い、驚いた様子ながら、みんなは口を揃《そろ》えて行くと応じてくれた。明日、みんなに会える。響子《きょうこ》に、陽輝《はるき》に、佑《ゆう》に、そして健吾《けんご》に。そう思うと美優は、期待と不安で身震いするほどだった。際限なく渦巻く追憶に歯止めをかけるように、美優は写真立てをそっと倒す。これ以上考えていると目が冴《さ》えてしまいそうだった。

久しぶりの遠出だ。今晩は、早めに床につこう。

2

「どうしたんだ、有人《あると》。やけに眠そうだな」

圭司《けいじ》にそう尋ねられたのは、八月十五日の朝、家の前でのことだった。その顔には、にたにたとした嫌な感じの笑みが浮かんでいる。

「さてはおまえ、楽しみにしすぎて眠れなかったのか?」

「そ、そんなんじゃないよ」

図星を指されたぼくはぶんぶんと首を横に振るが、我慢できずに欠伸《あくび》が漏れる。

「へっ、やっぱりな。翌日が楽しみで寝付けないなんて小学生かよ」

「誰が小学せ……じゃなくて、普通に小学生だから!」とぼくは叫んだ。何も恥じることはない。異常なのはこいつなのだ。「お泊まり会が楽しみで仕方ないっていうのは、小学五年生としてむしろ健全でしょ?」

そう、今日は人生初のお泊まり会。それも、ただのお泊まり会じゃない。

「おっ、迎えの車が来たぞ」

ぼくらの前に、一台の車が滑り込んできた。運転席と助手席には頼子《よりこ》のお父さんとお母さん。そして後部座席で手を振るのは頼子、桜《さくら》、忠正《ただまさ》の三人だ。ぼくらはそのさらに一列後ろに乗り込む。帝都《ていと》小探偵団はこれで全員だ。

「あら、どちらが圭司君でどちらが有人君だったかしら」

頼子のお母さんが振り返って可笑《おか》しそうに尋ねた。

「目つきがいかにも性格悪そうって方が圭司よ」

親の前でも頼子の毒舌は容赦ない。

「馬鹿やろう、そんなんでわかるか。せめて服で区別しろ。この毎度地味な方が有人だ」

「地味で悪かったね」

双子のぼくらは容姿も体格もそっくりだが、友達に誤認されることはないに等しい。一つは今圭司が言及した服装の違いのためで、ぼくがいつもこの控えめな緑色のシャツを着ているのに対し、圭司は大抵派手な赤いシャツを身につけている。父さんがわかりやすいようにと、同じ服を何枚も買ってきたのだ。今ではそれがぼくらのトレードマークと化していた。

ただもう一つの理由——おそらくこちらの方が大きい——は性格の違いである。豪快で形振《なりふ》り構わず行動する圭司は、小心者で人の目ばかり気にしているぼくとは、見事なまでの対極に位置している。醸し出す雰囲気、語り口、態度に滲《にじ》む自信などから、どちらがどちらなのかは一目瞭然《いちもくりょうぜん》のはずである。

「どうも、こっちが麻坂《まさか》有人です。お世話になります……」

「ふふふ、やっぱり性格は全然違うのね、あなたたち」

向かう先は、隣県の高原にある、頼子の祖父母が経営している民宿「カラス荘」だった。何でも、老朽化した二階の改修工事が始まるまでの数日間客を入れないからと、孫たちに友達を招待する権利を与えたらしい。頼子のお姉ちゃんも、一日早く遊びに行っているとのことだ。

それにしても、一泊二日の外泊である。お泊まり会の相場はせいぜい友達の家がいいところなのに、いきなりの遠出だ。なんて都合のいい話だろう、ぼくらにとって。

「しかし頼子ちゃんちがここまでのお金持ちだったとはびっくりしたよ」と忠正は茶化した。

「道理で人使いが荒いわけだ」とぼやいた圭司を、頼子が鋭く睨《にら》みつける。

「うちがお金持ちなんじゃなくて、おばあちゃんたちがお金持ちってだけなの」

「まあ、何でもいいじゃん」と桜。「わたし、楽しみでほとんど寝られなかったわ」

ほら、とぼくは圭司に無言で視線を飛ばすが、彼は素知らぬ顔だ。

「あーあ、涼しいところだってことを願うだけだな」

圭司は興味なげに呟《つぶや》いたが、今日の彼は明らかに口数が多い。それに、昨晩二段ベッドの上で彼がいつになく寝返りを打っていたのを、ぼくの耳は聞き逃してはいないのだ。素直じゃない奴《やつ》め、と心の中でこっそり彼を小突く。

夏の日差しに曝《さら》されたぼくらの車は、それに負けないくらいの熱気を乗せて、目的地へと進んでいく。いざ、カラス荘へ。

二時間ほどのドライブは、ぼくらの期待と持参していたポテトチップスの袋をぱんぱんに膨《ふく》らませた。着きましたよ、という頼子のお母さんの声とともに、ぼくらは車から飛び出す。鮮やかな緑が視界いっぱいに広がっていた。

「うーん、やっぱりいい空気だ」と忠正は深呼吸をする。

「くそっ、大して涼しくないじゃねえか」と圭司は平常通りで不平がましい。

傾斜のきつい坂を上った先の山腹に、カラス荘は位置していた。すぐ側《そば》を流れる川の音が轟々《ごうごう》と響いている。振り返ると、たった今上ってきた未舗装の道がどこまでも続いて見えた。正面にはゲレンデがあるが、この季節はもちろん芝生に覆われている。そして周りを囲うのは生い茂った森林と、心なしか近く感じられる青空だ。降り注ぐ日差しはぼくらの地元よりもむしろ強いくらいだが、からりと乾いた空気と爽やかな風のおかげで、まとわりつくような蒸し暑さはない。気持ちのいい天気だった。

ぼくらが泊まるカラス荘の規模は、想像を遥《はる》かに上回っていた。ゲレンデに面して黒色の外壁が左右対称に延びていて、ちょうど鴉《からす》が翼を広げているような趣《おもむき》だ。三階建てで、窓の多さから察するに部屋数も充実している。後で聞いたところ、主に冬はスキー客、夏は部活動の合宿に来る中高生を相手にしているようで、かなり繁盛しているらしい。

ゲレンデとは反対側にある玄関から中に入ると、フロントでまず頼子のおばあちゃんが出迎えてくれた。早口で館内や設備の説明をし、頼子に部屋の鍵を四つ渡すと、せわしなく厨房《ちゅうぼう》へ駆けていく。七十近いご老体なのに、大したバイタリティだ。

問題は部屋割りである。ぼくら五人が使えるのは、冬季に訪れるカップル用に用意しているという、三階の二人部屋四つ。当然女子二人が同室を希望し、男子三人はばらけることになった。

館の中央にある階段を上り、三階へと向かう。階段を出たところの横は開けた空間になっており、小洒落《こじゃれ》たソファや、テーブル、椅子が点在していた。細い廊下は左右に延び、その両側に部屋が配置されている。ぼくらの部屋はすべて右側の廊下にあり、三〇六号室がぼく、三〇七号室が圭司、三〇八号室が忠正、三〇九号室が頼子と桜に決まった。

ルームキーを鍵穴に差し、自室のドアを開ける。入り口横のスイッチをぱちりと押すと、質素極まりない部屋が目に入ってきた。小さな座卓に座布団、あとは押入があるくらいである。そして、正面には窓。厚手の黒いカーテンを引くと、萌黄色《もえぎいろ》のゲレンデが眼下に広がっていた。地味ながら、静か

〈カラス荘　見取り図〉

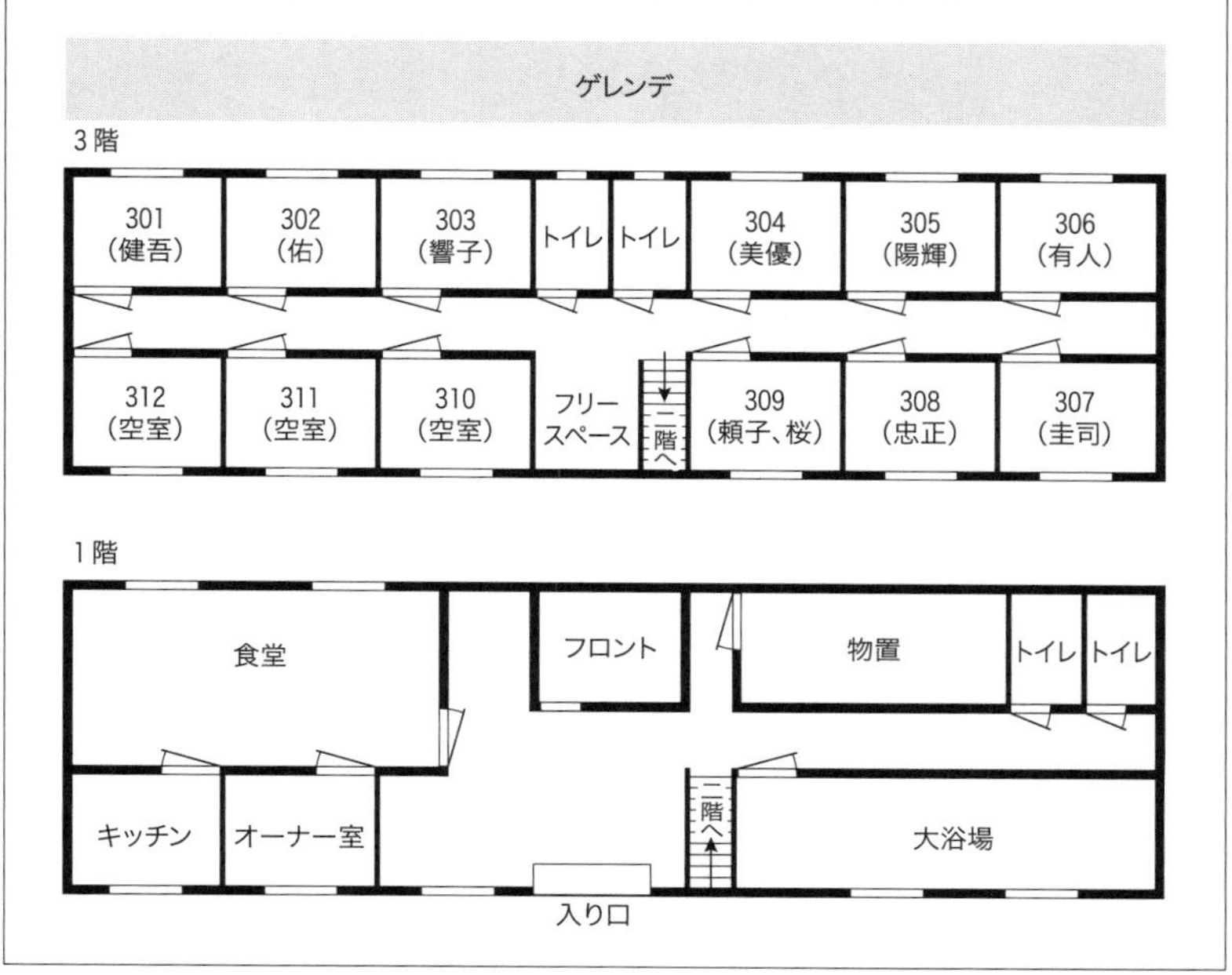
ゲレンデ
3階
301（健吾）
302（佑）
303（響子）
トイレ
トイレ
304（美優）
305（陽輝）
306（有人）
312（空室）
311（空室）
310（空室）
フリースペース
二階へ
309（頼子、桜）
308（忠正）
307（圭司）
1階
食堂
フロント
物置
トイレ
トイレ
キッチン
オーナー室
二階へ
大浴場
入り口

〈客室　見取り図〉

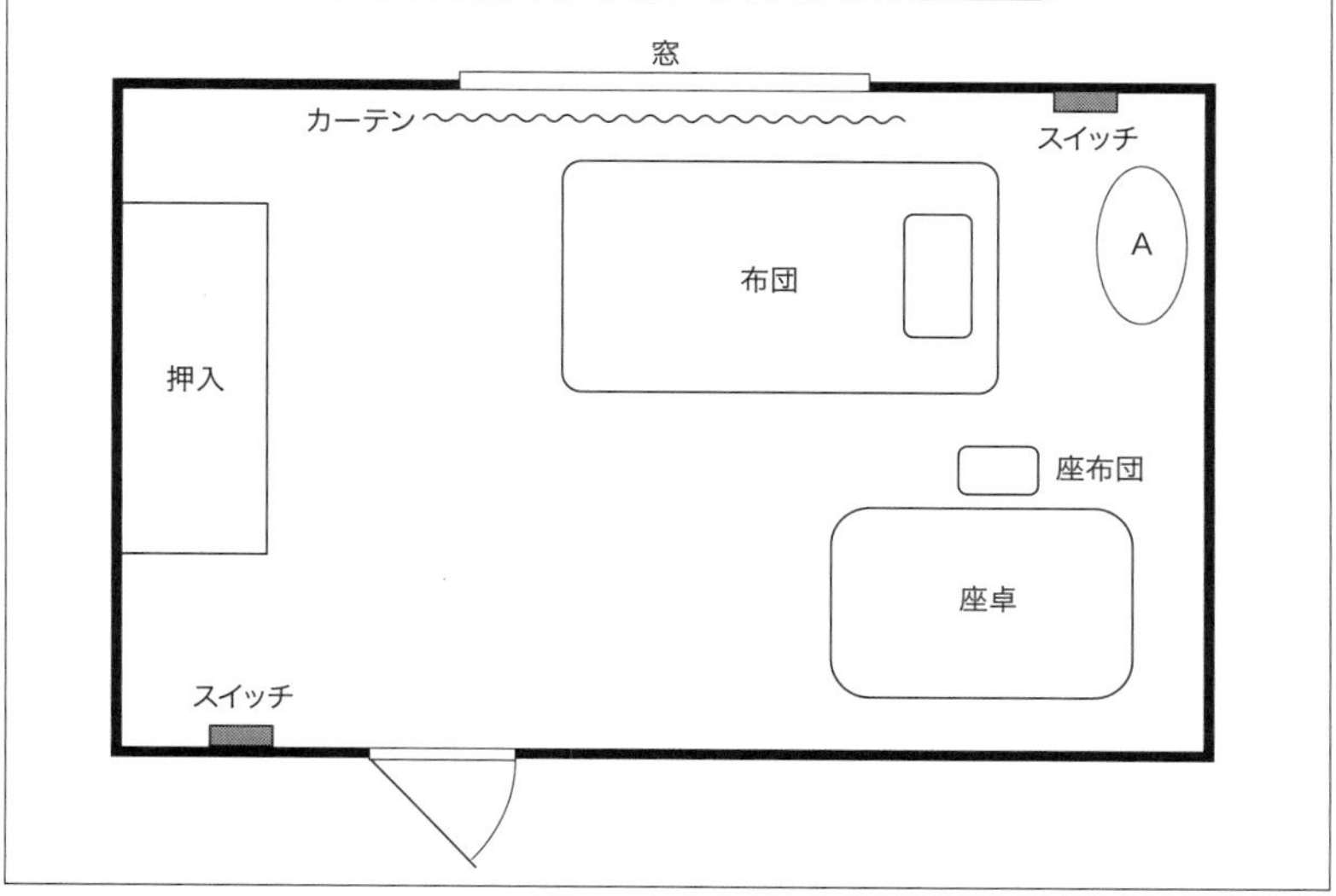
窓
カーテン
スイッチ
布団
A
押入
座布団
座卓
スイッチ

けよう！」


で居心地の良さそうな部屋である。これを、一人で自由に使えるなんて。

「最高だ……」と思わず呟く。

「最高よね！」

開いたドアから顔を覗《のぞ》かせたのは頼子と桜だった。二人とも満面の笑みを浮かべている。

「でも、くつろいでいる暇なんてないわ。予定はびっしり詰まっているの。早く昼ご飯を食べて出かけよう！」

着いたのが遅かったため、昼食を終えた頃には三時を回っていた。遊び場となるグラウンドまで送ってくれる軽トラックは四時出発らしい。頼子の発案により、それまではトランプで時間を潰《つぶ》すことになった。

手頃なテーブルがあったので、早速三階のフリースペースを利用させてもらうことにした。椅子を集め、円卓を囲む。

最初の十分ほどは七並べをやっていたが、全く盛り上がらなかった。そこで、あとはトランプゲームの鉄板、「大富豪」をひたすら繰り返した。さすがにそこは帝都小探偵団、頭を使って戦略を練るのは大好物である。激戦は二十分ほど続いた。

最強は圭司だった。初めに大富豪の座に就くと、それからは大富豪の利を生かした無駄も容赦もないプレイングで、格差を再生産していく。

「しかしいい加減飽きてきたな。おまえらが弱すぎて」五回連続で大富豪の座を占拠した圭司は、いよいようんざりして顔を顰《しか》めた。続けて、良《い》いことを思いついたというように口角を上げる。「そうだ、マジックをしよう」

「マジック？」

唐突な申し出を、ぼくは鸚鵡《おうむ》返しにした。

「ちょっとこの間、本で読んだのがあるんだ。試すのは初めてだが——おまえらが相手なら問題ないだろう」

「全く見くびられたものだわ！」

先ほどは富豪に甘んじ、業を煮やしていた頼子が声を高くした。タネを看破して仕返しでもしようという魂胆か。

「ふん、自信があるようだな。そうだな……じゃあ賭けをしようか。おまえらが仕掛けを見破ったら何でも言うことを聞こう。その代わり、見破れなかったらおまえらはおれの命令を一つずつ聞く。どうだ？」

圭司の表情は余裕と嗜虐《しぎゃく》性に満ち溢《あふ》れている。こんな賭けに乗っても、悲劇的な未来しか想像できない。彼を宥《なだ》めなければ。

「その勝負、受けて立つわ」

ぼくが何か言う前に、頼子がまず好戦的に笑った。

「えっ、ちょっと——」

「うん、さっきの借りは返させてもらうぜ」

「面白そう！」

忠正と桜まで、嬉々《きき》として名乗りを上げた。圭司の〝命令〟がどれだけ限度を超えているか知らないのか——？

「よし、全員参加だな」と勝手にぼくまで入れて、圭司のマジックショーは幕を開けた。「じゃあ、そのトランプを貸してくれ」

圭司はさっきまで使っていたトランプを無造作に交ぜると、テーブルの上で扇状に広げてみせた。

「よく交ざっているのを確認してくれ。当たり前だが、このトランプにはタネも仕掛けもない」

それはそうだ。カードはありふれたものだったし、何より頼子の持参品である。となると、何らかのテクニックが駆使されるのだろうか。ぼくは圭司の一挙手一投足に神経を集中させる。彼は広げたトランプをまとめると、裏向きにして、一枚ずつぱたぱたとテーブルに落とし始めた。

「誰かストップと言ってくれ」

意外と定番のマジックだ。頼子の合図でトランプは二つの山に分けられた。圭司は手に持った束を円卓に置かれたそれの右側に置いて、宣言した。

「今から、この二つの山の、一番上にあるカードをそれぞれ当ててみせる」

そして彼は呪文めいた言葉を唱え始め、「ハートの8だ！」と叫びながら左側の山に手を伸ばし、一枚引く。

「よしよし、合ってる」と圭司は満足げにそのカードを眺める。完全に自分の世界に入ってしまったようだ。再び呪文を唱え、今度は「スペードの5だ！」ともう片方の山から一枚引く。

「よっしゃあ、正解！」

「ねえ、わたしたちに見せてくれないと合ってるかわからないじゃない！」

「おっと、悪い悪い。忘れていた」

圭司はぽいっと、手持ちの二枚のカードを卓上に放り出す。それらは紛れもなく、ハートの8とスペードの5だった。

「くっ……」忠正が呻《うめ》く。

「すごーい」と桜は暢気《のんき》だ。

「どうだ、タネがわかった奴はいるか？」

誰も手を挙げなかった。何の変哲もないカードに、シンプル極まりない現象。それゆえに強調される不可思議さ。きっとたわいもないトリックなんだろうが、手品の素養など持ち合わせていないぼくらには、とりつく島もなかった。しばらく考え込んだが、しっくり来るアイディアは浮かばない。

そのまま、数分が流れた。

「うーん、だめだ……」

「もうこれ以上待っても無駄みたいだな」圭司は欠伸を噛《か》み殺した。「じゃあ、おれの〝命令〟を聞いてもらおうか。そうだな——」

これまでに圭司との賭けに負けた思い出が、走馬灯のごとく駆け巡る。一つだけ言うことを聞くという条件の中、真顔で「じゃあ、おれの言うことをあと百回聞いてくれ」と言い放ったこと。それからおやつやゲームが悉《ことごと》く圭司の手に渡ったこと。思い返すだけで背筋に寒いものが走る。だからこんな賭けには乗るべきじゃなかったのだ。ぼくはこの手の賭け事で、「ただの口約束じゃないか」なんてはねつけられる人間じゃない。今度は一体どんな仕打ちを受けなければならないのか……。

「——まあ、まだこの権利はとっておくことにしよう。来《きた》るべき時のためにな。楽しみにしていてくれ」

圭司の下した判決は、執行猶予だった。一安心しつつも、ひょっとしてこれはもっと悪質なんじゃないかと不安になる。

「で、圭司。答えは何なんだ?」と忠正が尋ねる。ぼくも身を乗り出した。

「答え?」圭司はさも心外だと言わんばかりに眉を上げた。「おいおい、どこの世界のマジシャンが進んで種明かしをするんだよ」

そんな理不尽な、と反駁《はんばく》するべく口を開きかけたとき、頼子が叫んだ。

「大変、もう四時過ぎてる!　出発しなきゃ!」

3

その前日、八月十四日の夕方。美優は駅のバスターミナルで、気もそぞろに彼らの到着を待っていた。どんな言葉から会話を始めればいいのか。以前と変わらない距離感で接してもいいのか。そもそも、高校のときはどんな距離感だったっけ——？　そういった憂慮ばかりが延々と心を掻《か》き乱し、居ても立ってもいられなくなる。

大丈夫だ、と自分を奮い立たせた。きっとなんとかなる。大きく息を吸って吐いて吸って——。

「あ、美優！」

名を呼ばれ、美優は噎《む》せながら勢い良く振り返る。一緒にマネージャーをやっていた響子だった。最初に到着したのが彼女だったことに、美優は若干の安堵《あんど》を覚える。彼女とは特にわだかまりもなかったし、卒業後も二人で会うことは何度かあった。

「おはよう、久しぶりだね」

「うん。そういえば、このメンバーで遊ぶのって卒業してから初めてだよね」

響子も少し緊張気味の様子で、感慨深そうに言った。

「山口、橋本《はしもと》、おはよう」

次いで声をかけてきたのは佑だった。高校時代は小柄ながら卓抜した足下の技術で中盤の司令塔役だった彼だが、今やがっしりとした体軀《たいく》はすっかり大人のそれである。

「おお、懐かしいな！」

続いて現れたのは陽輝だ。見た目が変わったという点では彼も同じだった。髪は逆立ち、色は金。耳にはピアスまでつけている。とはいえこちらの変貌に関しては、まあ、あまり予想外でもない。

「佑、おまえなんか変わったなあ。なのに響子と美優はそのまんまだな」

「当たり前でしょ、一年ちょっとしか経ってないんだから！」

美優が反射的に言い返すと、思いの外和やかな笑いが起きた。あれ、と思う。意外と、本当に大丈夫そうじゃないか。

「ごめん、最後になっちゃったよ。みんな久しぶり！」

小走りでやってきたのは健吾だ。美優は思わずびくりとして、伏し目がちになってしまう。

「ん、どうしたの？」と彼が顔を覗き込んでくるので、美優はますます縮こまる。「っていうか、全然変わってないね。高校生みたい」

「大人っぽくなってなくて悪かったね！」

美優は健吾を蹴飛ばした。うわー、という間抜けな声。相変わらず暴力女だな、と陽輝がぼそり。佑がこくりと頷《うなず》き、響子は甲高く笑う。ああ、この感じ。懐かしい。

「——さ、気を取り直して、みんな集まったことだし、出発しようか！」

美優は努めて明るく言った。色々と心配したが、すべて取り越し苦労だったようだ。「時間」の解決能力を、どうやら侮っていたらしい。

バス内での話題は尽きなかった。まずはそれぞれの近況だ。陽輝と響子が絵に描いたような充実したキャンパスライフを送る一方で、佑は弁護士になるための勉強に精を出しているらしい。また、一度大学受験に失敗した健吾は、何を思ったか、世界中を転々としながら浪人生活を過ごし、今年、国立大学の文学部に合格したという。一人旅の最中邂逅《かいこう》した多様な文化や宗教に感銘を受けたことから、大学では人間科学を専攻するつもりだ、と彼は朗らかに語った。彼の纏《まと》う雰囲気は、以前よりも遥かに洗練されていた。

一通り近況報告が終わると、今度は昔話に花を咲かせる。その「花を咲かせる」という、やや大げさにも思えた慣用句の真骨頂を、美優は身をもって体感した気がした。まあ、話の盛り上がること！回想の断片が別の記憶を芋蔓《いもづる》式に引き出し、話題を止めどなく膨らませる。掘り起こされた甘美な思い出たちは、美優らを等しく雄弁にした。お互いの第一印象、先輩とのいざこざ、大真面目に話し合った内容がいかにくだらなかったか——。


バスに揺られること二時間弱。最寄《もよ》りの停留所で降車すると、迎えに来てくれた祖父の軽トラックに乗り換える。それから三十分ほどヘッドライトに照らされた細い山道を進み、ようやくカラス荘に到着した。美優たちは降り立つと、興奮気味に辺りを見やる。もう日は暮れていて、満天の星の下、夥《おびただ》しい生命を宿しているであろう山々が、川の轟音とともに彼らを取り囲んでいた。

「ぷはー！　よーし、遊ぶぞ！」

響子が解放感の漲《みなぎ》った声を張り上げた。男子は部活時代の特訓を思い出したのか、傾斜が十五度くらいありそうなゲレンデを無邪気に駆け上っている。美優は頬を緩めて彼らを見ていたが、ふと素朴な疑問に行き当たった。

何をしに来たんだっけ？

再会すること自体を目的に企画した旅行だ。具体的に何をして遊ぶのか、ほとんど考えていなかった。

「おじいちゃん、この辺で遊べるところある？」

「何にもないところだからねえ。近くにある店といったらお土産屋さんや喫茶店くらいなもんさ」

そうだよなあ、と肩を落とす。これでは三日間、とてもではないが持ちそうにない。

「でもグラウンドならあるぞ。所有しているサッカーグラウンドがいくつかあるんだ。ボールだって貸し出せる。ああ、でも今時の大学生はそんなこと……」

「大丈夫！　それで十分！　おじいちゃんありがとう！」

そうだ。ここは運動部の合宿先として経営している民宿だった。それで十分どころか、自分たちを元通りの関係に戻すのに、サッカー以上にふさわしいものはないだろう。美優は胸を撫《な》で下ろした。

部屋は三階の部屋が一人に一部屋ずつ用意されていた。五メートル四方ほどのスペースに座卓と座布団のみが置かれた、いっそ清々《すがすが》しいほどのシンプルさ。荷物だけ置くと、美優たちは一階の食堂へ向かった。

夕食は、ご飯と味噌《みそ》汁、ポテトサラダ、それに鶏の唐揚げだった。美優たちのためだけに祖母が拵《こしら》えてくれたものだが、随分と量が多いな、という感想になってしまう。ただ、陽輝たちは「おれらの合宿もこんな感じだったよなあ」と懐かしがって、食べ盛りの高校生並みの勢いで食らい始めた。さすがは元運動部だ。

「それでさ、明日から何するの？」と正面に座る健吾が白米を口いっぱい頬張り聞いてきた。「何か考えてる？」

「食べながら喋《しゃべ》らない！　それにこぼしすぎ！　左手はきちんとお茶碗に添える！」と美優は母親のようにまくし立ててから、ひいと身を竦《すく》めてみせる健吾を後目《しりめ》に腹案を開陳する。「で、そのことなんだけれどさ、近くにサッカーができるグラウンドがあるらしいんだ」

「サッカーか。いいな、久しぶりに」

「色々遊び道具も持ってきてたんだが――いいじゃねえか、たまには体を動かすのも」

佑と陽輝が賛同する。

「じゃあ、決まりだな。美優と響子もそれでいいのなら」

「もちろんいいよ。わたしたちもちょっとはやりたいし」と響子は歯を見せた。

美優も頷《うなず》いた。彼らにとってもサッカーはもう日常ではなくなってしまったんだなと、今更のように感慨に浸る。


翌朝。早めの朝食を済まして、一階の物置に向かった。埃《ほこり》っぽく淀《よど》んだ空気が立ち込める地下室めいた薄闇に明かりを灯《とも》すと、各種ボールにゴール、コーンにロープ、スキー板などが現れる。手頃なサッカーボールを一つ選ぶと、美優たちは祖父の軽トラックに乗ってグラウンドへ向かった。五分ほどで着く。帰りは歩きでお願いと言い残し、祖父は去った。

初めは五人でボールを蹴り合っていたが、やがて男子三人が夢中になってきた。ボールを回し、ゴールにシュートし合う。佑の俊敏なドリブルに、陽輝の正確無比なロングキック、そして健吾の左足での力強いシュート。やっぱり上手だ。ちっとも衰えているようには見えなかった。

一時間ほどが過ぎると、すっかり休憩モードになった美優と響子は木陰のベンチに寝そべった。よくもまあ飽きずにずっとやっていられるものだ、と未《いま》だボールを追っている三人に感心する。しかし思えば、引退までの十数年間、彼らは来る日も来る日もサッカーに情熱を燃やしていたのだ。

あんなことがなければ、ひょっとすると三人は、今でもサッカーを続けていたのかもしれない。そう美優はぼんやりと考え、その仮定の無意味さにため息をついた。


昼食の席で午後の予定を決めた。少し歩いたところに土産物店や喫茶店があるらしく、美優と響子はそこに行きたいと主張した。男子三人は疲れた様子ではあったが、渋々了解した。午後三時半にフロントに集合と決め、それまでの一時間は休憩時間とした。

美優が十五分ほど部屋で携帯を触ってから一階に下りると、大浴場の前のソファで陽輝と佑がくつろぎながら、デザートとしてサービスされた巨大なメロンにありついていた。一切れあたりの中心角がほぼ直角。なんて贅沢《ぜいたく》な。髪が濡《ぬ》れているところを見ると、シャワーを浴びてきたらしい。

「あれ、健吾は？」

「風呂は一緒だったんだが、相当疲れているみたいで、部屋に帰っちゃったぜ」

「あ、美優。これから大浴場に行くんだけど一緒にどう？」と折しもバスタオルを手に持った響子がやってきた。

「うーん、おばあちゃんに道を聞いておきたいから、今はいいや。そんなに汗かいてないし」

「さすがガサツ」と陽輝が茶化す。「おれなんて一日二回は入るぜ」

「あんたこそ、その見てくれで潔癖なのは、逆に気持ち悪いよ」

しばらくその場で駄弁《だべ》った後、祖母を探して食堂に寄った。土産物店への行き方を紙に描いて教えてもらうと、健吾にメロンを差し入れてくるように言付《ことづ》けられた。

階段を上り、彼のいる三〇一号室のドアを叩《たた》く。ややあってから、彼は目をこすりこすり現れた。カーテンは閉められていて、室内は暗い。

「ごめん、寝てた？」

「うん、まあね。どうしたの？」

「これおばあちゃんから」

そう言って、フォークと果物ナイフとともにメロンの載った皿を渡す。

「サンキュ」と健吾は電気を点《つ》け、部屋の片隅に寄せてあった座卓にメロンを置いた。大きな欠伸を一つ。

「疲れてるんだね」

「ああ、年はとりたくないもんだな」

まだ若いでしょと笑い、美優はそのまま部屋を去ろうとしたが、胸に迫った妙なもったいなさが彼女を踏みとどまらせた。折角再会して、今こうして二人きりになったのだ。この機会をみすみす逃すのはいかがなものか――。

卒業してから、美優はようやく自覚した。自覚という言葉が正確でないなら自認と言い換えるべきかもしれない。とにかく自分は、藤田《ふじた》健吾のことが好きだったのだ。友達として好き、以上の意味で。ではまだ気持ちがあるのかと問われれば、即答はできない。それでもやはり、健吾が美優にとって特別であることに変わりはなかった。

「あ、あのさー」と美優は一歩踏み出した。伸ばした語尾は続くべき音を探してさまよう。やがて口をついて出てきたのは、自分でも意外な言葉だった。「よかったよ。みんな、あのことを引きずっていなさそうで」

健吾の顔がさっと曇るのを見てから、しまったと思った。誰も、あの事件を忘れたわけではなかったのだ。口に出さなかっただけで。

「……そうだね」と健吾がぎこちなく答え、気まずい沈黙が流れる。

潮時だ。

「――じ、じゃあ三時半集合だからね。寝坊しちゃだめだよ」と美優は早口で言った。

「うん」と健吾は何が可笑しかったのか、少しばかり口元を緩める。

美優は逃げるように部屋を立ち去った。あの件はやっぱり禁句だった。焦りすぎたのだ。一年半の空白は、そう簡単には埋められない。

でも、まだチャンスはいくらだってあるはず。そう美優は自分に言い聞かせる。

チャンスが訪れることは二度となかった。

約束の時間に健吾は現れなかった。みんなで呼びに行き、ドアをノックしても、返事はなかった。部屋には内側から鍵がかかっていて、中に入ることもできない。

「爆睡だね」と響子。

「でも電気は点いているみたいだけど」とドアの隙間《すきま》から漏れている光の筋を美優は指差した。

「相当疲れてるみたいだったから、点けっぱで寝ちゃったんだろ」

「仕方ない。起こすのも酷だし、おいていくか」

陽輝と佑の判断に、美優たちは頷いた。このとき、健吾が暗所好きだということを誰かが思い出して疑問を持てば、あるいは、結果は何か変わったのかもしれない。だが生憎《あいにく》、美優たちは健吾抜きで出かけてしまった。

喫茶店でのお喋りとショッピングを満喫した美優と響子が戻ってきたのは、小雨が降り始めた午後七時頃だった。男子二人は「よく飽きずにこんなことやってられるなあ」と午前のお返しじみたことをごねて、早々に帰ってしまっていた。カラス荘に着くとすぐに食堂へ向かったが、未だに起きてこない健吾に、さすがに誰もが心配になった。彼の部屋のドアをどんどんと叩いて名前を呼ぶが、一向に反応は返ってこない。異常だ、と思った。部屋の電気は点いている。それに健吾は、なくしそうで怖いからといってルームキーを受け取っていなかった。すなわち、鍵がかかっているからには、確実に健吾は室内にいるということだ。こんな大声で呼んで眠りから覚めないはずはない。美優は祖母のところへ行って状況を説明し、金庫に入った三〇一号室の鍵を出してもらった。

午後七時四十分、ドアが開かれる。

ただならぬ事態を予期していたとは言え、眼前に現れた光景に美優は仰天した。部屋の奥、壁にもたれかかるようにして健吾が座っている。その腹からは、青い柄の果物ナイフが突き出ていた。左手が柄を握りしめ、少量ではあるが周囲に血が飛び散っている。その苦悶《くもん》に歪《ゆが》んだ表情を見た美優は、遠のこうとする意識を引き戻すので精一杯だった。

誰かの叫び声。混沌《こんとん》。パニック。非現実感。そして圧倒的な喪失感。

昼に美優が会話したときと何も変わらないその部屋で、健吾は息絶えていたのだ。

4

午後四時過ぎからぼくらはグラウンドでボール遊びやら鬼ごっこやらをして、実に有意義な時間を過ごした。五時以降辺りは暗くなり始めたが、それでも遊び続けられる喜び！　ここに門限はないのだ。自由を謳歌《おうか》したぼくらが、降り出した雨に急《せ》き立てられカラス荘へ帰ってきたときには七時を回っていた。圭司の蹴ったボールをさんざん取りに行かせられたぼくは、もうへとへとだった。

部屋に戻り、着替えのパジャマを鞄《かばん》から引っ張り出す。廊下で圭司たちと集まって、一階の男風呂へ向かおうとした。そのときのことだった。

すぐ側で、甲高い悲鳴が響いた。見ると、階段を挟んで反対側の廊下に、人が集まっている。彼らの顔に張り付く、恐怖と驚愕《きょうがく》の色。理解が追いつかない。この状況は……。

「事件だ！」

驚異的な瞬発力で駆け出したのは圭司だった。その目の輝き、否、ぎらつきに、身の毛がよだつ思いがする。これまでの圭司と比べても、段違いに狂気を帯びた表情だった。

圭司はあっという間に部屋に押し入っていく。ぼくはその場に突っ立って、彼の背中を見送ることしかできなかった。

「自殺ということになった。一応な」

夕食の席で、圭司は口を開いた。夕飯を早々に済ませた頼子のお姉ちゃんたちは部屋に帰っており、頼子のおじいちゃんとおばあちゃんはキッチンで皿洗いをしている。食堂にいるのはぼくらだけだった。絶品ハンバーグを前にして似つかわしい話題ではなかったが、みんな食べる手を止めて圭司の話を傾聴する。

「死んだのは藤田健吾っていう大学生。頼子、おまえのお姉ちゃんの友達だ」

頼子は目を見開いた。「その名前、聞いたことある……」

「そうか、じゃあ後で話を聞かせてもらうかもしれない」と圭司は素っ気ない。「死因はナイフで腹を刺したことによる出血性ショック。おれの見立てだと、死亡推定時刻は今日の午後二時から五時までの間だ」

父さんからの手ほどきに加え、独学で事件解明に使えそうな知識を手当たり次第仕入れている圭司のことだから、きっと正確であるに違いない。

「ドアの鍵は内側からかけられていた。鍵はオーナー室の金庫で厳重に保管されていて、使われた可能性はまずない。また窓は、ロックこそかかっていなかったとはいえしっかり閉められていたし、現場は三階だ。よって部屋は一応密室状態にあったから、自殺と判断するのが妥当だ、と」

「それだけの根拠で自殺だって決めつけるの？　ナイフで自決なんて時代錯誤な感じがするし……って、ちょっと待って」身を乗り出しそうになったぼくはすんでのところで我を取り戻す。「なんでそんなに調べてるの。これはぼくら小学生が首を突っ込んでいいような事件じゃない——すべて警察に任せるべきだ」

「それが、警察はまだ来られないんだ」と圭司は即座に言い返した。「既に通報はしているが、カラス荘に続く山道で小規模な土砂崩れが起きていて、車両が通れないらしい。雨が止《や》んで日が出るまで、復旧は困難だそうだ」

ぼくは窓に顔を近づける。いつの間にか、バケツを引っくり返したような豪雨が地面を叩いていた。

「……だとしても、だよ。現場保存が善良な市民の務めだって。今回ばかりは大人しくしないと」

「大人しく？」悪い冗談でも聞いたように、圭司は鼻から息を漏らした。「こんな誂《あつら》えたような状況を前に手をこまねいていられるか。それに、呆然《ぼうぜん》としているだけでクソの役にも立たない大人たちを差し置いて、おれが現場を分析し事態を整理したんだ。既に主導権はこっちにある。おそらく警察が来るのは明日の朝だ。そのタイムリミットまでに、おれが事件の真相を解明してやる」

圭司の熱弁に、ぼくは返す言葉を失う。だが彼の心情は、ぼくにも理解できなくはなかった。今まで身の回りの小さな謎や父さんが聞かせてくれる本物の事件を漁《あさ》るようにして解決してきた圭司だが、目の前で繰り広げられる、それも死の絡む事件を相手取る機会は一度としてなかったのだ。したがってこれは、探偵としての圭司の、真の意味での最初の事件。早く腕試しをしたがっていた圭司が多少の暴挙に出てしまうのは、当然といえば当然の話……。

――いけない、いけない。圭司の異常さに引っ張られすぎだ。こんなことは許されるはずがない。圭司の暴走を止めるのがぼくの役目ではなかったか。

「圭司、やっぱりだめだって。こんなことをしたら父さんに怒られるよ」

「知ったことか」と圭司は一蹴《いっしゅう》する。「とにかく、もっと詳しく事件の状況を聞かなきゃいけない。頼子、おまえの力が必要だ。まずはおまえのおじいちゃんとおばあちゃん、それにお姉ちゃんを説得して、事情聴取の権限をおれに与えてくれ。『刑事の父親から、記憶の薄れないうちに簡単な事情聴取をするよう頼まれている』とでも偽れば受け入れてもらえるだろう。おれがその辺のガキとはモノが違うってことは、もう奴らにも十分伝わっているはずだしな」

「え……でも、そんなこと」

「これは命令だ。おまえらに拒否権はない」と圭司は低く告げた。「忘れたのか？　マジックの賭けで負けたことを」

こうして、圭司は初めての事件解決に向けて動き出したのだった。


一時間後。

圭司が自室に一人ずつ関係者を呼んで聴取した話をまとめると、次の通りだった。まず、被害者は三時前まで生きているのを、一緒に風呂に入った黒沼《くろぬま》陽輝と内川《うちかわ》佑に確認されていた。そして、三時半の時点で一同は三〇一号室を訪ねたが、反応はなかったという。それ以降、五時過ぎまで四人は一緒に出かけていたらしいから、犯人が一人だけこの中にいるとするならば、犯行は三時前から三時半までの間となるだろう。

また、関係者のアリバイを五分単位で区切って整理すると、次のようになる。頼子の姉である山口美優は二時半から十五分間、自室である三〇四号室にいて、それから大浴場前で男子二人や橋本響子、食堂で祖母と喋った後、果物を届けるため三時に三〇一号室へ行った。このとき被害者は生きていたという。また、凶器の果物ナイフ——柄の色がナイフごとに違うので、使用されたのが彼女の届けたものであるのは間違いない——が調達されたのはこのときだ。彼女を信じるならば、犯行時刻は彼女が去った後——三時十分以降にまで絞られる。なお、その後美優は自室に寄ってから、三時十五分にフロントまで下り、祖母と話していた。また、三時半以降は死体発見まで、出先のトイレを除けば片時も離れず響子と一緒にいた。

その橋本響子はやはり二時半からの十五分間は自室で過ごし、その後二十分強風呂に入り、また部屋に戻ったのは三時十分過ぎだと証言した。風呂に入るところと出るところは男子二人が目撃しているし、風呂場に人の出入りが可能な窓はない。つまり犯行が可能なのは最後の二十分というわけだ。

一方で黒沼陽輝と内川佑は昼食後すぐ風呂へ行き、三時十五分頃まで大浴場前のソファでくつろいでいたという。それから二人は一度自室へ帰ると、陽輝は外を散歩、佑は自室で読書をして過ごし、そのまま三時半にフロントに集まった。五時過ぎまで喫茶店でのお喋りや買い物に付き合っていたもののの嫌気がさして、宿舎に戻ってからは夕食までそれぞれの部屋で仮眠をとっていたため、アリバイは証明できない。

待ち合わせの前ということもあって各自時間を見ながら行動していたので、誤差はあったとしても二、三分程度。殺人だとすれば、間隙を縫って為《な》された大胆かつ精緻な犯行に違いなかった。

圭司はもう一度現場を見に行くと言った。お目付け役としてぼくも同行する。事件の概要を傍聞《かたえぎ》きして、興味が湧いてしまったというのも否《いな》めなかった。

頼子の祖父母はオーナー室に、大学生たちは自室に閉じこもっているらしい。人の目がないことを確かめつつ、三〇一号室のドアを開けて体を滑り込ませた。これでぼくもすっかり共犯だ。

当然のようにそこには死体が鎮座していた。そのグロテスクさにぼくは軽い吐き気を催す。

何事も慣れさ、と圭司はずかずかと歩を進める。こんな光景を見慣れてしまったら人として終わりだろうと呆《あき》れつつ、部屋の様子をざっと観察する。作りはぼくらの部屋と全く同じだった。入り口から見て、死体は右奥の壁（図中A）に身を委ねている。その手前にはメロンの皮だけが残った皿とフォークの置かれた座卓。中央奥側には広げられた布団。枕元にはリュックサックやスマートフォンが転がっている。

「押入の中に犯人が隠れていたってことはない？」とぼくは思いつきを口にした。

「無論死体発見時に確認したさ。第一、関係者はみんな発見に立ち会ったんだ。それはありえない」

「じゃあドアの鍵を外側からどうにかしてかけたとか」

「それは考えづらいな。このつまみ、持ち手が小さい上に回すのにかなりの力がいる。糸で外から操作するのは厳しいだろう。テープなどがついていた形跡もないし」

「うーん。となるとやっぱり、窓しかないか」

圭司は指紋を残さぬようハンカチで手を覆い、黒いカーテンを開けた。正方形の窓が現れる。外は既に真っ暗で、雨は小降りになっていた。窓は右側を軸にしてドアみたいに外に開くタイプのもので、ロックはレバー式。かなり強く押さないと窓は開かなかった。圭司は身を乗り出すと、懐中電灯を取り出して真下を照らす。八メートルほど下にゲレンデがある。今は一面の芝生だとはいえ、飛び降りる勇気は出ない高さだ。また、壁に足場となるような凹凸《おうとつ》はなかった。真横に光を送ると、隣の部屋の窓との距離も五メートルはあり、飛び移ることはできそうにない。

「でも、長いロープなんかがあればどうとでもなるんじゃない？」

「どうとでもはならないだろう。ただ飛び降りるんじゃ窓を閉めることはできないし、そもそも、ほら、外壁にロープを引っかけられるような場所がない。死体発見時に窓は完全に閉まっていたんだから、室内の何かに繋《つな》いでおくっていうのも厳しそうだ。かといって、ガムテープか何かで貼り付けたんじゃ人の体重を支えるには不安があるし、そんな痕跡も残っていない」

彼の言う通り、現実的なロープの用途はすぐには思いつきそうにない。でも窓にも鍵がかかった非の打ち所がない密室と比べてしまうと見劣りするというか、胡散《うさん》臭いというか。

「見ろ」と圭司はナイフを握る手を指差した。「左だ」

ぼくは我慢して死体を直視した。なるほど確かに、被害者は左手でナイフを持っている。

「自殺に見せかけるにしても、さすがに利き手を間違えるなんて初歩的なミスはしないでしょ」

「それはどうかな。おれが聞いたところ、部活が一緒だっただけでクラスは別々だったから、ほとんど誰も彼の利き手がどちらであるかはっきりとは覚えていないとのことだった。ただ、利き足は間違いなく左だったし、利き手と利き足が逆だったら印象に残っているはずだから、多分左利きのはずだ、と」

「じゃあ左利きなんだ」

「ところが、だ。頼子のお姉ちゃんはしばらく考え込んだ後、手は右利きのはずだと証言した。昨晩の夕食時、左手でお茶碗を持っていないことを注意した――つまり箸は確実に右手で持っていたってね。別に右手に怪我がある様子はなかったから、右利きの被害者が切腹に敢《あ》えて左手を使う理由はない。だとすると、被害者の利き手は実際には右で、殺された後、自殺に偽装するため左手にナイフを持たされたことになる。さらに言えばこれは、犯人は利き手を誤認しえた旧友四人の中にいることを示唆している」

やはりこれは殺人事件だったのだ。緊張感が増す。

だが奇妙だ――一世一代の偽装工作で、どうしてそんなお粗末なミスを犯したのだろう？

「犯人が被害者の利き手を調べる機会なんていくらでもあったはずでしょ？　どんなに犯人が面倒臭がり屋でも、利き足が左だからきっと手もそうだったはず、なんて決めつけて確認を怠るかなあ？利き足と利き手が違う人ってたまにいるわけだし――って、圭司、聞いてる？」

圭司は部屋の右奥隅の壁にあるスイッチに興味を惹《ひ》かれたらしく、パチパチと電気の点け消しを試していた。部屋の明転と暗転が繰り返され、目がチカチカする。

「ああ、聞いてるさ。それについてはちゃんと考えがあるから後で話すとしよう」それから圭司は押入の中の調査やドアの鍵の解析を一通り済ませた。「――さて、もう調べるべきことはなさそうだ。この血腥《ちなまぐさ》い部屋からとっととお暇《いとま》しようか」

そのままぼくらは三〇七号室に戻った。どこへ行ってたんだよ、と咎《とが》める忠正を、「ちょっと死体を見にね」と圭司が怖がらせ、簡単に調査結果を伝える。

そこで、「圭司！」という声とともにドアが開いた。頼子だった。隣に桜もいる。

「聞いて、圭司。今お姉ちゃんと話してきたの。すごく落ち込んでいたから慰めようと思って。そしたら、お姉ちゃん、急に思い出したみたいなのよ。高校時代、彼がお弁当を食べるとき、左手で箸を持っていたようなイメージが湧いてならないって。絶対の自信はないみたいなんだけど……」

「つまり被害者は、本当に左利きだったかもしれないんだね？」とまず忠正が反応した。「でも、圭司は利き手が右でナイフを持つ手が左だったから自殺じゃないって思ったんだろ？」

圭司は答えない。この新しい証言は彼にしてみても想定外だったようだ。記憶違いなんじゃないか、と苦し紛れにぼやいている。

だが、とぼくは頭を回転させた。食事の件から、被害者は右利きだと確定したのではなかったか。頼子のお姉ちゃんが意図して矛盾した証言をしている線は薄いだろう。そんな嘘《うそ》はあまりに危険だ。となると、やはり昔の記憶が勘違いなのか、あるいは利き手が変わったのか……？

「やっぱり、事件の真相は自殺なんじゃないか？」と忠正が問いかける。

「「いや、自殺じゃない。他殺だ」」

ぼくと圭司の声が重なった。

「珍しく意見が合ったな」と圭司はにやついてぼくに先を譲る。「聞かせてもらおうか、その理由を」

到達点が同じでも、辿《たど》った経路が同じだとは限らない。それどころか、ぼくと圭司の通った道は全く別物なのではないかとぼくは推察した。何故《なぜ》って、ぼくらの思考回路は根本的に異なっているから。だとしたら圭司は、余裕をかましているふりをして、本当のところはぼくの考えを知りたがっているわけである。

「わかった、じゃあぼくから話そう。今の問題は、頼子のお姉ちゃんの昔の記憶と昨日の記憶とで被害者の利き手が食い違っていること。果たして被害者は右利きなのか左利きなのか——ともすればこれは大事な問いに思えるけれど、実は答えを出す必要なんてないんだよ。今知りたいことを確かめる上ではね」

圭司が片眉を上げた。

「まず、被害者が右利きだったと仮定しよう。頼子のお姉ちゃんのあやふやな昔の記憶を信用しなければ、当然考えられる可能性だね。この場合被害者は昔からずっと右利きだったのだから、左手で自殺するはずがない。利き足から早合点した犯人の偽装だって明らかだよ。よってこの事件は自殺ではなく他殺だ。

一方で、頼子のお姉ちゃんの証言を両方とも信じた場合はどうか。すると被害者は、少なくとも高校の頃は左利きだったことになる。では、昨晩の夕食の際に右手で箸を持っていたことには、どう説明をつければいいのだろう。ところでこの広い世界には、人が食事に使う手を変えさせてしまうような信仰があるんだよ」

「――イスラム教か」圭司がぼそりと言う。

人の行動を厳格に規定する宗教。ぼくは一時期その仕組みに興味を惹かれ宗教論の文献を読み漁っていたので、多少詳しくなっていた。

「そう、イスラム教では右を優先する思想があって、特に食事のときは左利きであろうと右手を使うべきだとされている。被害者は高校卒業後の一年間、世界中を旅していたというから、その道中でイスラム教に巡り合って感化されたのだとしても不思議はない。被害者が昨晩の食事のとき右利きに変わっているように見えたのはこう解釈するほかないよ」

「うーん、よくわからないけど、それじゃあ健吾君は左利きで合っていたんだから、自殺したってことにならない？」と桜が小首を傾《かし》げる。

「イスラム教で、自殺は禁止されているんだ」とぼくは短く付け加えた。「よってこの事件は自殺ではなく他殺だ」

「そっか……健吾君はイスラム教徒になったのね」と頼子。

「いや、別にぼくは、被害者がイスラム教徒だと示したわけじゃない。証明したのはあくまで、頼子のお姉ちゃんの記憶が正しかろうが誤っていようが、この事件が他殺だという結論に変わりはないってことだ。利き手なんてものが特定できなくても、知りたいことはわかるってわけだよ」

「ああ、なるほ」

「くだらないな」と圭司が冷たくぼくらの会話を遮《さえぎ》った。「期待して損をした」

「えっ、何で?」

ぼくは戸惑う。推理の趣向にも内容にも結構手応えがあったのだけれど。

「証明なんて言葉を軽々しく使わないでほしい。右手で食事をした理由付けがイスラム教への改宗しか考えられないっていうのは暴論だ。それに、自殺したイスラム教徒は未だかつて一人もいないのか? そんなわけないだろう。自爆テロはあちらこちらで起こってる」

「いや、あれは殉教っていう扱いらしくて」

「そんなことを聞いてるんじゃないんだ。たとえイスラム教で自殺が禁じられていようが、にわかイスラム教徒が自殺しないことの証明にはこれっぽっちもならないんだよ。そんなの、法律で殺人は禁止されているからこれは自殺だ、としたり顔で言っているのと同じくらい間抜けさ。有人、おまえは相も変わらず他人の気持ちを考えるのが大好きみたいだが、ここまでくるとかえって人の心を蔑《ないがし》ろにしているようにしか思えないな」

はっとした。何も言い返せなかった。圭司の言う通りだった。いつの間にかぼくは人の心を、刺激のレパートリーに対して、特定の法則に基づき反応を返す関数のようなものに思い做《な》していた。推理という形式に囚《とら》われるあまりに……。これは、かなり応《こた》える。

だが圭司はそこでふっと表情を緩めた。

「……とはいえ、利き手に関する証言の矛盾を解消するための一つの解釈としては頷ける。一定の進歩だ。証明なんて大層な文言を使うから気に食わないんだよ。有人らしくもない」

ぼくは、圭司の言葉に救われた思いがした。ぼくらしさ。そうだ、忘れていた。ぼくの役割は、本分は、論証することなんかじゃなかったはずだ。もっと他にある。だからこそ圭司は、わざわざぼくにも事件について話してくれたのではないか。

「そうだ、ありがとう圭司……ぼくは」

「やめろ、気持ち悪い」圭司はいつもの圭司に戻った。「さて、と。今度はおれの〝証明〟を聞いてもらう番だな」


「といっても、初めに断っておこう。ここで発表するのはさっきおれが現場で見つけた手がかりと、そこから容易に導かれる結論だ。おまえらが辿り着く術《すべ》は端《はな》からなかったんだよ」

先ほどの時間でちゃんと発見があったのか。道理であっさりと現場を後にしたわけだ。

「だがこの手がかりがなかなか面白くてな。そうだ、ここで一つなぞなぞを出そう。人には笑顔、泣き顔、怒った顔と様々な表情があるが、鏡を使っても見ることのできない自分の顔って、一体何だと思う?」

ぼくは考え込む。言葉遊びの問題か?　見ることのできない顔、見ず、水――いや、圭司がそんな安直な出題をするはずはない。もっと実際的で、もっと本質的な何かだろう……ああ、そうか。閃《ひらめ》いた。

「自分の目を瞑《つむ》った顔、だね」

「正解だ。目を瞑った瞬間に自分の視界は遮られ、鏡を見ることはできなくなってしまう。原理的に、自分の寝顔をリアルタイムで見ることは不可能ってわけだ。——で、おれが見つけた手がかりもこれと同じ仕組みで、犯人が絶対に観測することのできないもの、だったのさ」

そう言われても、どういうアナロジーなのかちっともピンと来ない。そんな特殊な性質を持つものがあの部屋にあったろうか。

「電気のスイッチさ」と圭司は、傍点が浮かんで見えるくらいに強調した。「部屋の奥の壁、枕元にあるスイッチの側面に、微小だがくっきりと血痕が残っていた。被害者の腹から飛び散った返り血だ」

「ん……？　それがどうかしたの？　位置関係からしても別に不自然はないじゃん」とぼくは部屋の様子を思い返す。

「死体発見時、その側面は隠れていたんだよ。スイッチを押して初めて、埋まっていた側面が顔を出して、血がついていたのがわかったんだ。つまり、電気が点いているときにはその痕跡は壁の中に埋まり、電気が消えているときに限ってその痕跡が現れる。あのカーテンの閉まった暗い部屋でその手がかりに犯人が気づくのは、いくら電気を点け消ししたところで原理的に不可能だったってわけさ。ちょうどさっきの例と同じだろう？　手付かずで残されていたのも無理はない。懐中電灯で照らしてみてやっとわかったんだよ。

そして大事なのは、自殺だったらこのような状況は生じえないということさ。血が飛び散った後にスイッチを操作した人物がいたからこそ生まれた状況なんだよ。よってこの事件は、自殺ではなく他殺で間違いない」

なるほど——とぼくは納得した。確かに、面白い性質を持った手がかりだ。よく気づいたものである。だが、本当にそれは証明と呼ぶに足るものだろうか？

「それじゃあちょっと甘いんじゃないの？　スイッチを押したのは被害者自身かもしれない。自分で腹を刺した後、にわかに思い立ってスイッチを押す。こういうこともありえなくはないんじゃないかな」

「ありえない。スイッチの血痕にはこすれた跡がなかった。血の量とスイッチの隙間を鑑《かんが》みるに、血が固まっていない状態でスイッチを操作したら確実に血痕が乱れる。つまり、血が完全に凝固してからスイッチが操作されたのは間違いない。あの素材の上で血が固まるのにどのくらい時間がかかるのかは知らないが、少なくとも、腹を深く刺した被害者が息絶える方が先なのは明らかだ」

やっぱり抜かりがない。そもそも、他殺でないことをこの場で完璧に証明することにさほど意味はないように思えてくる。十中八九他殺、今はこれで十分だ。ぼくはそれ以上の粗《あら》探しを自重した。

「以上により、自殺したから密室ができたのだ、なんて戯《ざ》れ言《ごと》は通用しない。この事件は紛《まが》う方なき密室殺人なのさ。大体、おれの最初の事件に自殺なんて安っぽいオチがつくはずがないだろう？」と圭司は嬉《うれ》しそうに演説した。「――さて、と。密室を解く前に実験しておきたいことがある。そうだな……忠正、外山。命令だ」

二人はびくりと肩を揺らした。どんな仕事が割り当てられるのか不安でありながら、他方ではわくわくしているような、気合いの入った面構えだ。

「――血は苦手か？」と圭司は残酷な笑みを浮かべた。

圭司いわく、電気のスイッチ上で血が凝固するまでの時間を測定してほしいのだという。それも、それぞれの血で何度か行い、できるだけ正確な値を求めろと。

「何、安全ピンで指をちくっとするだけだ。血の粒の直径は五、六ミリで頼む」

「圭司――ぼくはいいけど、桜ちゃんにそんなことはさせられないよ。ぼくが二倍の血を出せばいいだろ？」

忠正が桜を庇《かば》うが、圭司は軽くあしらった。

「だめだ。血液凝固までの時間には個人差がある。できるだけ平均的な数字が欲しい」

確かに重要な情報にはなりそうだが、あんまりな依頼だ。こいつに赤い血は流れているのか？ 憤りにぼくも声を上げようとしたが、桜が制止した。

「わかったわ、わたしもやる。それで事件が解決できるなら構わないわ。何より、命令には約束通り従わないとね」

「桜ちゃん……」と忠正は心配そうに見つめるが、やがて覚悟を決めたように目を閉じた。「わかった、責任を持って二人でやろう」

ん、これは図らずも二人の距離が縮まるいい機会なんじゃないか？ ともに血を流すことで芽吹く恋――って、そんなのないか。ともあれ、覚悟を決めた二人を差し置いてぼくが出しゃばるのは野暮だった。

二人が隣の部屋に移動するのを見送ると、圭司はぼくに向き直った。

「で、本題の密室だ。窓に鍵がかかっていなかったということで比較的〝緩い〟部類に入るだろうが、おれが考えるにそう簡単な問題でもない。手始めに前提を確認しておこう。容疑者は一緒に旅行に来ていた元同級生四人。その根拠として、ナイフの偽装が左手にされていたことが挙げられる。被害者は、どんな事情があったかはともかく右手で食事をしていた。左利きだと知りうる――あるいは、誤認しうる――材料は、利き足が左であることと、高校時代の記憶だ。この右利きが大多数の社会において、敢えて左手にナイフを握らせる理由を持つ、旧友たちのいずれかが犯人。そう考えるのが常識的だ。無論重箱の隅をつつくような反論は可能だが――試してみるか？」

ぼくは首を左右に振った。こんな高原にまで犯人がやってきて、被害者が部屋で一人になるわずかな隙を突き、誰にも見咎められることなく侵入。有り合わせの果物ナイフで殺害すると、わざわざ密室まで拵えて跡形もなく逃走。たとえ論理が不可能を証明していなくても、こんなリアリティのない可能性まで検討するのは無益だ。

「では、次に進もう。被害者の殺された時刻に関してだが、三時半過ぎ、一同が被害者を呼びに部屋まで行ったとき、彼は既に殺されていたと考えるべきだろう。仮に彼が熟睡していただけならば、部屋の明かりが点いていたことに矛盾する。彼は大の暗所好きを公言していたというからな」

「でもさ、疲れきっていて電気を消さずに眠りに落ちちゃうってこともあるじゃん」

「考えづらいな。卓上のメロンは平らげられていた。もし電気を消す余裕さえないほど眠たかったのなら、あの量のメロンを食べる気力もなく布団に飛び込むはずじゃないか」

「それもそうか……」とぼくは睡魔に襲われる人の気持ちになりきる。何だか、欠伸が出てきそうだ。「あ、待って！　眠るつもりで、かつ意図的に電気を点けっぱなしにするという状況はありうる！彼らは三時半に待ち合わせをしていた。寝過ごしてしまうとまずいから、深い眠りに落ちないように敢えて電気を点けっぱなしにしたまま眠った。でも結局熟睡してしまった――これならどう？」

　十分自然な心理だ。圭司は虚をつかれた様子でしばらく口をぱくぱくさせた。

「……おれにはない発想だったな」絞り出したのは、彼なりの最高の賛辞だった。「だが、無意味だ。無粋だが、さっきの前提――犯人があの四人の中にいることに加え、三時半から五時過ぎまで彼ら全員にアリバイがあること、および死亡時刻が遅くとも五時までであることから、犯行は三時半の時点で済まされていたと断定できる。できれば単独で導きたい前提だったんだが、そうはいかなかったようだな」

あ、そうか。忘れていた。しかし、曲がりなりにも圭司に一矢《いっし》報いる形となったので、ぼくからすれば無意味ではない。いや、待てよ、それどころか。

「被害者は、どうやって起きるつもりだったんだろう？」

思わぬ副産物が。

「は？」

「待ち合わせは三時半だった。三時に頼子のお姉ちゃんが訪れたとき、被害者は仮眠をとっていた様子だったんだよね。おそらくその後も寝続ける予定だったと思われる。じゃあ被害者はどうやって待ち合わせの時間までに起きるつもりでいたのかな」

「起こされるのを待っていたんじゃないか、普通に」

「お姉ちゃんの話を聞く限り、健吾君はそんな不真面目な人じゃないよ」と頼子が意見する。

「うん、圭司の普通はそうかもしれないけれど、世間一般でこのような状況で使われるのは、目覚まし時計だよ。あの部屋でいうと……」

「スマートフォンのアラーム機能か！　そうだ、枕元にあった。ちくしょう、そんなことにも気づかないなんて……後で調べないと」

圭司が悔しそうに唇を歪める。何だか調子がいいぞ、今日のぼくは。この発見が何かの役に立つのかどうかは知らないけれど。

「そういえば」とぼくは続けた。アイディアが溢れ出して止まらない。「どうして犯人は現場の電気を点けっぱなしにしたのかな？　暗闇好きの被害者が自殺するのには暗い部屋がふさわしいように思うんだけれど」

「別に自殺する奴が部屋の明るさまで気にするとは限らないだろ」

「いや、そうじゃなくて、問題は犯人がどう考えるかじゃん。暗闇が自殺場所としてより適切なら、絶対そうするべきなんだ」

「一理ないでもないな……まあ、いい。話が進まない。今はその疑問はおいておこう」と圭司は切り捨てる。「えっとどこまで行ったんだったか――あ、そうだ。犯行時刻を絞ったところまでだ。ようやく本題に入れる。この密室が強敵たる所以《ゆえん》だが……ときに有人、今回の事件は計画的なものだったと思うか？」

「……いや、突発的な犯行だと思うな。何といっても、凶器の果物ナイフ。存在を知っていたのは頼子のお姉ちゃんだけなんでしょ？　つまり犯人は部屋にやってきて初めてそれに気づき、使ったわけだ。大方、口論になって頭に血が上り、近くにあったナイフをとってぐさりというところだろうね。計画的に自殺に見せかけようとしていたんだったなら、そもそも刺殺なんて選ばないはずだよ」

「その通りだ。あのとってつけたような自殺偽装、とても計画的だとは思えない。だからこそ利き手を間違えたように見えたのも、おれは不自然と感じなかったんだ。――ともあれ、何が言いたいかって、突発的な犯行ならば事前に道具を用意することはできないってことさ。あの短時間で急遽《きゅうきょ》道具を集めてくるというのも無茶な話だ。針と糸を巧みに用いた施錠、あるいはロープを使いこなした脱出を想定するのはかなり無理筋だってことになる。おまけにこの殺風景な部屋に利用できそうなものは見当たらない。この絶望的な状況下において、犯人はアドリブで、いかにして密室を作ったのか？」

窓が施錠されていないとはいえ、犯行の突発性のため、犯人のできることには制約が多すぎるということか。決して〝緩い〟密室などではなかった。圭司も苦戦するわけだ。

ぼくも脳味噌を絞る。今まで鍵のかかっていない窓に囚われすぎていたが、あれがダミーだとしたらどうだろう。つまり、犯人が実際にトリックを施したのがドアの方だったら？　鍵をうまいことやりくりしたら、あのような状況を作り出せるとか……？　だめだ、頭が回らない。

つくづくこの手のパズルは苦手だなと実感する。昼、圭司の手品のタネを考えたときに味わった感覚と同じだ。要領が全くわからない。――だが。

自分を見失ってはいけない。密室トリックなんて圭司に委ねてしまった方がいいに決まっている。

ぼくの立てるべき設問は別だ。

　犯人はどうして密室を作ったのか？

　犯人の気持ちを想像してみる。勢い余って友人を殺してしまった。他殺じゃ容疑者が絞られすぎて都合が悪い。幸い、返り血はそれほど飛んでいないし、刺した位置も自殺として許容範囲。だめ元でも自殺に見せかける価値はある。確かこいつは左利きだったよな……とナイフを握らせる。問題はそこからだ。さあ密室を作ろうと、腕まくりをするだろうか。即興で、独創的なトリックを考案してやろうと意気込むだろうか。いや、ぼくだったら絶対しない。すぐさま逃亡だ。

　何故犯人は逃げなかったのか。

「あっ！」とぼくは声を立てた。簡単なことだった。「その時間、ぼくらは部屋のすぐ外でトランプをやっていた！」

　記憶を巻き戻す。トランプを階段横のフリースペースで始めたのは三時二十分頃。ドンピシャだ。犯人は部屋のすぐ外に人がいることを察知し、現場から逃げるに逃げられない状況だった。トランプに熱中していたぼくらが現場から出てくる犯人に、実際に気を留めるか否かは問題にならない。事実、あの間人が通ったかどうかも覚えていない。しかし予定外の殺人を終えた犯人にとっては、ぼくらの存在自体が脅威以外の何物でもなかったろう。だから密室から脱出する必要に迫られたのだ。

　圭司は他流試合をする人でも眺めるかのような目つきで、考えを披露するぼくを凝視した。しばらくぼくの説の正当性を判じるように顎《あご》に手をやったが、やがて頷いた。

「ああ、おそらくそれが真相だろう」

　心の中でガッツポーズする。となると使えるのは窓しかないが——あとは圭司に任せよう。ぼくの繋いだバトンを、彼はゴールまで持っていってくれるに違いない。

「おい、圭司？」と戻ってきた忠正が声をかけた。「実験、終わったぞ。血が固まるのには、少なくとも、十五分はかかるみたいだ。その前にスイッチを動かすと、どうしても枠と擦れてかなり血の痕が乱れる」

「そうか……ご苦労だったな」

それっきり、圭司は両手で顔を覆った。彼の脳内で弾ける思考の閃光が透けて見えるようだ。ぼくら四人は固唾《かたず》を呑《の》んで彼を見守る。口を閉ざすこと数分、彼は顔を上げた。

「もう一度現場へ行ってくる」

圭司は一人で部屋を飛び出した。その瞳には確かに、ぼくには見えない何かが映っているようだった。指に血が滲んでいる忠正と桜を労《ねぎら》いながらしばらく待っていると、圭司が帰ってきた。不敵な笑みとともに。

圭司は、首尾を尋ねる隙も与えず、ぼくを廊下に連れ出した。

「まずは報告だ。スマートフォンを調べたところ、幸いロックはかかってなくて、おまえの言った通りアラームがセットされていた。三時二十五分だ。しかもそのアラームは解除されずに残ったままだった。つまり、目覚ましが鳴ったときに誰も止めなかったってことさ。ちなみに、五分放置すれば自然に止まる設定だった」

なるほど……。しかしさっきの圭司の笑みは、そんな小さな発見に起因するものではないはずだ。

「圭司！　わかったんだよね？　密室トリックと犯人が」

「いや、生憎まだ片方だけだが……」

「教えて！」

「まあ落ち着け。そうだ、有人、折り入って頼みが」圭司は声を絞った。「もとい、命令があるんだが……」

そうして告げられた圭司の要望に従い、ぼくらは部屋割りを変更した。元々圭司の部屋だった三〇七号室にぼくが、忠正の部屋だった三〇八号室に圭司と忠正が入る。そして空いた三〇六号室はといえば……。

「おまえら、関係者を三〇六号室の前に集めてくれ。華麗な密室脱出マジックショーをやってやるからよ」

5

美優はしばらく何も考えることができなかった。健吾が死んだ。そのフレーズだけが、意味を置いてけぼりにして、脳内で上滑りしている。健吾ともう話せない。そう換言するとまだ事の大きさが身に沁《し》みるようだったが、悪夢を見ているかのような浮遊感はなお拭いきれなかった。

極めつきは、事件直後にふらりと現れた少年だ。飄然《ひょうぜん》とした雰囲気を醸すその小学生は麻坂圭司と名乗り、いきなり検視を始めたのだった。現場を精査しながら理屈っぽくまくし立てる彼に、どうしてか誰も逆らうことができなかった。しまいには彼の部屋に呼ばれ、刑事である父親から依頼されたとのことで尋問めいた事情聴取まで受ける始末だ。あの帝都小でも抜きん出て優秀だという彼の名前を妹から漏れ聞くことは度々あったが、これほど浮世離れした人物だとは知らなかった。

そう、この麻坂圭司の存在が事態のリアリティのなさに拍車をかけているのだ。だが美優に、少年の聴き取りを拒む気力は残っていなかった。

一通り質問が終わった後、部屋に戻って頼子と少し喋った。彼女がいなくなった途端、美優はぜんまいの切れた人形のように布団へ倒れ込んだ。

健吾は自殺したのだろうか。

どんなことがあったとしても、彼がそんな手段に訴えるような人間には思えなかった。かといって、他殺というのは、もっと考えにくい。健吾にそんな強い恨《うら》みを持つ人物が、いるとは……。

美優は旧友たちの顔を順番に頭の中に浮かべ、その途端、ぞっとするほどの異物感に見舞われた。誰だ!? 見慣れたはずの彼らの顔、知り尽くしたはずの彼らの性格。それらが猛スピードで美優の手元から離れていく。しばらく会っていなかったからこそ覚える違和感なのだろうか。確かにそれもあるかもしれない。でも、それだけじゃない。

結局、美優は彼らのことを何も知らなかった。好きだったはずの健吾のことでさえ、利き手がどちらなのか自信を持って答えることができなかったのだ。彼が自殺するかしないかだとか、彼を憎んでいる者がいるかいないかだとか、そんな問いに答えを出せるはずがない。青春を共にして心を通わせたつもりの彼らを、何一つ理解できていなかった。その事実に打ちのめされる。

美優は布団にくるまり、自分の体温に身を委ねた。いつの間にか微睡《まどろ》んでいると、ドアがノックされる。頼子だった。

「お姉ちゃん、ちょっと来て」と真剣な顔で言う。「また圭司が、呼んでる」

「ごめん、もう疲れちゃったよ。勘弁して」

「違う、話を聞きたいんじゃないの。多分――事件を解決する」

「えっ?」と美優は頼子をまじまじと見た。

「密室脱出マジックショーをやるって、そう言ってた。とにかく、来て。みんなもう来てるから」

三〇六号室には陽輝、佑、響子の三人が集まっていた。そしてドアにもたれかかるようにして腕を組んでいるのは、例の少年。麻坂圭司だった。

「……これで全員ですね」と彼は顔を上げた。「頼子、おまえは部屋に帰ってろ。あとでみんなにはまとめて話すから」

こうしてその場には、圭司を除いて四人が残された。皆一様に神妙な表情で彼を見つめている。この少年は非常識だけれど只者《ただもの》ではないと、誰もが感じ取っていた。

「みなさんにお集まりいただいたのは他でもありません。本日起きた藤田健吾さんの変死事件についてお話ししたいことがあるのです」

「そもそも君は何者なんだ」と佑が声を凄《すご》ませた。だいぶ気が立っている様子だった。

「一介の小学生ですよ」

「じゃあ何の権利があってこんなことをしている。無関係な事件に興味本位で首を突っ込んで」

「権利？　じゃあそんな権利を持っているのは誰ですか？　警察ですか？　ならそれはどうしてでしょうか？　問題を解決する能力があるからですよね。だとしたらこのおれにもその権利は当然あると思いますが」

少年の高圧的な口吻《こうふん》に気圧《けお》されて、佑は一歩後ずさりした。どんな発声でどんな発言をすれば場を支配できるかを、彼は知り尽くしているのだ、と美優は思う。

少年は満足そうに口角を上げ、語り始めた。

「では、まずこの事件が自殺ではなく他殺だということを説明します。現場を見てきて判明したことから紹介しますが」

「待って、君、また現場を見てきたっていうの？」と今度は響子が突っかかった。「現場は保存って言われていたじゃない」

「現場保存の目的は手がかりを消さないようにするためです。おれが現場に入ったのはその手がかりを見つけるためですから、問題ないかと」明らかな詭弁《きべん》だったが、彼の血走った両目が反論の声を封じている。「あと、さすがにこれ以上現場を荒らされるのは忍びないので、今しがたオーナーさん夫妻から鍵を預かって閉めてきました。ご心配なく。ではまず、藤田さんが殺されたとする根拠ですが……」

少年の口から語られたのは、健吾の利き手に関する考察、電気のスイッチに残された血痕から導かれる事件の他殺性、および犯人が密室を作らざるをえなかった理由についてだった。理路整然とした筋運びと証拠に即した説明に、美優は不覚にも感心してしまった。なるほど、健吾は殺されたのか、と。彼の話は、少なくとも自分の主観的な判断よりはずっと、当てになるように思えた。

「……さて、問題は、犯人がいかにして部屋を脱出したかということです。前述の通り、犯人が特殊な道具を予《あらかじ》め用意していたとは考えられない。この絶体絶命の窮地を、犯人はどうやって切り抜けたのか。今からそれをご覧に入れましょう」

少年は芝居がかった所作で、これもおばあちゃんたちから預かってきたのだろうか、三〇六号室のルームキーを取り出した。

「事件当時の現場を再現しています。何もないことをご確認ください」

彼は美優たちに部屋の中を見せた。部屋の作りは当然三〇一号室と同じで、目に入るのは座卓や座布団、敷かれた布団のみ。脱出に使えそうなものなど何もない。検分を済ませると、彼は美優にルームキーを預けた。

「では、部屋の外で待っていてください。三十秒……いや、二十秒で十分です。二十数えたら再び部屋の中に入ってきてください」

本物のマジックショーのようだ。不謹慎ではあるが、美優の胸はわずかに高鳴る。四人は部屋を追い出され、少年がドアの隙間から「いきますよ」と合図をした。目の前でドアが閉ざされる。

「二十、十九、十八……」

四人は小声でカウントダウンを始めた。呆れた様子の響子、蟻《あり》一匹抜け出すのも見逃すまいとドアを凝視している陽輝、疑り深そうな目つきで斜に構えている佑。自分は今、どんな顔をしているのだろうか。

「十二、十一、十……」

出来の悪い笑い話のようだ。一年半ぶりの再会が、見ず知らずの少年によるマジックの鑑賞会に取って代わられるとは。しかも、このデモンストレーションは他ならぬ健吾の死の謎を解くためであって、その犯人はきっとこの中にいて……。

「七、六、五……」

どうして、こんなことになってしまったのだろう？

美優の頭に、二年前のあの日の、健吾の苦しそうな表情が蘇《よみがえ》る――。

「三、二、一……ゼロ！」

カウントダウンが終わりを迎えると同時に、美優たちは力任せにドアを開け、部屋になだれ込んだ。

「……いない！」と響子が叫ぶ。

座卓の下、布団の中、どこを探しても少年の姿はなかった。

「ただの子供騙《だま》しだ。どうせ押入にでも」と覗き込んだ佑は固まった。そこも空っぽだった。ドアは外開きだし、他に身を潜《ひそ》められそうなところといえば……カーテンの裏か。諦《あきら》め半分でカーテンを開けるが、そんなところに隠れているはずもなく、反射した自分の顔が闇の中に浮かび上がるだけだ。雨は止んでおり、数センチほど開いた窓の隙間からは冷たい風が吹き込んでくる。もう、ここから決死のダイブを試みたとしか考えられなかった。

「まさか――」

「おれは命が惜しいですからね、そんなところから飛び降りはしませんよ」

突然の声に、美優たちはぱっと後ろを振り返った。入り口で、少年が満面の笑みを浮かべて立っていた。ドアが閉じてからまだ一分ほどしか経っていない。外から三階までどんなに急いでも数分はかかるし、彼の息には少しの乱れもない。少年の着地力が猫並みだろうが、飛び降り説は論外だった。

「おい、てめえ、馬鹿にするんじゃねえ！　一体どんな手を使いやがった！」

陽輝が憤慨して彼に詰め寄った。しかし少年は「とりあえず廊下に出てきてください」とあっけらかんとした態度。

「もったいぶってないで早く教えろよ、ガキ。どうやって抜け出したんだ！」

陽輝は、今にも摑《つか》みかかりそうな勢いである。しかしこのときばかりは、美優も陽輝に加勢したくなった。犯人の編み出した魔法のような脱出術とは一体どんなものなのか。早く答えが知りたい。

だから、少年が放った次の言葉はおよそ信じがたいものだった。

「どこの世界に種明かしをするマジシャンがいるっていうんです？　おれがするのは解決編ではなくただのマジックショーですよ？　さあ、キーも早く返さないといけないことですし、これにて終演です」

呆気《あっけ》にとられる「観衆」を横目に少年は部屋に鍵をかけ、背を向けると足早に階段へと向かう。

「おい待てよ！」と陽輝の絞り出した声が、空《むな》しく廊下に響き渡った。

6

「なあ圭司、そろそろ教えてよ。犯人はどうやって密室から姿を消したの？　一体どんな手を使ったっていうんだ」

ぼくの声にエコーがかかる。何重にも重なるシャワーの音。隣の圭司はシャンプーで泡立った頭を搔き回しながら、いたずらっ子のような笑みを向けてくる。ぼくらは大浴場に来ていた。

「うーん、だから種明かしは」

「今回はぼくだって結構貢献したでしょ。そっちだけ隠すのはフェアじゃないよ」

「……珍しく正論を言うな」

「珍しく素直に認めるんだね」

圭司は髪についた泡を洗い流すと、「仕方ないな」と頷いた。ぼくはシャワーを止め、耳を傾ける。

「もう一度状況を整理しようか。まず、犯人が殺人を犯したのは突発的な事態。さらに、おれたちが部屋の外でトランプを始めて、現場から出にくくなったのもまた予想外の事態。そんな中、あの密室を残して脱出する鮮やかな方法なんてものは本当に存在するのだろうか？　比類のない神々しいような瞬間が訪れて、犯人が斬新なトリックを思いついたとでもいうのだろうか？　いや、そんな都合のいい話はないだろう。ならば、興醒《きょうざ》めだが現実的な結論を採用するしかない。つまり――」

そこで圭司は警戒するように首を左右に振り、声を潜めて告げた。

「秘密の抜け道さ」

「へっ？」とぼくは人生で五本の指に入るほど間の抜けた声を出す。「そんな、でも、」

「アンフェアじゃないかって？　でもむしろあの状況では考えて然《しか》るべき可能性だ。もちろん、誰かさんが設計した館にあるような真っ当なやつじゃない。例えば天井が外れるところがあったり、たまたま床が抜けていたり、その手の抜け穴があるんじゃないかとおれは疑ったんだ。そしてもう一度現場を見に行ったとき念入りに探したら、案の定、あったのさ。あのときはがっかりなんてもんじゃなかった。おれの最初の事件が秘密の抜け道なんてふざけた解決で決着するなんて、信じたくなかった」

「あれ、でもショーをやったのは三〇六号室でしょ？」

「ああ、さすがに現場を使うわけにはいかないからな。おれが調べたところ、あそこにも同じような抜け穴があった。といっても、おれの部屋にはなかったから、全部の部屋にあるってわけじゃなさそうだ。

もう、具体的にどこが抜け穴かなんて教える気にもならない。とにかく、切羽詰まった犯人ががむしゃらに探せば見つかるようなところだ。発見したときの犯人はどんなに嬉しかっただろうね。それに比べて、おれが見つけたときの悲しさといったら……」

圭司は沈んだ声を出した。

「なんだか、がっかりだね……。でも、犯人はまだわかってないの？」

「ああ」と圭司の言葉に熱が戻った。「密室トリックが秘密の抜け道なんだから仕方がない。犯人を完全に絞り込むことはできなかった。でも、犯行手段が明らかになった今、この事件は、純然たる犯人当てに帰結したわけさ。まあ、これはこれで悪くない。ここからが腕の見せ所だ！」

圭司は立ち上がり、脱衣所に戻っていく。ぼくはタオルを頭に乗せると、彼を追った。


翌朝、三〇七号室で目覚めたぼくはカーテンを開くと、外の眩しさに目を細め、大きく伸びをした。清々しい朝だ。

もういつ警察が到着してもおかしくはない。果たして圭司は、真実に辿り着いたのだろうか？

ドアがノックされる。開けると、圭司だった。目の下には薄く隈《くま》ができている。しかし、得意の色を隠しきれていない表情と、ぴんと立てられた親指がすべてを物語っていた。

「解けたんだね」

「ああ、おれの勝ちだ。わかったぜ、何もかもが」

口調はやはり淡々としているものの、言葉の端々からは興奮が染み出している。何と言ったって、初めての事件なのだ。喜びもひとしおだろう。

「で、どうするの？」とぼくは尋ねた。

「準備万端だ。さっさとやるぞ、解決編」と圭司は言った。「さあ、みんなを集めてくれ。そうだな……十分後に三階のフリースペース集合でどうだ？」

頼子を通して、事件の関係者が集められた。ぼくと忠正、頼子に桜は近くの部屋のドアの隙間から様子を窺《うかが》っている。容疑者四人は揃って不服そうな顔をしていた。昨日のことがあったのだから無理もない。

「おい、おまえ。昨日はよくもあんなふざけたことをやってくれたな。どうせまたくだらないショーとやらで大人をコケにしたいんだろう？」

屈強な体格の男――たしか、彼が黒沼陽輝だ――は早速喧嘩腰《けんかごし》だ。

「そうかっかしないでください。今日はマジックショーじゃなくて、事件の全貌を聞いてもらいたいんですよ」

圭司は大人の対応。随分と成長したものだ。

「事件の全貌――というと、まさか犯人もわかったのか？」ともう一人の男、内川佑が尋ねた。

「すべて、とはそういうことでしょう？」圭司の目が妖しく光った。

「――そうですね、初めに一つ質問をしましょう。この事件における最大の手がかりは何だと思いますか？」

圭司は両手を広げて問いかける。しかし観客に答えを出してもらうつもりは端からないらしく、すぐに続けた。

「電気のスイッチについた血痕ですよ。昨日紹介した、原理的に観測不能だった犯人のミスです」

「それが一番の手がかりなの？」と誰かが尋ねる。

「はい、間違いなく、あらゆる意味でね。まず、実験した結果、飛んできた鮮血が固まるまで十五分はかかることがわかりました。また、血が固まる前にスイッチを押すと血痕が乱れてしまう。これらの意味するところは明白かつ重大です。犯人がスイッチを操作したのは被害者が腹を刺されてから十五分以上後のことだった、ということ。その謎めいた行為の意味、そんなものはまだ考えません。あの犯行機会が分単位で区切られた状況で、この〝事実〟が持つ意味こそが極めて重要です。要するに、被害者を殺してからさらに十五分後以降にもアリバイのないタイミングが存在する人物に、犯人は絞られるのです。

まず、山口美優さん、あなたの犯行機会は三時から三時十五分までで、被害者の部屋を訪れるやいなや殺害に至ったとすれば辛うじて話は通ります。しかしながら、届けたメロンは完食されていた。あの大きさのメロンを食べるのにはどんなに急いでも数分は要しますから、その後に犯行に及んでも遅すぎる。よってあなたは犯人ではありません。

次に、橋本響子さん。あなたの犯行可能時刻は三時十分から三時半までです。となると、三時二十五分過ぎまで部屋に残っていたとすれば辻褄《つじつま》は合うのですが、ここで解除されなかったアラームの件が浮かび上がります。被害者の携帯のアラームは、三時二十五分に設定されていました。この時間に犯人が部屋にいたのならば、アラームを放置できるはずがないのです。第一に、音が外に聞こえて不審を呼んでしまうかもしれないという切迫した理由。第二に、自殺する人が待ち合わせに備えてアラームを設定するのは不自然だと後々思われてしまうという長期的な理由。したがって、アラームが解除されず残されていたという事実は、アラームの存在に犯人が気づかなかったことを意味します。つまり、三時二十五分の時点で犯人は現場にいなかった。あなたは犯人ではありません。

残ったお二人ですが、犯行可能な時間帯は三時十五分から三十分まで。同じ理屈で血が乾く十五分間を確保することはできません。ところが、あなたたちには五時以降、自由に動くことのできる時間がある。つまり、三時十分から二十五分までの間に殺害を終えた犯人が、五時を回ってから再び現場に戻ってスイッチを操作したというのが、考えうる唯一の行動モデルになります。では、黒沼陽輝さんと内川佑さんのどちらが犯人なのか。アリバイからはもう絞りようがないので、この二者択一は一旦おいておきましょう」

乱雑に散らかった推理材料を拾い上げ、圭司は犯人の行動手順を暴いてみせた。ぼくだったら次に飛びついてしまうのは、五時以降に部屋に戻ってスイッチを操作したという犯人の不可解な動きの謎だろう。しかし圭司は違った。

「さて、再び例の最大の手がかり——スイッチの血痕に立ち返りましょう。この手がかりから導けるのは時間の経過だけではありません。特異な性質に目が眩《くら》んだせいかすぐに気づくことができませんでしたが、もう一つある奇妙な事実を示しているのです。考えてもみてください。血痕が残っていたのはスイッチの、沈んでいた方の側面。一方で、血がそこについたときには、当たり前ですが、その側面は表面に出ていた。つまり、犯行時と死体発見時では、スイッチの状態が逆になっていたわけです。ところで、発見時に部屋の電気は点いていました。それでは、犯行時には電気が消えていたとでもいうのでしょうか。

いくつかの理由から、これは否定できます。まず、犯行の突発性や死体の倒れていた位置から、被害者が犯人を中に入れたと考えるのが自然だということ。そしてそうであるならば、美優さんが入って来たときにそうしたように、当然部屋の電気を点けたはずであること。百歩譲って犯人が闇の中部屋に忍び込んだのだとしても、厚くて黒いカーテンが外光を遮って生じるあの暗さでは、卓上の果物ナイフを認識することすらできなかったはずだということ。さらには、殺害の瞬間電気が消えていたならば、逃げる被害者の腹を正確に刺すことは極めて困難だということ。以上から、半ば自明ながら、殺害の瞬間に部屋の電気は点いていたと考えるべきでしょう。

では、これは矛盾なのでしょうか？　いいえ、全くおかしいことではありません。『犯行時のスイッチの状態は、電気が点いていた死体発見時と異なっていた』。『犯行時に電気は点いていた』。この二つの命題は無理なく両立できます。電気を点け消しする手段は、何も血のついた奥のスイッチだけではありません。入り口脇にあるもう一つのスイッチの方で電灯を一度操作しさえすれば、スイッチの状態と部屋の明暗との対応は容易に覆ります。その結果として、あの特異な〝見えない〟手がかりが誕生したわけです。

以上のことをまとめると、犯人が犯行後部屋の明かりに施した操作の流れは、まず入り口のスイッチを使って電気を消し、次に奥のスイッチを使って再び電気を点けた、というものになります。使うスイッチの順番が逆の場合も理論上はありえますが、このパターンでは部屋が明るい状態で血のついた方のスイッチを押したことになってしまい不合理です。住み慣れた自宅の部屋でもあるまいし、ノールックで押したから血痕に気づかなかったのだ、と考えるのは無茶でしょう。

さてここで、奥のスイッチを使って電気が点けられたのは五時以降であることを思い出してください。入り口のスイッチで電気が消されたのは三時半以前であるか五時以降であるか、それがこの推理における最初にして最大の分岐点なのです」

圭司のめくるめく弁舌に、全員が聞き入っていた。やっぱりすごい、とぼくは感動している。初めての殺人事件にして、この貫禄。持って生まれた、名探偵だ。

「三時半の時点で部屋から明かりが漏れてきていた以上、普通の考え方をすれば電気が消されたのは五時以降ですが……これでは行き詰まってしまう。入り口のスイッチで電気を消した直後に今度は奥のスイッチで電気を点け直した？　犯人の意図なんてものは極力捨象《しゃしょう》したいおれでも腹落ちしない行動です。では、電気が消されたのが三時半以前であればどうか。二つのスイッチを押す間に十分長い時間的な隔たりがある場合です。これならば、操作に使用した器具が異なること、また犯人の気が変わったことにまだ説明がつきそうな気がしませんか？　というわけで、一度こちらの方向性で議論を進めていきましょう。
ボトルネックはやはり、三時半にみなさんが被害者の部屋を訪ねたときに、明かりが漏れてきていたことです。ただ、部屋の電気が点いていることを直接確認したわけではない。このとき部屋の電気が消えていたことを真とすれば、明かりの由来は一つしかありません。そう、外からの光です。カーテンが取り除かれてさえいれば、部屋に光は満ち、廊下からでは電気が点いているのと区別がつきません。

　では何故このときカーテンは閉まっていなかったのか。そして何故発見時にカーテンは閉まっていたのか。この問いが最後の砦《とりで》ですが——犯人の状況を思い起こすと答えを出すのはそう難儀ではありません。密室からの脱出に、カーテンそのものが必要だったんです。持ち出したカーテンを取り付け直すために、犯人は現場に戻ってきたんです。要するに——犯人は、カーテンをパラシュート代わりに広げて窓からゲレンデへ飛び降りた。これこそがすべての不可解を解き明かすべく導かれる、大胆で滑稽な密室脱出の真相なのです」

　圭司は言葉を止め、反応を待った。どうやら、ここが解決編の一つの山場のようだ。

「……そんなものでパラシュートになるの？」と橋本響子が素朴な疑問を口にする。

「空気抵抗による負の仕事が大きくなれば、着地時の運動エネルギーは減少します。ある程度は衝撃を和らげられるかと。もとより、実際にどの程度の効果が上がるのかは大した問題ではありません。溺《おぼ》れる者は藁《わら》をも摑むといいますが、窮地に追い込まれた犯人が、カーテンをパラシュート代わりにするという発想に縋《すが》りたくなったとしても不思議はありません。それに下は芝生です。運良く着地に成功して大怪我もしなかった。それだけのことでしょう」

「じゃあ——電気を点けたり消したりしたのはどう説明するんだ？」と内川佑。

「そうですね……おさらいしましょう。犯人は殺害を終えた後、自殺偽装を済ませ、暗闇好きの被害者にふさわしいように電気を消してから退室しようとします。入り口のスイッチを使ったのは、単に出るとき近くにあったからというだけです。そこでおれたちの存在に気づき、無闇に自室に帰れない現状を知った。しかし三時半の待ち合わせに遅れたら疑いを招きます。一刻でも早く部屋を出なければならない。焦った犯人は窓とカーテンに目をつけると、カーテンを取り外し、勇気を振り絞って窓から飛び降りた。カーテンを適当な場所に隠して、あとは玄関でみんなが来るのを待っていればいい。飛び降りる前に現場のドアに内側から鍵をかけておいたのは、カーテンがなくなった現場をすぐには見られないようにするためでしょう。そんな状態で直ちに死体が発見されてしまえば他殺であることは見え見えで、犯行機会の観点から容疑者は絞られてしまいますからね。

次に三〇一号室を全員で訪れます。このとき、誰かが心配して鍵を開けてもらおうと言い出したら万事休すでしたが、幸いそんな流れにはなりませんでした。しかし、ドアの隙間から光が漏れ出ていたため、電気が点いていると錯覚されたのは計算外だったでしょう。

五時過ぎ、一人になれる時間を確保すると、犯人は現場に舞い戻ってきます。まずカーテンを取り付ける。そして、三時半の状況と整合性をとるために電気を点けないといけなかった。奥のスイッチを使ったのはこのときです。また、カーテンを開けておくという対処法もありえましたが、元々カーテンが閉まっていた以上、犯人が窓から出ていったという発想を誘発するのは必至です。心理的に選びづらかったのでしょう。

これで、被害者が暗闇好きであるのにもかかわらず発見時に電気が点いていた不自然さも説明できました。ついでに付け加えると、五時過ぎに犯人が戻ってきたとき日は稜線《りょうせん》に差し掛かり、辺りは薄暗かったはずです。よって、カーテンを付け直したのと電気を点けたのと、どちらが先だったかは不明ですが、奥のスイッチについた血痕にこのとき気づけなかったのも無理はないでしょうね」

沈黙が下りた。それは、圭司の推理への了解を示すものに違いなかった。

「さてさて、仕上げといきましょうか。犯人は一体お二人のどちらなのか。ここで考えたいのが、犯人を窓から飛び降りさせるまでに追い込んだものの正体です。何かスマートな脱出方法――例えば秘密の抜け道なんかを使ったなら話は別ですが、カーテンを広げて飛び降りるというのは穏やかではありません。最後の手段といっていいでしょう。ところで、ドアを使えなかったのはおれたちの目があったからだと先ほどは説明しましたが、果たしてそれが十分な理由になるでしょうか？　三〇一号室は、廊下の一番奥側にあります。見てわかる通り、ドアから出るところはおれたちには見えません。恐るるに足らないはずなのです。また、部屋の中にまで声が届いたため、ドアを開けることすら危険だと思い込み、おれたちの場所を確認することができなかったのだ、という苦し紛れの反論も可能ですが、よく思い出してみると、おれたちは最初の十分ほどは七並べで全く盛り上がっていなかったんです。室内の犯人に聞こえたとは思えません。

にもかかわらず犯人があそこまで追い込まれたのは、犯人が、左側の廊下から出てくるところを見られるだけでも都合の悪い人物、だったからではないでしょうか。そうです、犯人は本来左側の廊下に用事などないはずだった。何故なら、自身の部屋は廊下の右側にあるから。そうですね、黒沼陽輝さん。

内川佑さんなら何食わぬ顔で現場を出て階下へ下りていっても何の問題もないんです。ですが、あなたが左側の廊下から出てくるところを見られて後からおれたちに証言されたら致命傷になりうる。その派手な金髪は嫌でも目を引きますしね。

さらに、窓から飛び降りたあなたが集合場所のフロントに行くためには、玄関から入るしかない。しかしフロントでは美優さんが祖母と話しながら待っていたため、あなたは散歩をしていたと誤魔化《ごまか》すしかなかった。そういう意味でも、犯人はあなた以外にありえません。どうでしょうか、おれはかなりの確信を持っているんですが。いや、人殺しに敬語を使うのもアホらしいな。――おい、どうなんだ、答えてみろよ」

陽輝は額に青筋を立てて、目を剝《む》いた。まずい、キレる——と身構えたが、彼はすぐに余裕を取り戻し、薄ら笑いを浮かべた。

「ガキにしては頭が回るようだな。それは認めるよ。だがてめえ、肝心のところを何一つ明らかにしていないんじゃないか？　どうやっておれは現場に戻ったっていうんだよ？　一度飛び降りてしまえばそこは空中の密室だぜ？　まさか今になって秘密の抜け道とか持ち出すんじゃねえだろうな！」

陽輝は喋っていくうちにどんどん自信を回復していくようだった。声が大きくなり、唾が飛び散る。

「おっと、忘れてたよ」と圭司は嘲《あざけ》るようにすっとぼけた。「現場を再度訪れた際、犯人は奥のスイッチを使った。つまり、入室時に入り口のスイッチよりも奥のスイッチの方が近くにあったということだろ。すると、犯人は窓の側から侵入したわけだ」

「だから、どうやって！」

苛立《いらだ》ったように怒鳴る陽輝に、圭司は落ち着き払った態度で答える。

「簡単なトリックだ。窓から飛び降りた時点で窓が少し開いてしまうのは不可避。どのタイミングで思いついたんだか知らないが、おまえはその開いた窓に物置からでも持ち出したロープをかけ、それを手繰《たぐ》ってよじ登ったんだろ」

「ロープをかけてって、投げ縄でもしたのか？　そんな馬鹿げた話……」

「ドローンだ。おまえはドローンにロープを括《くく》り付け、遠隔操作することでわずかに開いた窓に輪を通すことに成功した。ドローンは元々遊び道具として持参していたんだろう」

「じゃ、じゃあ、出るときは？　単純にロープを使って脱出したら窓は少し開いたままだぜ。でも死体発見時に窓は完全に閉まってい」

「サッカーボールだろ。ゲレンデからボールを蹴って、窓に当てるだけ。高低差を利用すれば水平方向に力が十分伝わるような軌道にもできるし、この宿は川や豪雨の轟音が室内では全く聞こえないくらい防音がしっかりしているから、音に関しても心配はいらない。まあ、よっぽどのコントロール自慢でないとできない技だけれどな」

はあ⁉ ぼくは唖然《あぜん》とした。そんな。なんという――アンフェア感。これが真実だというのか？

「……ちくしょう。ちくしょう。ちくしょう！」陽輝は喚《わめ》き出した。自信の根拠として唯一残っていた密室トリックの牙城《がじょう》が敢えなく落とされ、彼は獣と化した。「あいつが、健吾が、悪いんだ……。あいつのせいで、おれは――」

彼は近くにあった椅子を持ち上げて、上段に構えた。まずい、形振り構わず暴れようという腹づもりか。しかし圭司は落ち着いたまま指をパチリと鳴らした。

「君、無駄な真似《まね》はよせ。話は聞かせてもらった。署までご同行願おうか」

野太い声の主は、階段の陰で待機していた警察官だった。四十代ほどの、屈強なベテラン警察官といった風体《ふうてい》の男が二人。もう警察は到着していたのだ。しかし圭司は一体何と言いくるめたのだろうか？

陽輝は一瞬で抵抗の無意味さを悟ったのか、椅子を下ろして投降の意を示した。警察官は彼の右腕を摑んで連行する。圭司は興味を失ったように、醒めた視線を彼に送っていた。

「……どうしてわかったんだ」

連れ去られた陽輝を見送った後、放心状態の佑がぼそりと呟いた。

「どうしてとは？」

「あいつがドローンなんて持ってきていたことも、キックのコントロールが抜群だってことも、君は知らなかっただろ？」

「そうですが?」と圭司は涼しい顔をする。

「それに、昨日のマジックショーとやらは何だったんだ。陽輝のとった方法とはまるで無関係じゃないか。意味が、わからない」

彼の疑問は当然だった。あんな特殊な技術や道具を要する脈絡のないトリックを、圭司はドンピシャで、微塵《みじん》も疑いを持つことなく言い当てたのだ。そしてそれは、昨日圭司が実演した密室脱出マジックでは到底使えないような代物だった。不可解にすぎる。

「……いやあ、さすがに、気づかないほど愚鈍《ぐどん》ではなかったようですね」と圭司は嘯《うそぶ》いた。「仕方ありません。告白しましょう。あの脱出ショーはただの茶番。昨日の時点では、おれは密室トリックなんてまるでわかっていなかったのです」

「密室トリックなんてものがわからなくても、スイッチやアラームなどの手がかりから、犯人のとった行動自体は把握していました。つまり、犯人が三時半以前に犯行を終え、カーテンをパラシュートにして密室を脱出し、五時過ぎにカーテンを携えて再び現場に戻ったこと。またそこから、犯人は黒沼陽輝である可能性が甚《はなは》だ高いと判断しました。あとは密室の謎だけです。出入りの順番や目的はわかっても、構造が、仕組みが、トリックが、全くわからなかった。被害者の利き手と同様に、あの密室は完全なる〝ブラックボックス〟だったのです。そこで、おれは違う角度から攻めることにしました。犯人がわかっているということを利用して、密室トリックを犯人自らに教えてもらえばそれでいい。つまるところ、再び自慢の密室トリックを披露しなければならない状況に、犯人を追い込めばいいんです。

そこで案出したのが昨夜《ゆうべ》のマジックショーでした。密室からの脱出を演じてみせて、そのからくりが〝秘密の抜け道〟だと犯人に信じ込ませる、それが目的でした。これは犯人にしてみれば、犯罪の立証を防ぐための頼みの綱である密室トリックが効力を失いかねない非常事態です。犯人だと糾弾されたときに現場は密室だったと反論しても、抜け穴の存在を指摘されてしまったらおしまいですからね。すると犯人としては何が何でも確認したいことが生まれます。抜け穴の出口はどこなのか、という問題です。出口の場所によって自分の犯行可能性が左右される以上、これは重大な関心事です。となれば、抜け穴があるとされる部屋を密室にしておけば、犯人が同じ方法で侵入し確かめに来る可能性がある。おれはそこに賭けました。

ああ、脱出マジックのタネ？　野暮ったいことを聞きますね。ひどくシンプルな仕掛けですよ。部屋に入ったおれは、窓から飛び降りただけです。カラス荘の中で、事件現場の三〇一号室は西端、ショー会場の三〇六号室は東端に位置しています。その水平距離、およそ三十メートル。そして何と言っても、窓の真下は十度以上の傾斜があるゲレンデです。結果的に、傾斜の上側にある三〇六号室なら、落下距離は三、四メートルほどしかないんです。真下にある一階の物置に窓がなく、地下室同然になっていることからもわかる通り、三〇六号室は実質的には二階なんですよ。多少の勇気さえあれば、小学生には何の障害にもならない高さです。

もちろん、これだけだと窓の下を覗けば勘づかれてしまうでしょうから、決して飛び降りたわけではないと思わせなければなりません。そのためにおれは弟に命令をしました。おい、有人、出てこい」

不意に名を呼ばれ、ぼくは一同の前に飛び出した。響子は目を丸くし、佑は納得したように大きく頷いた。

「どうもはじめまして……麻坂有人、圭司の双子の弟です。昨日は……その、騙してすみませんでした！」

「謝ることはねえんだよ。――見ての通り、こいつは顔だけはおれにそっくりなもんで、おれの赤い服を着て黙ってさえいれば、どんなに親しい人であってもまず見分けられません。みなさんが部屋に入ったのを見計らって、向かいの部屋で待機していた有人がおれのふりをして現れたわけです。飛び降りて戻ってきたにしては早すぎる。そしてあなたがたは――頼子のお姉さんを除けば――有人の存在を知らない。より強固な不可能状況ができあがったわけです」

圭司にこの作戦を「命令」されたときはさすがに気が引けた。犯人を出し抜くためとはいえ騙しの片棒を担ぐのは躊躇《ためら》われたし、何より、ぼくに圭司の真似をするなんて芸当ができるか自信がなかった。しかしいざやってみると、口調を変えるだけで存外簡単に圭司になりきることができるとわかり、ちょっとした高揚感さえ覚えてしまった。

「こうしておれなりのタネで密室脱出マジックショーを演じた後、陽輝さんが大浴場に入ったタイミングで、おれたちは隠れ通路があるという偽の種明かしを聞こえよがしに喋りました。加えて、秘密の抜け道によって犯人が少しは絞れたことを仄《ほの》めかし、彼の不安を煽《あお》りました。こうして陽輝さんは本当に抜け穴があると信じ込み――実際半信半疑ではあったかもしれませんが――夜中、三〇六号室に侵入しました。三時半時点の現場の状態を再現して窓をわずかに開けていたので、そこにドローンを操縦してロープを引っかけた陽輝さんは、もう一端を体に巻き付けて上ってきました。その様子を眺めるべく、ゲレンデの茂みに身を潜めて待っていたもんですから、昨夜はほとんど眠れていないのです。ともかく、部屋に入って小一時間ほど経つと、抜け穴の捜索を断念した陽輝さんがロープで下りてきます。ロープを外すと窓はかなり開いた状態になってしまったので、彼はサッカーボールを持ってきてゲレンデから蹴り上げました。驚異的な精度でしたよ。一回目は窓枠に当たって少し閉まる程度でしたが、二回目で完全に捉えて、窓は閉ざされました。こうしておれは解けるはずのないトンデモトリックの全貌を知ったのです」

探偵精神に反している、と誇《そし》られるだろうか。だが、彼のとった手法を、ぼくは極めて圭司らしいと感じてしまうのだった。ぼくの担当は犯人や被害者の行動の意味を考えるワイダニットかもしれないが、圭司の真骨頂は決してロジカルなハウダニットやフーダニットだけではない。真相を解明するという目的のためにはどんな手段を使うことも厭《いと》わない、その貪欲《どんよく》さ、豪快さこそが彼の強みなのだ。

「あとはあたかも自分で思いついたかのように解決を披露すれば、陽輝さんの心は折れると踏みました。彼は密室トリックに相当のプライドを持っていたようですし。種明かしはこんなところです。ご静聴、ありがとうございました」

圭司は語り終えると優雅に一礼した。かくして、彼の最初の事件は幕を閉じたのだった。

「じゃあそろそろ出発するよ。みんな忘れ物はない?」と迎えに来た頼子のお母さんが呼びかける。傾いた日がぼくらの長い影をゲレンデに描き出していた。

「おい、有人。命令だ。部屋にハンカチを忘れてきちまった。取ってこい」

命令はまだ続行している。何せ、彼の最初の命令はまたしても「おれの命令を百回聞くこと」だったからだ。ボールを取りに行かされたり、圭司の暴走を止めるのを防がれたり、マジックショーに加担させられたりと、今回も散々だった。

でも。

「やだね」とぼくは初めて圭司に刃向かった。「もう圭司の命令は聞かない」

「は? 約束を破るのか?」

「手品のタネがわかったんだよ。それならもはや命令に従う義務はないでしょ?」

ぼくは挑発的に言い返した。

「……ほう」と圭司はにやりと笑う。「聞こうじゃないか」

「タネは、今回圭司が事件を解決するためにやったことと全く同じだったんだよ」みんながぼくの話に耳を傾けていた。『『密室トリック』と『犯人』。元々、この二つのカードのうち、圭司が実際に持っていたのは『犯人』の方だけだった。でも密室トリックの方を知っていると見せかけ、犯人を特定できていることは伏せることで、結果的に『密室トリック』のカードも手に入れることに成功した。そして最後には何事もなかったかのように両者を提示して、魔法のごとく事件を解決してみせた」

「ふん、気障《きざ》な喋り方を覚えやがって」

「誰かさんの悪影響だよ」とぼくはほくそ笑む。「これをトランプでやればいいんだ。まず、カードが交ざっているのを見せるときに、一番上の札だけをしっかり覚えておく。これをXとしよう。そうしたら、二つの山に分けたとき、どこで区切ったとしても、片方だけは一番上のカードがわかっている状態になる。そしてわかっていない方の山からカードを引きながら、『これはXです』と言う。続けて、そのカード——本当はYだった——を確認して、もう一方の山から『これはYです』と言い張りXを引く。手の中でXとYを入れ替えた上で見せつければ、マジックの完成だ。あたかも初めから両者を知っていたかのように演出できるってことだよ」

「——正解だ」と圭司は唇を歪めた。

タネなんて明かされてしまえば大したものではないのだ。得体の知れない仕掛けに想像を巡らすこと自体が手品の醍醐《だいご》味なのだろう。

黒沼陽輝の動機は、高校時代、部活内で起こったとある事件に関連しているらしい。だが不思議と、それを追及しようという気は起きなかった。

人の心こそブラックボックスだ。ぼくらは外側に表れる表情や言動しか観察することができない。一人一人の内側に潜む過去や本音を真の意味で知る術はどこにもない。でも、中身が理解できなくたって、ちゃんと生きていける。必死に想像して、わかった気になって、それでも間違え、裏切られながら生きていくしかないからこそ、人生は大変かつ刺激的なのだ。何もかもを暴《あば》こうと望むのは、何というか、少し欲張りすぎると思う。

「はい、自分でハンカチ取ってきて！　他のみんなは乗った乗った！」

ぼくらは車に乗り込む。窓の外では、頼子のおじいちゃんとおばあちゃんが「また来るんだよお」とゆったり手を振っていた。今度はもっと落ち着いて過ごせるはずだから、と付け足すおばあちゃんの申し訳なさそうな声に、怒濤《どとう》のような二日間がフラッシュバックする。やっぱり圭司はすごかった。でもぼくにだって、できることがあると気づけた。

と、そこで突然思い至った。圭司は秘密の抜け道を偽の推理として用いたが、もし実際に抜け穴が存在し、犯人がそれを使っていたのならばどうなっていたのだろう。あの時点で圭司は、その可能性も完全に否定することはできなかったはずだ。

その場合、浴場で犯人に聞かせたダミーのつもりだった解決は、真実を言い当てていたことになる。すると、犯人のとるべき行動も変わっていただろう。もはや夜中に三〇六号室に侵入して抜け穴を探す必要などなく、圭司の仕掛けた罠《わな》は機能しない。それどころか、図らずも正鵠《せいこく》を射てしまった圭司が、口封じのために狙われることだってありえたのではないか。もし抜け穴が実在するのならば、そこを通って夜中に圭司の部屋に侵入することだって、可能だったかもしれない。圭司はこのリスクに気づいていたのだろうか……？

いや、待てよ。

ぼくは恐ろしい事実に思い当たってしまった。昨晩、元々圭司の部屋だった三〇七号室で寝ていたのは、他ならぬぼくじゃないか。圭司の指示によって三〇六号室は空にされ、ぼくらは部屋割りを決め直していた。しかしそのことを知る由もない犯人は、事情聴取を受けた三〇七号室を圭司の部屋だと認識していたはずである。おまけに犯人は、圭司と瓜《うり》二つのぼくの存在もまた知らなかった。ということは……。

背中を冷や汗が伝う。

まさか、圭司は、そこまで――。

隣には飄々《ひょうひょう》としている双子の兄。鏡に映したようにぼくとそっくりな、その顔を覗き込む。

けれど彼の真っ黒な腹の中は、当然、ぼくにわかるはずもないのだった。

誰が金魚を殺したのか

1

彼が理科室に足を踏み入れたのは、水曜日の放課後のことだった。

目的は一つ。理科準備室で飼われている金魚の餌《えさ》やりのためだ。別にそれが彼に課せられた仕事というわけではない。生物クラブの部員は三学年合わせて十三人いるのだ。誰か気づいた人が昼休みか放課後にでもやってきて、餌をやる。そういう緩い規則で金魚の飼育は回っていた。下手に担当を決めて責任の押しつけ合いをするよりも、各々の自主性に任せてうまくいくならそれが一番良《い》い。

といっても、この方法では看過できない問題が生じる。既《すで》に今日の分の餌が撒《ま》かれたかが、他の人にはわからないのだ。気の利く奴《やつ》が何人も別々に餌やりに来てしまったら、かえって金魚は弱ってしまう。餌は――あの特有の臭いが鼻を突く真っ赤な粉だ――一日何つまみかで十分だ。

そこで生物クラブでは、餌やりチェック表を設けることにした。餌をやった人が小さなカレンダーにシールを貼って、今日の分の餌やりが済んだことを示す方式である。芸の細かいことに、学年やクラスごとに貼るべきシールが違っていて、色で学年、切り抜かれた数字の形でクラスが特定できるようになっている。率先して餌やりをしたクラスほどシールが増えていくので、ある種競争めいた楽しみもあった。先生の粋な計らいというべきだろう。

だから彼は、理科室の黒板横にある理科準備室へのドアを押し開けると、餌をやる前にまず、金魚鉢の前を素通りして部屋の奥に置かれたチェック表を確認しに行った。このとき彼はいつも、席替えのくじ引きのときにも似た妙な胸の高鳴りを覚えてしまう。どうか、一番乗りでありますように——。

幸い、今日の分のシールは貼られていなかった。水曜日は学級活動の時間との関係で、なかなか餌やりに来ようとする人がいない。いわば穴場なのだ。

彼は自分の学年とクラスを表す色と形をした数字を台紙から選ぶと、カレンダーにべったりと貼り付けた。餌やりの頻度でいったら彼のクラスはかなり上位だった。

台紙の隣にはクラスと名前が記された生物クラブの部員一覧、その横には最初の実習で近くの山へ行ったときの写真がある。この理科準備室の一角が、生物クラブの専《もっぱ》らの活動場所だった。四年生から彼の小学校で始まる「クラブ活動」。運動が嫌い、あるいは苦手という児童たちのための避難所として申し訳程度に用意された文化系クラブのうち、生物クラブは比較的人気だといえた。メンバーには昆虫博士から釣り名人まで幅広く揃《そろ》っている。とはいえ活動自体は極めて地味で、こうして餌やりをする他、理科準備室で金魚とは別に先生が世話をしている観賞魚のスケッチをしたり、たまに虫取りに出かけたりするくらいだった。

でも彼はこのクラブが気に入っていた。みんな、生き物が大好きだ。生き物に愛情を注げる人間は、総じて心優しい。例えばクラブ長は少し不器用だけれど、思いやりに溢《あふ》れている。飼っている金魚も、そのクラブ長が夏祭りですくってきたものだ。

彼は軽い足取りで入り口の左脇、棚の上にある金魚鉢へ向かった。アロワナの水槽とカマキリの入った虫かごに挟まれる、小洒落《こじゃれ》た意匠の凝らされた大きなガラス鉢は、少々場違いな感じがしないでもない。その中で悠々と泳ぐ一匹の小さな金魚は、金魚すくい出身としては間違いなく出世頭だろう。

ともあれ、次の瞬間彼が転んだのにはいくつかの理由がある。餌やりの機会に恵まれたことで少なからず胸が躍り、注意が散漫になっていたこと。理科準備室のつるつるしたフローリングを滑らずに走るのに、底の磨り減った上履きはあまり向いていなかったこと。彼の運動神経がお世辞にも良いとは言えなかったこと。そして何より、金魚鉢から延びる酸素ポンプの電源コードに、彼が気づかなかったこと。有り体《てい》に言えば、彼はコードに足を引っかけて盛大に転んだ。

ガッシャーン！

はっとして彼が振り返ったときにはもう遅かった。コードに引きずられた金魚鉢は棚から落ち、ドアの前で粉々に砕け散ってしまったのだ。彼はしばし呆然《ぼうぜん》とした。

散らかったガラス片。広がる水たまり。その中に埋もれた真っ赤な金魚。

ああ、ぼくはなんてことを！

クラブ長の悲しそうな顔や他の部員の怒り顔、呆《あき》れ顔が次々と脳内を流れる。

彼の頭は真っ白になりかけたが、それも一瞬のことだった。間もなく彼の思考は切り替わる。

この状況を、どうすれば切り抜けられる？　考えるんだ。

2

熱の下がったぼくは、ただただ時間を持て余していた。

そう、昨夜《ゆうべ》までは三十九度近い熱に浮かされていたのだ。しかし今朝起きたらどうだろう、前日のひどい頭痛は嘘《うそ》のように治まり、体の内側からはまた元気が湧き上がり始めているではないか。どうやらぼくは、インフルエンザに呆気《あっけ》なく打ち勝ったようだった。後に残ったのは二日間の出席停止。

平日を家で過ごす機会は一見魅力的だけれど、ぼくはあまり好きでもなかった。怠惰に過ごしているうちに日が暮れていて、実のない一日だったと後悔するのがオチだからだ。

今回も例外ではなかった。布団の中で漫然と過ごし、気づいたらもう午後六時を回っている。学校での一日と家での一日とが、同じ長さだとは到底信じがたい。きっとこれが、相対性理論というやつなのだろう。

「よお有人《あると》。もう治っちゃったんだってな」

部屋に入ってきたのは、学校から帰ってきたばかりの圭司《けいじ》だった。熱を出していたときは、ぼくを病原菌扱いして近寄りもしなかったくせに。しかし今もなおマスクを二重につける徹底ぶりだ。

「うん、まあね。って、なんでちょっと残念そうなんだよ」

「そんなことないぜ？　心配だったさ、おれは」と心にもない殊勝な台詞《せりふ》を吐く。「みんな、有人のことを待ってたぞ」

「ほんと？」

「嘘に決まってるだろ」

ぼくは激しく噎《む》せた。病み上がりでも手心を加える気はないらしい。

「何の用？　弱ったぼくを精神的に追いつめに来たの？　それならお呼びじゃないよ。インフルエンザが移ったら良くないし」

「いやいや、冗談だ、冗談」圭司はひらひらと手を振る。「有人が退屈しているんじゃないかと心配してな」

思いがけない言葉をかけられてびっくりする。圭司が気遣いを見せるなんて、一体どういう風の吹き回しだ？

「うん、暇で仕方ないよ。今日は水曜日だから、えーと、あと四日も学校に行けないのか……ああ、うんざりだあ」

「そうだろうと思ったよ。そんなおまえに朗報だ」圭司はにやりと唇の端を吊《つ》り上げた。「今日学校で大事件があったんだ。なかなか面白いから話してやろう。おまえも真相を推理してみるといいぞ、きっといい退屈凌《しの》ぎになる」

大事件とは大げさな。どうせまたリコーダーが盗まれたとか、その程度の話だろう。この間起きたリコーダー盗難事件では、目星をつけた圭司が適当にでっち上げた証拠を突きつけたら、犯人はあっさり自白したっけ。

学校で起きる事件を解決する圭司にはもはや、横綱が幼稚園児を相手に相撲《すもう》を取っているかのような余裕と風格がある。今回もどうせ既に圭司は易々《やすやす》と真相を見抜いていて、その自慢でもしに来たというところだろう。

そんなふうにぼくは高を括《くく》っていたから、圭司が次に放った言葉には耳を疑った。

「どうやら殺しだ」と彼は満面の笑みを浮かべてそう言ったのである。「キンタっていう奴が、死んだ」

さ、殺人事件!? 父親が刑事をやっている関係で惨《むご》たらしい殺人事件の話題が家で出るのは珍しくはなかったが、小学校がそんな凶悪犯罪の舞台になるとは想像だにしていなかった。今まで学校での事件は「日常の謎」と相場が決まっていたではないか。

しかし、キンタという名前には聞き覚えがなかった。もっとも、児童数が多く転出入も頻繁にある帝都《ていと》小では、同級生の名前だって把握しきれないのだが。

「そんな。えっと、どういう状況だったの?」とぼくは当惑して聞き返す。

「ふん、そうだな……。現場は理科準備室だ。実はおれも、第一発見者の一人なんだよ」

圭司は愉快でたまらないというような、不謹慎にすぎる口振りで語る。そんなに大事件の発生が嬉《うれ》しいのだろうか。

「それで、死因は? 凶器は?」と反射的に質問を連ねてしまうぼくも、圭司のことを言えないのかもしれないけれど。

「まあ落ち着けよ。順を追って話した方がわかりやすいだろう。まずはおれが理科準備室に向かった経緯だが……」

＊

「あ、そうだ。ちょっと理科準備室に寄っていい？」

同級生の平井忠正《ひらいただまさ》が麻坂圭司《まさか》にそう尋ねたのは放課後のことだ。二人は授業が終わるなり一目散に校庭へ飛び出し、午後四時半までずっとサッカーをして遊んでいた。帰るときになって、忠正がふと思い出したようにそんなことを言ったのだ。

「ああ、構わないが、何の用があるんだ？」

「金魚の餌やりだよ。もう誰かがやっちゃったかもしれないけれど、一応見ておこうと思ってね。最近全然やってなかったし」

「ふーん、何だっておまえがそんなことをしないといけないんだ？」

「あれ、言わなかったっけ？　ぼくは生物クラブに入っているんだよ。昆虫や植物が大好きだから」

聞いたことがあるかどうか、圭司には判定することができなかった。きっと、知っていたところで無益な情報だからと聞き流したのだろう。

「あの陰気な連中の巣窟《そうくつ》みたいなクラブか。おれのクラスにもいたような気がするな」

「相変わらずひどいこと言うな……」忠正も圭司の憎まれ口には慣れっこで、今更目角《めかど》を立てたりしない。「まあ確かに、同じクラスのもう一人の方はそんな感じだけれどさ」

「印象だけでみんな一緒くたにされるんだ、おまえも気をつけろ。——まあ、わかった。おれもついていってやる」

二人は校舎に入り、一階の最奥、図書室の隣に位置する理科室を目指す。ちょうど五年生から理科室を使った授業が始まったので行き慣れていた。理科準備室は、前方の黒板の右脇にあるドアで理科室と繋《つな》がっている。

「さてと、まだ誰も来てなかったらいいんだけど」

理科室に入ると、忠正はノブに手をかけ、理科準備室へのドアを押した。だが微妙な抵抗がある。忠正はもちろん、後ろにいた圭司も一瞬で異変に気づいた。ドアの先、理科準備室側のフローリングが水浸しになっていたのである。ドアが開くとともに、押された水たまりがフローリングの溝を超えて広がっていく。

「なんだこれ」と忠正はドアを半開きにしたところで怪訝《けげん》そうに呟《つぶや》き、一歩中に踏み入る。間《ま》を置かずに低い叫び声が続いた。「うわっ！」

「どうした」

次いで水たまりを飛び越えて部屋の中に入り込んだ圭司でさえも、眼前の光景には絶句した。ドアの正面、水たまりの中には大小様々なガラスの破片が散乱している。そして目に飛び込んできた鮮やかな赤。それはキンタの死体だった。無論圭司が名前を知ったのは後になってのことだが。

「た、大変だ。せ、せ、先生を呼ばなきゃ。それとも救急車？」と混乱に陥った忠正を黙殺し、圭司はまず冷静にキンタの死を確認した。

「何かあったの？」

そのとき理科室のドアを開けて飛び込んできたのは司書さんだった。隣の図書室から忠正の叫び声を聞きつけてやってきたらしい。何が起こったかを知ると彼女も甲高い叫声《おらびごえ》を上げ、「まあ、大変！」とあたふたし出す。室内の様相はパニックと呼ぶにふさわしかった。ただ一人、圭司を除いては。

「止まれよ」と圭司は低く命令した。

「えっ？」

「おまえら、止まれ！　今すぐにだ！」

あまりに落ち着きのない彼らの態度にとうとうしびれを切らし、大声で怒鳴った。

「――現場を荒らすんじゃねえよ。何も触るな。一歩も動くな。貴重な手がかりが失われるだろ」

目を剝《む》いた圭司の表情が、ある意味、殺害現場の状況よりも恐ろしかったのだろう。二人はぴたりと動きを止めて、催眠術にでもかかったようにそのまま硬直した。圭司は満足げに彼らを眺めると、現場を丹念に調べ上げていくのだった――。

＊

「それで？　何がわかったの？」

一通りの状況説明を受けたぼくは、圭司の怒声を想像して軽く身震いしつつ――圭司の真相解明への執着心には、ときに狂気じみたものが混ざるのだ――続きを促した。

「ああ、色々とな。まずキンタの死因はどうやら、ガラスの破片で体を傷つけられたことによる失血死らしい。もっとも、体を強く打ったのも原因の一つかもしれないがな」

赤の他人の被害者に対して名前を呼び捨てとはやけになれなれしいなと感じながらも、ぼくは頷《うなず》いた。ここまでの説明からだと、事故か殺人なのかははっきりしない。

「次に、理科準備室の状況を簡単に説明しよう。あそこの出入り口はおれたちが使った理科室からのドア一つだけだが、放課後はずっと開放されていた。一方で窓はすべて内側から鍵がかかっていたし、窓外の地面にも異常は認められなかった。犯人はドアから出入りしたと考えるべきだろう。部屋中を調べ回ったんだが、もちろん誰かが隠れているということはなく、おかしなものも何一つ見つからなかった。あと、隣の図書室では司書さんがずっとカウンターにいたんだが、何も異変には気づかなかったそうだ」

「何もわからないじゃん！」

「ああ、そんな中で唯一手がかりらしいといえるものは足跡だ。濡《ぬ》れた足跡が入り口の水たまりから部屋の奥まで往復していた。奥っていうのは部屋の左隅、窓側の隅辺りだ」

ぼくは理科準備室の間取りを頭の中に思い描く。形は上から見たら横に長い長方形で、右手を廊下側、左手を窓側とすると、理科室は手前側にあり、両者を繋ぐドアは右下の隅にあたる。すると、理科室側の壁に沿うルート、すなわち右下と左下を往復する足跡が残されていたわけだ。状況は理解した。では、その心は？

「その隅っこに何があったかといえば、金魚の餌やりチェック表さ。生物クラブが採用しているルールらしいんだが……」

圭司は簡単にその仕組みを説明した。各学年四クラスずつに、対応する色と形のシールが割り振られているのだとか。

「なるほどね。それで、今日の分はどうだったんだ？　シールは貼られていたの？」

「ああ、貼られていた。黄色で、数字の『2』。六年二組のシールらしい」

これは重大な情報じゃないか。理科準備室にやってきたそいつの話を聞けば犯行時刻を絞れるかもしれない。いや、それどころか、放課後の理科準備室に用がある人物なんて生物クラブの部員くらいしかいないのだ。そいつ自身が事件に関係しているということも大いにありうる。

「ところが、話はそう簡単じゃないんだな」と圭司が釘《くぎ》を刺した。「六年二組の生物クラブの部員は一人だけで、瀬戸《せと》恭平《きようへい》っていう奴だった。忠正に頼んで電話をかけてもらったんだけれど、彼は放課後すぐ帰宅して塾に行ったらしいんだ。まだ裏はとっていないが、あの様子だと嘘はついていない。

アリバイはほとんど文句なしだろう。当然、シールが貼られていたのにも心当たりはないってさ」

するとシールを貼ったのは別の人物なのか？　何のために？　偽の手がかりなのか？

状況があまりにも不明瞭だ。犯人がいるとして、どうして被害者と犯人は理科準備室にいたのだろう。それに殺害方法も謎めいている。ガラス片の散らばった水たまりの中に突き倒した？　いや、そもそも、このガラス片と水はどこから来たのか。

それを尋ねると、圭司は何故《なぜ》かいたずらっぽく笑った。

「ガラスは砕けた金魚鉢の破片さ。水もそこに入っていたものだ。元々入り口近くの棚に置いてあったものだから、そこから落ちたんだろうな。ほら、理科準備室では虫や魚が飼育されているだろ？」

確かに、覚えている。理科準備室には金魚の他にも、観賞魚とカマキリがいたはずだった。生物の授業の際に一度見に行ったことがある。

しかし、そんなものを凶器にして人を殺すとは、ますます奇怪《きかい》だった。となるとやはり、何かの事故なのか？　だが、ただの事故ならばシールの偽装に説明がつきそうにない。八方塞《ふさ》がりで頭を抱えたぼくだったが、次の瞬間、すべてを解決する閃《ひらめ》きが降りてきた。

キンタは、金魚だったのだ。

いつ圭司は「殺人事件」だなんて言っただろう。思えば、最初から奥歯に物が挟まったような物言いだった。殺しという言い回しだの、キンタという名前の多用だの。

もっと早く気づくべきだった。圭司の嫌な感じの笑い方も、彼がいつになく懇切丁寧に事件の説明をしてくれたのも、全部伏線だったのだ。圭司はぼくの退屈を癒すためではなく、ぼくを騙《だま》すことで自分自身が楽しむために、事件の話をした。大方、殺人事件だと思い込んだぼくが迷走し、的外れな推理を連発するのを馬鹿にしたかったのだろう。

許しがたい。病気で弱ったぼくにそんな仕打ちをするなんて。ぼくは玩具《おもちゃ》か何かか。

「圭司、キンタって」

しかし、最後まで言う前にぼくは口を閉ざした。

とびっきりの復讐《ふくしゅう》を思いついてしまったのだ。キンタが金魚だと気づいたことは伏せておく。そして、何らかの解決を要求されたときになって初めて明かし、そのまま事件を完璧に解決してしまう。圭司の思惑は外れるどころか、無駄な叙述トリックに腐心した道化役へと自身が成り下がるのだ。

くくく。ぼくはにやつきを必死に堪《こら》える。作戦が成功したときの圭司の面食らった表情を思い浮かべるだけで、楽しくなってきた。我ながら、性格が悪い。圭司の弟なんだから無理もないが。

「ん、どうかしたか？」

「いや、何でもないよ」

ぼくはなんとか真顔に戻ると、「不可解な殺人だな……」と鹿爪《しかつめ》らしく唸《うな》ってみせた。

3

素敵な反撃を思いついたはいいものの、事件を解決しないことにはどうしようもない。今度はぼくが言葉遣いに注意する番だった。いかに自分の気づきを悟らせずに必要な情報を聞き出していくか……。

ぼくは頭の中で状況を整理し直す。金魚のキンタが死んだのは当然、金魚鉢が床に落ちて割れてしまったからだろう。窓は閉まっていたというし、そもそも風で金魚鉢が棚から落ちるはずがない。すると、何者かが意図的に壊したのか、あるいは手がぶつかるなりして落下させてしまったのか……。

いや、もっと自然なのはこうか。ぼくのおぼろげな記憶が正しければ、理科準備室の金魚鉢には酸素を供給する機械が入っていて、電源コードが下のコンセントまで延びていたはずだ。それに犯人は足を引っかけて、金魚鉢ごと引きずり落としてしまったのだ。

　すると次の行動は？　そうだ、部屋の奥まで続いていた足跡。水に濡れていた以上、あれは金魚鉢が落ちた後に残されたものに他ならない。その先で犯人はシールの偽装を行ったと考えるのが妥当だろう。これで随分話はシンプルになった。目的には少し釈然としない部分があるが、とりあえずは、単に罪を他の人に着せるためだったと考えて話を進めよう。

　その後犯人は部屋を出たはずだ。窓が閉まっていたからには、ドアを使ったと考えるしかない。それならばまず確認すべき事項は一つだ。

「質問していい？　ドアの外――理科室側の床はどんな様子だったの？」

「濡れていたかどうかってことだな」圭司は忌々《いまいま》しげに応じた。「それが、忠正の奴が水たまりを踏んだその足で部屋の外に出ちまったもんだから、元々どんな状態だったのかわからないんだよ。まあドアを開ける前には異変に気づかなかったわけだから、少なくともドアの前がびしょ濡れだったってことはないんだけれど。とにかく、犯人の足跡が続いていてそれを辿《たど》っていったら犯人の下駄箱がわかった、なんてオチは期待できないぞ」

　さすがにそんな単純にはいかないか……。しかし、キンタを人間だと思い込んでいた頃に比べれば大きな前進である。犯人の行動は大体わかった。あとはどこに犯人を特定するヒントが潜《ひそ》んでいるか、探すのみ。

「いくつか補足しよう。まずドアとドア枠の隙間《すきま》はほとんどなく、ドア枠自体にもある程度の高さがあったから、水が直接理科室に漏れてくるということはなかった。また、場所をうまく選べば水たまりを避けて部屋を出ることも可能だったため、犯人の足跡が理科室や廊下に残っていなかったのも不思議じゃない。近くの手洗い場には雑巾がかけてあったから、それで拭いたってこともありうるしな」

圭司の話はなかなか核心に迫らない。

「ふーん、じゃあ」とここで一つ仕掛けてみることにする。「キンタの死体はどんな様子だったの？例えばだけれど、ダイイングメッセージとかはなかった？」

キンタが人間だと信じていることを自然に印象付けて油断させつつ、情報を引き出そうという戦術だ。案の定圭司は笑いを噛《か》み殺すような素振りを見せた後、神妙な顔に戻って答える。

「そうだな、ダイイングメッセージは残念ながら残っていなかった。水たまりにあったのはガラス片とキンタの死体だけさ。背中にぐっさり破片が刺さっていてな、見ていて痛々しかったよ」

「——死体は仰向《あおむ》けだった？　うつぶせだった？」

「うーむ、微妙だが、あの姿勢は仰向けだと言うべきだろうな」

「……となると、ガラス片で刺殺した後、水たまりの中に死体を寝かせて事故にカモフラージュしたってことかな。あるいは、予《あらかじ》め割っておいた金魚鉢の破片に一本背負いで叩《たた》きつけたとか……うーん」

「まあ、そういうこともあるかもしれないな」

白々《しらじら》しく圭司が同調してくる。馬鹿にされたものだ。しかし、そうやって誤誘導しているつもりでも、すべて無駄な努力なのである。へへへ。

心の中で舌を出す一方で、そう悠長に構えていられる場合でもなかった。犯人特定の目処《めど》が全く立っていない。純粋な犯人当てはぼくの苦手分野だということを失念していた。

でもそもそも、容疑者の名前すらまだ挙がっていないのだ。これでは何も始まらない。さて、どうやって聞き出したものか……。

「その——キンタに恨《うら》みを持っていた人とか見つかっていないの？」

「そうだな……大抵の奴は特にキンタのことを好きでもなければ嫌いでもないって感じだったからな。

平たく言えば、無関心だ。わざわざ殺そうなんて思う奴はいそうになかった」

そうだろうよ、金魚なんだから。

「うーん。じゃあ、放課後、理科準備室に来る可能性があるのはどんな人だったんだろう？」と本命の問いを重ねる。「やっぱり現場を理科準備室に選んだからには、理科にゆかりのある人なのかなって」

「知らねえけど、生物クラブくらいのもんじゃないか？」

とりつく島もない返事。偽の手がかりに餌やりチェック用のシールを使うという発想に至ったことから考えてその可能性が高いことはわかっていたが、確実とはいえない。これでは埒《らち》が明かないではないか。

「じゃあその生物クラブの中にはどんな人がいるの？　怪しそうな人は？」

「さあ、ほとんど話を聞いていないからわからないな。確か部員は十三人いて、ほとんどが男子みたいだ。念のためクラブ長の平岡颯真《ひらおかそうま》っていう奴からキンタについて聞いてみたが、特に有益な情報は得られなかった」

そこでふとした疑惑が頭をもたげた。圭司は既に事の真相を暴いたのだとばかり思っていた。だからこそぼくにこんな出題をして遊んでいるのだ、と。しかしだとしたら、さっきから生物クラブのメンバーがあたかも重要でないかのように振る舞っているのはどうしてだ？　犯人を特定する上で、彼らのアリバイだとか動機だとかを洗うのは必須であるように感じるのだけれど。圭司は意地悪だが、絶対に解けないような出題をするとは思えない。考えれば解けたにもかかわらず解けなかったぼくを嘲笑《ちょうしょう》する。その種の〝意地悪さ〟こそが彼の真髄だろう。

それとも犯人は生物クラブのメンバーではないとでもいうのか？　もしくは、既に名前の挙がっている部員の中にいる？　こういうメタな推理法は本来望ましくないが、どうしても考えてしまう。

「他に容疑者らしき人は挙がっているの？」

この際、かなり直接的な質問でも仕方がない。しかしそれでも、圭司の返事は「いないな」とつれなかった。

「じゃあ、まだ言っていない重要な手がかりがある」

「ない」

一体どうしたことだ。犯人当てどころか、どこから手をつけていいのかも全くわからないではないか。こうなったら、野暮だが確認せずにはいられない。

「その……圭司はもうすべてわかっていて、その上でぼくに出題しているっていう認識でいいんだよね？」

「当たり前だろ。この程度の事件、瞬殺さ」

即答された。まあ、事件が解決できていない状態で圭司がこんな余裕をかましているとは思えないから、本当だろう。

「じゃあさ、一つだけ教えて。事件を解決するのに必要な情報はもう出揃っているの？」

「ああ、今のおまえが辿り着けるかどうかは別として、手がかりは十分だ」

そんな。ぼくはしばし呆然とした。なんと短い問題編だろう。犯人の名に結びつくような痕跡がどこにあったというのか。さすがに圭司が面白いと評価するだけあって、キンタが金魚だと見抜いた上でも一筋縄ではいかない事件であるようだった。

しかしここで音《ね》を上げるわけにはいかない。この事件の解決には、圭司の鼻を明かすという究極のご褒美が付いてくるのだ。考えろ。手がかりは、必ずある。それは保証された。

そうだ。一旦素通りしたシールの偽装を再考しよう。あれしか実質的に、犯人の施した工作はないのだ。

漠然とした感覚ではあるが、犯人の行動としてどうもちぐはぐだという印象を受ける。この違和感はどこから生じているのか。それを深掘りすることが事件解決に繋がるに違いない。

ぼくは犯人の気持ちになりきる。金魚鉢を落としてキンタを殺してしまった。そんなとき、餌やりチェック表のシールのことを思い出す。ここで違うクラスのシールを貼っておけば自分への疑いの目を逸らせられるだなんて、普通考えるだろうか？

そう、忘れてはいけない。これはたかが金魚が死んだというだけの事件。何らかの犯罪、ましてや殺人事件とは訳が違う。警察や探偵を誤誘導する必要なんてない。だったら、下手な小細工を弄《ろう》さず、ただ早急に現場を去るのが吉だ。触らぬ神に祟《たた》りなし。これが最も安全かつ常識的な対処法ではないのか。黙っていれば基本的には誰がやったかはわからないし、わからなければすべてはうやむやになって事態は収束する。それが「日常の謎」の特性だ。

大体この手の事件に、偽の手がかりを拵《こしら》えるメリットなどないはずだ。この間のリコーダー盗難事件では圭司の証拠捏造《ねつぞう》に呆気なく犯人が自供したが、あれが本来あるべき姿である。名指しされた犯人は、大人しく罪を認めて謝るのが普通なのだ。裏を返せば、誤って偽の犯人を指摘したところで、身に覚えのない当人が全力で否定すればぼくらは信じるだろう。証拠を突きつけられてもこんなに抵抗しているのだからきっと本当にやっていないに違いない。つまりあのあからさまな手がかりは偽装だ、と。

まだ、金魚殺しの罪を瀬戸に擦《なす》り付けて困らせるというのが当初からの狙いだった、という発想も可能だ。しかしそれなら金魚を殺すのにあんな派手な方法をとることはないだろうし、瀬戸が完璧なアリバイを持つ日を選んで行うようなへまもしないだろう。

するとやはり、あのシールの目的は、犯人を見誤らせることにはない。じゃあ、どうして……。

そこで本日二回目の閃きが訪れた。ひどく簡単なことだった。犯人は他クラスのシールを貼らざるをえなかったのだ。既に自分のシールを貼ってしまっていたから。

犯人は餌やりに来た生物クラブのメンバーで、他の人がまだ餌やりをしていないことを確認し、その上で自分のシールを貼ってから、金魚鉢のところへ行く。そのとき、コードに足を引っかけてしまい、金魚鉢が棚から落ちた。入り口の左脇の棚にあった金魚鉢がドアの正面を濡らす形で落ちたのは、コードがそちらの方向に引っ張られたから——つまり、犯人の進行方向が部屋の左手から右手へと帰る向きだったからに他ならない。

その後、罪から逃れようとした犯人は、自分の貼ったシールのことを思い出し、それを剝がすべく部屋の奥へと戻る。ところがおそらく、剝がした後のチェック表に、数字の形が残ってしまったのだろう。そこで犯人はそれを覆い隠すべく新たなシールを貼った。もちろん疑いを他の人に向けさせようという意図も多少はあったかもしれないが、あくまでも主たる目的は自分のクラスのシールの痕跡を隠すこと。そういう大義名分がないと、誰かに罪を被《かぶ》せるような行動に敢《あ》えて出ようとは考えないはずだ。

こうして犯人は仕方なく偽装工作を済ませ、部屋を出た。納得できるシナリオだ、とぼくは自画自賛する。

だが、それで？

だから何だというのだろう。犯人の絞り込みには一切寄与しない考察だった。ぼくは手で顔を覆う。方向性が違うのか。どうなんだ、圭司。

しかし圭司は素知らぬ顔で欠伸《あくび》をしている。ヒントを要求することも考えたが、それではだめなのだ。あくまで自力で真相に辿り着き、圭司をぎゃふんと言わせたい。

「おい、圭司、有人！」

突然、肩を怒らせて部屋に入ってきたのは我らが父さんだった。いつもは穏やかな父さんだけれど、どうしたわけか今日は不機嫌そうに見える。インフルエンザの治ったぼくに祝福の言葉の一つもかけない。

「どうしたんだよ、父さん」と圭司が眉を顰《ひそ》める。

「どうしたもこうしたもない。どっちだ、トイレに小便引っかけたのは。便座を上げてから用を足せといつも言っているだろ！」

父さんはすっかりおかんむりだった。ぼくと圭司は顔を見合わせ、責任を押しつけ合うような視線を交わした後、「おれじゃない」「ぼくじゃない」と否認する。

「そんなわけないだろ。うちにまだ他に誰か住んでるとでもいうのか？」と父さんは声を荒らげる。

「まあいい。以後気をつけろ。次やったら、二人とも小遣いを減らすからな」

はーい、と生返事をすると、父さんはぶつぶつ言いながら部屋を出ていく。それを見送りながら、ぼくは自分の心臓が早鐘を打つのを抑えられずにいた。落ち着け。たった今、やっと、一条の光明が差し込んだ。あとは慎重に、光の照らす方へと歩み出すだけだ——。

「……なるほど、そういうことね」

数十秒の黙考の末に結論を出したぼくは、思わずそう呟いていた。圭司は疑念のこもった眼差《まなざ》しを向けてくる。しかし残念ながら、今回はぼくの勝ちだ。

そう、果たして一番の手がかりはあのシールだった。何故シールを貼ったのかという問いを一歩進めたところに鍵はあったのだ。つまり。

何故あのシールが選ばれたのか？

ぼくは圭司に向き直ると、戦いに臨む兵士のような覚悟を持って、すっと息を吸った。

「殺されたのは、金魚なんだよね」

まずは圭司の策を看破するところからだ。えっ、と彼は目を丸くする。

「そうなんでしょ？」とぼくは畳みかけた。

「……ああ、まあ、そうだ」

観念したのか、圭司は渋々認めた。その悔しそうな表情は、ぜひとも写真に残しておきたかった。

「事件を解決するのに必要な手がかりは揃っているって言ったよね。何をもって解決とするかは微妙なところだけれど、今回のケースでは、犯人の名前までは決してわからない。それでも誰が金魚を殺したのかは特定できる。これで合ってる？」

「……そうだな、名前は登場していない。わかるのは〝属性〟とでも言った方がいいだろうな」

圭司の表現に、ぼくは同意した。やはりそうだった。このフーダニットで当てるべきは犯人の名前ではない。名前と同じだけの価値を持つ〝属性〟なのだ。

ぼくの推理は正しい。確証を得た。

「じゃあ圭司」なるべく厳《おごそ》かに告げる。「犯人がわかったよ」

ついに時は来た。圭司をやり込めるときが！

「面白い」と圭司は心底楽しそうに笑った。「聞かせてくれよ。誰が金魚を殺したのか」

4

「さて――どこから話したものかな」とぼくは探偵らしく勿体《もったい》をつけると、説明を始める。「圭司はこの事件が歴《れっき》とした殺人事件であるとぼくに思い込ませたかったみたいだけれど、それこそが最大の目眩《めくらま》しだったんだね。キンタは金魚で、犯人はただ金魚鉢を落としてしまっただけ。そんな真相に気づいたとしても、一度殺人事件として考え出してしまったものだから、その思考の枠組みから簡単には抜け出せない。それでは犯人の特定なんて到底不可能なんだ。これはあくまでも小学生の起こした小さな事故。そう割り切らないと、犯人の心理をトレースすることはできないんだよ」

圭司は茶々を入れることもなく真剣にぼくの話に聞き入っている。ぼくがこんなにすぐ解決に辿り着くなんて予想外だったのだろう。

「いわゆる殺人事件と今回のような小さな事故。両者を解明する上での決定的な違いは、偽の手がかりの扱い方だよ。チェック表に貼られていたシールは、濡れた足跡の様子や、疑いを向けられた当人のアリバイに鑑みても、犯人の偽装だと考えて間違いない。でも、ただの事故の責任を擦り付けるのに、誰か一人を名指しするような証拠を残すのは得策かな？　ぼくの出した結論はノーだ。自分が黙ってさえいれば真実は藪《やぶ》の中。誤誘導したところで本人に真っ向から否定されてしまえば偽の手がかりだとすぐにばれるし、仮にみんながその人のことを疑ったとて犯人にさしたるメリットはない。誰か一人を犯人として吊《つる》し上げるまで捜査の終わらない殺人事件とは訳が違うんだからさ」

「ふむ。だがそんな理屈をこねたところで、実際に偽の手がかりは残されているんだぞ」

「だからそれには、別の事情があったんだ」

ぼくはそこで先ほど考えたこと――自分のクラスのシールの痕跡を消すためにやむをえず別のクラスのシールを貼ったという解釈――を圭司に伝えた。

「それで、ここからが本題なんだ。どうして犯人は六年二組のシールを選んだのか。仮初《かりそ》めにも瀬戸恭平に濡れ衣《ぎぬ》を着せるような真似《まね》をしたのか」

「どうしてって、別にシールなら何でもよかったんだから理由なんてないんじゃないのか？　罪を擦り付けるという効果は二の次だったんだろ。――ああ、なるほど。元々貼ったシールも『2』の形だったから、それを隠すのに適した形を選んだとでも言いたいんだな」

圭司の先回りは、生憎《あいにく》空回りだった。

「違うよ。そんな軽率な断定はできない。それだったら一組のシールを剝がした跡も二組のシールで十分隠せるし、大体少しくらいはみ出ていたって問題ないでしょ？　どうせもう一回剥がされたら元の形がどうだったかなんてわからなくなるんだからさ」

「そうだな」と圭司は腕を組む。「じゃあどんな理由があったっていうんだよ」

「だから、圭司の言う通り、シールはどれでもよかったはずなんだよ。シールの跡を隠すためのシールを選ぶのに、どれかに限定しなきゃいけない理由なんてない。でもそれこそが問題なんだ！」ぼくは語気を強める。「どれでもよかったはずなのに、犯人はわざわざ六年二組を選んだ。生物クラブのメンバーがたった一人しかいないクラスをね。不思議なことだと思わない？」


しばらく圭司はきょとんとしていた。あれ、圭司だってもう気づいていることのはずだよな、と疑問を抱く。これも演技なのか、あるいは――。

圭司とぼくは、違う方法で犯人に到達していたのか。

犯人の心の動きを度外視したロジカルな圭司の思考法は、ワイダニットばっかり考えてしまうぼくのそれとは一線を画す。同じ謎に対しても、アプローチの仕方が違うなんてことは日常茶飯事だ。

俄然《がぜん》やる気が増してきた。ただ圭司の通った道を後からなぞるのではなく、オリジナルの推理を披露できるわけだ。しかもエレガントさには自負がある。彼に与える効果は覿面《てきめん》だろう。

「説明してくれ」と圭司は早口で言った。

「わからない？　一人と二人とじゃ大違いなんだ。犯人の性格がどうであれ、どこをどう考えたって、二人以上部員がいるクラスのシールを選んで貼った方が、遥《はる》かに都合がいい。今からそれを教えてあげるよ、圭司。

犯人がシールを貼ったのは、自分のクラスのシールを剥がした跡を隠すためという消極的な理由からだった。悪意のない、ただの保身行為だよ。その結果として、誰かに疑いを向けさせざるをえなかった。そんなときに、誰か一人に罪を着せるようなことをするかな？　たまたま瀬戸君にアリバイがあったからすぐに疑いは晴れたけれど、そうでなかったらもっと責められて、気苦労をかけることになっていたはずだ。犯人に一端《いっぱし》の優しさがあるのなら、複数人いるクラスのシールを貼って、疑いを分散させるでしょ」

「ふっ、優しさ？」と圭司は失笑した。「どんな薄弱な根拠だ。犯人は優しいはずだからそんなことはしないって。きっかけは保身のためだったとしても、魔が差して、折角だから誰か一人に押しつけてやろうって考えたのかもしれないだろ？」

「だから、さっきも言ったよね。こんな、たかが金魚を誤って死なせてしまっただけの小事件で、偽の犯人をでっち上げるなんてできっこないんだよ。明確な証拠をもって犯人と指摘された人物が、ムキになって否定しているのを見たら、きっとこの証拠は捏造されていて、この人は本当に犯人じゃないんだろうって思うでしょ？

でも容疑者を二人にするだけで、この思考原理からたやすく逃れられるんだよ。さっき父さんに、トイレを汚した犯人は誰かと聞かれてぼくらはどっちも否定したでしょ？　あんなことができたのは、自分がやったことを誤魔化《ごまか》せる余地がまだ残されていた――すなわち、容疑者が二人いたからこそだ。もしぼくが一人っ子だったら大人しく頭を下げていたはずだよ。……あ、あれはぼくがやっちゃったんだ、ごめんね。

何が言いたいかって、金魚殺しの犯人があの状況で期待できる筋書きはそれしかないってことさ。二人以上の部員がいるクラスに責任を押しつける。当然、容疑者たちは否定する。でも、その否定するという行為はこの場合だと十分自然に映るんだ。容疑者が複数人いるから、切り抜けられると思って当人も否定しているんだろうって。結果、シールの手がかり自体の真偽は問われることなく、また犯人も特定されない。責任の所在は拡散し、事件は迷宮入り。これが犯人の最善策で間違いないでしょ？　ちょっと考えれば誰でもわかる理屈だよ。

したがって、道徳的にも合理的にも、一人しかいないクラスのシールを選ぶというのは不自然にすぎるんだ。メンバーの名簿がすぐ側《そば》にあったんだから、誰がどのクラスかわからなかったというわけでもない。にもかかわらず、犯人は部員が一人のクラスを槍玉《やりだま》に挙げた。この意味するところがわかる？」

圭司は顎《あご》に手をやって考え込んだ後、「簡単なことじゃないか」と顔を上げた。

「部員が複数人いるクラスなんてものがそもそもなかったのさ。それだけのことだろ。いくら最良の選択だとはいえ、端《はな》から選択肢にないんじゃ世話ねえよ」

「そう、それが理に適《かな》った答えだね」ぼくはにっこりと笑い、次に突き落とす。「と同時に、大きな間違いだよ」

「はあっ？」

「思い出してもみなよ。クラブは四年生から六年生までが入ることができる。一学年四クラスだから全部で十二クラス。一方で、生物クラブのメンバーは総勢十三人。どう割り振ったって、複数人メンバーがいるクラスが少なくとも一つはできる計算でしょ？　ものすごく当たり前のことだけれど。えーっと、こういうのなんていうんだっけ。巣の数が鳩《はと》の数より少なかったら、どこかの巣には二羽以上鳩がいる、みたいな……」

「鳩の巣原理だ」と圭司が心底悔しそうに吐き捨てた。

「そうそれ！　だから部員が複数人いるクラスっていうのは絶対に、最低でも一つは存在したんだ。これは動かせない。じゃあどうして犯人はそのクラスを選ばなかったのか。この答えもさっき圭司が口にした。至ってシンプル、選択肢になかったからなんだ」

「つまり……」

「その、部員が複数人いるクラスにこそ犯人がいたんだよ。そして、犯人から見て、部員を持つ他のクラスすべてにはそれぞれ一人ずつの部員しかいなかった。だから仕方なく、そんな一人だけのクラスからでも選ぶしかなかったんだ。部員が一人のクラスを生贄《いけにえ》に捧《ささ》げた不自然さが解消されるのは、この状況以外ありえない」

幾分か飛躍があるだろうか？　でもぼくは、この結論が正しいと信じていた。犯人の気持ちになって妥当な推論を積み重ねていき、やっと摑《つか》んだ答えなのだ。

「なるほどな……」圭司は天井を仰いだ。「すげえ」

率直な褒め言葉にぼくは舞い上がる。しかしいけない、まだ推理は終わっちゃいないのだ。犯人を、当てないと。

「さて、以上の推論から導かれた主張は次の通りだね。犯人は生物部員が複数人いるクラスにいて、かつそのようなクラスは少なくとも一つ、多くとも一つ、要するにただ一つだけ存在する。じゃあ、あとはそのクラスがどこなのか考えればいい。忠正が言っていたんでしょ、彼のクラスにはもう一人生物クラブのメンバーがいるって。つまりこのクラスには複数人生物部員がいて、『もう一人』という表現から、忠正と合わせて二人しかいないことがわかる。幸い、忠正は圭司とずっとサッカーをしていてアリバイがあるし、事件現場にわざわざ圭司を連れていくなんていう愚行を冒すはずがない。よって、犯人は忠正のクラスの、忠正でないただ一人の生物部員。名前がわからなくても、個人を特定する上では十分な〝属性〟だね。以上でぼくの推理は終わりだよ。ご静聴ありがとう」

ぼくはそう締め括ると、芝居がかった所作で一礼した。

随分と長いこと喋《しゃべ》った気がする。口の中が乾いた。ただ、圭司の驚嘆の眼差しを拝めたのだから、大満足だ。紛れもなく、圭司への意趣返しは成功したのである。

「いやあ、すごい推理だった。見直したぞ、有人。成長したんだな。存在と一意性の証明として頗《すこぶ》る論理的だし、程良くアクロバティック。道筋に間違いもなさそうだ」

圭司が手放しで褒めてくれるなんて、ハレー彗星《すいせい》も真っ青の貴重さだろう。ぼくは胸を張りながらも、ほんの少しだけ、不穏な臭いを嗅ぎ取った。つまり、圭司がこんなに素直に賞賛するからには何か裏があるのではないか、と。しかし圭司の口振りにいつもの揶揄《やゆ》するような響きはなく、本心を語っているように聞こえる。とすると、単にぼくが疑心暗鬼に陥っているだけか。

「犯人の名前を知らなくても事件を解決できるなんてね。自分でもこんな方法があったことにびっくりだよ」

「……まあな」

歯切れが悪かった。やっぱり、圭司が思いついたのがこの解決じゃないことには疑う余地がない。

「その——圭司が考えていた推理は、ぼくのとは違うんだよね？」

「ああ、そうだ」と圭司は認めた。「まあ折角だからおれの方も聞いてもらおうか」

「うん、聞きたい聞きたい！」

ぼくは身を乗り出す。いつにない優越感が全身を包んでいた。圭司はどんな考え方をしたのか、お手並み拝見と洒落込もう。

「と、その前に、有人に二つだけ伝えておきたいことがある」圭司は急に改まった口調になった。「まずはそうだな、さっきおまえに言われた台詞をそっくりそのまま返してやろう」

何だろう、と身構える。圭司はくくっ、と低い笑い声をこぼした。

「おまえの推理は至極理に適っていた。と同時に、大きな間違いなのさ。大きいなんてもんじゃない。根本的に、絶望的に、壊滅的なまでに間違っているんだ」

そっくりそのままどころの騒ぎじゃなかった。ぼくのさっきの予感は見事的中してしまったのだ。しかしあれだけ持ち上げておいて、今更何なんだ。どこが間違っていたというのか。

「そしてもう一つ。おまえはさっき、忠正と同じクラスの、もう一人の生物クラブの奴が犯人だって言ったな。名前はわからない、とも。そこで、だ。冥土の土産にそいつの名前を教えてやろうじゃないか。彼の名は……」

佐々木《ささき》キンタ、だ。

耳に入ってきた圭司の声を最後に、視界がぼやけ、世界がぐるぐると回り、ぼくは息絶えた。

5

いやいや嘘だ。ただのレトリック。ぼくはちゃんと生きている。

ただ、ぼくが受けたのはそれくらい途轍《とてつ》もない衝撃だった。一体何がどうなっているのか。犯人だったはずのそいつが、キンタ!? よもや偶然の一致ではあるまい。となると考えられるのは——。

「おい、圭司。ひょっとしてキンタって……」

「ああ、人間さ。おれたちの同級生だ」圭司はいけしゃあしゃあと答える。

「でも、だって」

「おれがいつ、キンタが金魚だって言ったんだよ」

言ってない。しかし言ってないからこそ、圭司がぼくを騙しているのだと……まさか！

「ようやく気づいたようだな。おまえは騙されたんだよ。ずっとおれの術中に嵌《は》まっていただけなのさ。言っただろ、今回の事件はなかなか面白いって。理科準備室を訪れたおれたちが発見したのは他でもなく、金魚鉢の破片の中に転がっていた人間の死体だったんだよ。錦《にしき》に太いと書いて錦太《きんた》。今年転校してきた地味な奴だったから、交友関係の狭いおまえはおそらく知らないだろう。描写を工夫すれば、人間を金魚だと誤認させることができる。そう気づいたときから、おれはおまえに叙述トリックを仕掛けてやろうとうずうずしていた。

だが、リアルタイムの会話で人を叙述的に騙すとなると、小説とは違って、いくつか実際的な難点がある。おれが人間か金魚かをぼかした曖昧《あいまい》な説明だけを続けていればおまえは不審に思うだろうし、核心を突くような質問によって確認されてしまえば、嘘をつくわけにもいかないから、その時点でゲーム終了だ。そこで、おれは一つ工夫を凝らすことにした。最初に事件の重大性を殊更《ことさら》に強調することで、おまえが『こいつは金魚が死んだ事件を殺人事件だとミスリードしようとしている』と思うように仕向けたのさ。するとおまえはおれの予想通りそのことをすぐには指摘せず、騙されているふりをして——本当に騙されているのが自分の方だとは思いもせずに——キンタが人間なのか金魚なのかを直接聞くことをしなかった。やがておれがぼかした表現を続けるのを不審にも思わなくなったのさ」

なんということだ。圭司が真に企《たくら》んでいたのは「人間→金魚」の誤認だったが、逆に「金魚→人間」の誤認を狙っているとぼくに思い込ませることで、どっちつかずの描写を正当化させるとともに、圭司に一泡吹かせようとするぼくが直接的な追及をしないことまで計算したわけだ。ぼくの心理をまんまと掌《てのひら》の中に収め、通常は困難な対話での叙述トリックを、綱渡りながらも完璧に成立させたのである。

「計画では、何も解決を思いつかず泣きついてきた有人におれがすべてを諭すはずだったんだが——キンタを金魚だと思い込んだまま『なるほど、そういうことか』なんてかっこつけちゃったりして、挙げ句の果てに被害者を犯人だと指摘して得意顔とはな。傑作だ」

そこで堪えきれなくなったのか、圭司は腹を抱えて笑い出した。床の上でばたばたする彼を、ぼくは言葉を失ったまま見下ろすことしかできない。こいつ……どこまで性格がひん曲がっているんだ。同級生が死んだのを引っかけ問題のタネにするなんて。

笑いがようやく収まると、圭司はその憎たらしい顔を近づけてきた。「どうだ、騙された感想は?」

「……待ってよ。じゃあ殺されたのは人間なんだよね。殺人事件なんだよね。犯人は別にいるってこと? そこまでわかっているの?」

「当たり前だろ」

しかしキンタが人間だったら、金魚だと考えていたときにはうまくいっていたあれこれがまた振り出しに戻るのではないか? 大体、圭司はぼくを嵌めるという目的のために、キンタについての情報提供を最小限にとどめていた。被害者のこともほとんど聞かされていないのに、犯人などわかるものか。

「でも……そんなのずるいよ! 結局ぼくが勝つ術《すべ》のない出来レースだったんじゃないか。不公平だ!」

「おいおい、おれはあくまでフェアにやったつもりだぞ。おれは一度たりとも嘘はついていないんだ。前に言った通り、解決に必要な情報は、すべて揃っている」

なんだと……?

圭司の自信に溢れた目がぎらりと妖《あや》しく光り、ぼくは悟った。こいつには敵《かな》わない。一度でも圭司を出し抜けると思ったぼくが愚かだった、と。

「じゃあ、始めようか。さて……」

圭司による解決編の幕が上がった。

「おまえは犯人の心理がどうとかこうとか小難しい理屈ばかりこねくり回していたようだが、今回の事件で注目すべき手がかりはシールなんかじゃない。もっと、即物的かつ強力なヒントがあっただろう？　有人に気づけというのも無理な話だが」

あったのか？　シール以外にどんなとっかかりがあったというのだろう。

「何？　足跡とか？」

圭司は首を振る。ぼくは両手を上げて降参の意を示した。

「全くどうしようもないな。ドアの前の水たまりさ」と圭司は答えを言った。「忠正が理科準備室へのドアを開けたとき、押された水たまりはフローリングの溝を越えて広がっていったんだ。しかし考えてもみろ。ドア枠に高さがあったということは、開いたドアが直接当たるのは水たまりの最上部、表面だけってことになる。一度水が押し広げられてしまったらドアが通った分だけ水位は低下し、次に開けたときにはドアが水たまりに触れることはないだろう。つまり、ドアの前に水たまりができてからおれたちが開けるまで、ドアは一度も開けられなかった。言い換えれば、犯人は部屋を出るときドアを使わなかった。これが結論さ」

拍子抜けするほどさらりと、圭司は説明した。

ぼくは想像してみる。確かに、一度押し広げられた水たまりが同じ高さのドアで再び押し広げられるということは起きなさそうだ。理解はできるが、ぼくには一生かかっても思い至らなかったことだろう。

しかしこの発見が何を意味するのか。佐々木キンタを殺した犯人は、ドアを使わなかったのだとしたら、どこからも逃げられないではないか。いや、待てよ。圭司にはまだ見落としていることがある。

「わかったのは、ドアが開けられなかったってことだけでしょ？　元々開いていたのだとしたらどう？　それなら犯人はドアを通れるし、通った後に閉めれば水たまりの件と矛盾しない。そうやって犯人は外に出たんだ」

「いいや、それもありえない。金魚鉢が割れて水たまりができた瞬間に、確実にドアは閉まっていた。ほら、隣の図書室にいた司書さんは何も異変に気づかなかったと言っていただろ。つまり、金魚鉢が割れた音も聞いていないんだ。ところが、忠正の地味な叫び声はちゃんと届いている。音が発せられた場所はほとんど一緒だし、理科室のドアも閉まっていた。理科準備室のドアが開いていたか否か——この条件だけが異なっていたと考えるしかないのさ。ドアが閉まっていたから金魚鉢の割れた音は聞こえず、ドアが開いていたから忠正の声は聞こえたわけだ。

加えて、ドアの外、理科室側に水は認められなかった。もしドアが開いていたのなら、水しぶきが理科室まで飛んでいたはずだろう？　よって、水たまりができた瞬間にドアは閉まっていて、それ以降もずっと閉まったままだった。これが論理の帰結ってもんだ」

確かに……。と、納得しかけてから、思い直す。そんなことはありえないのだ。窓には内側から鍵がかけられていた。他に出口はない。犯人は絶対に、ドアから出たはずなのである。とすると残る可能性は——。

「何らかのトリック——例えば氷を水たまりに置いて、ドアを閉めてから水位を上げたとか——を使って密室に見せかけようとした、というのも却下だ。おれたちが理科準備室を訪れたのは忠正の気まぐれで、発見が夜や翌日まで遅れたらトリックはほぼ確実に失敗する。日が沈んでいたら暗くて水たまりの様子が見えない。日を跨《また》いだら水は蒸発して水位が下がってしまうだろう。そもそも、おれくらいの注意深さがないとドアが開いたときに水たまりが広がったことなんて気づかないし、おれくらいの思考力がないとその意味するところにも辿り着けない。そんな偶然を期待してトリックを仕掛けるなんてナンセンスの極みだ。この手がかりは疑いようもなく本物なのさ」

「……もっともだね」先回りで思いつきを否定されたぼくは、途方に暮れるしかない。「じゃあ、犯人はどこから脱出したっていうんだ。まるで密室殺人じゃないか！」

「そう、現場は密室だったし、トリックが仕掛けられたわけでもない。となるともう、答えは目の前にあるだろう? キンタを殺した犯人は、理科準備室を出なかった。それなのに、おれたちが密室を開いたときにはどこにもいなかった。つまり、キンタを殺した犯人なんて最初から存在しないんだよ」

「……意味がわからないよ」

「いつになく鈍いな。ひょっとして、まだキンタが金魚だって考えが抜けていないんじゃないか?」と圭司は冷ややかに語る。「キンタは事故で死んだ。それだけのことさ」


圭司の啓示を受けたぼくは少し考え込んだ後、ようやく事件の全貌を理解するに至った。キンタがどうしてあんな死に方をしていたのか。シールの偽装は何のためだったのか。すべてが秩序を求めて整列し始める。

「おれが次に解釈しなきゃいけなかったのは、濡れた足跡とシールの偽装についてだった。あれが為されたのも当然、水たまりができた後。つまりあの足跡は、部屋にいた唯一の人間であるキンタのものだったと考えるしかない。そして割れた金魚鉢……ここまでくれば、何が起こったかは明々白々さ。金魚鉢を落として割ってしまったのは他でもないキンタだ。そして彼は責任を逃れるためシールを偽装し、そのまま部屋を出ようとした。でも、よっぽど鈍《どん》臭い奴だったんだろうし、早く現場を立ち去りたいという焦りもあったんだろうな。入り口前の水たまりで足を滑らせたのか、再びコードに引っかかったのか、彼は思いっきりずっこけた。そして仰向けの状態で床にがつん。ガラスの破片が体中にぐさり。刺さり所と打ち所が悪かったんだろう。そのまま動けず出血多量で死亡だ、呆気ないもんさ。想像するだに滑稽で痛々しい死に様だな」

あまりの不運さに、ぼくは同情してしまう。それが金魚鉢を割ったのを隠し通そうとしたことに対する報いだとしたら、あんまりだ。

そういえば——とぼくは気づく。面白いことに、ぼくの的外れも甚《はなは》だしい推理は、決して間違ってなどいなかったわけだ。金魚鉢を割り、シールを貼り替えたのは事実、忠正と同じクラスの生物部員——キンタだった。被害者と犯人の取り違えという致命的な勘違いを犯しながらも、論理だけは裏切ることなく真実を指差していたのである。

「にしても、おまえがシールの手がかりからあそこまで割り出したのには驚いたよ。キンタを金魚だって勘違いしている以上、どんなひどい推理が飛び出すのかと期待していたんだがな」

そうか、圭司からすれば、シールを偽装したのはキンタ以外にありえないのだから、それ以上考察を深める必要は全くなかったのだ。だからこそ圭司は、シールの偽装者の思考を辿り、犯人を探り当てたぼくの推理に感心していたのだろう。あの絶賛はやっぱり、本心だったわけだ。そう考えると、騙されたとはいえ、多少は清々《すがすが》しい心持ちがする。

……ん？　待てよ。それではおかしくないか？

「おい、圭司はぼくがシールからキンタに行き着くなんてまるで想像していなかったんでしょ？　じゃああの言葉は何だったの？　手がかりはすべて揃っていて、犯人の名前はわからないけれど〝属性〟は特定できるって。まるでぼくの推理を予見していたみたいじゃないか。

大体、金魚を殺したのは、金魚鉢を割ったキンタだったってわけでしょ。だったらあの時点でぼくは既に犯人の名前自体は知っていたわけじゃん。それなのに、犯人の名前は登場していない、だなんて。アンフェアだ。いくらぼくに突拍子もない推理をさせるため仕方なく話を合わせたんだとしてもさ、嘘はいけないよ」

これは揚《あ》げ足取りとでもいうべき批判だったけれど、圭司にさんざん玩具にされたぼくの、ささやかなる反逆だった。ひねくれ者の圭司にもこだわりくらいはあることを、ぼくは知っている。ここでは、嘘を一つもつかないこと。あくまでもフェアにぼくを騙すこと。それが圭司の信念であるはずだった。ならば、この指摘はかなり手痛いのではないか。

「ふん、鬼の首でも取ったようだな、馬鹿馬鹿しい」と圭司は不愉快そうに小鼻を膨《ふく》らませた。「何度も言わせるな。おれは嘘を言った覚えはない。騙す側にも通すべき筋ってものがあるんだ」

「えっ？」

堂々たる反論に、ぼくは素《す》っ頓狂《とんきょう》な声を漏らした。圭司は気怠《けだる》そうに続ける。

「だからよ、金魚を殺したのがキンタだって誰が言ったんだよ。今から教えてやる。本当は、誰が金魚を殺したのか」

混乱の二文字が脳を駆け抜けた。

金魚を殺したのはキンタではないだって？　すべては鈍臭いキンタが招いた不幸な事故だったと、たった今明らかになったばかりじゃないか。その先がまだあるというのか。

「手がかりはすべて提示されているのさ」と圭司は口癖にでもなったように繰り返した。「問題は、金魚鉢を落とした時点で中の金魚が死んだかどうかだ。鉢が割れると、水圧でガラス片は外側に飛び散るはずだろう。とすると中にいる金魚にガラス片が突き刺さる可能性はかなり低いよな」

「う……でも、そんなのわからないじゃん、やってみないと」

「まあその通りだ。しかしここで強調したいのは、金魚鉢を落とした時点で金魚が死なないという場合も大いに考えられる、ということさ」

「そんなこと言ったって、実際死んでいたんじゃ」

「おまえは重大な事実を見落としているようだな」圭司は言った。「金魚の死体はまだどこからも見つかっていないんだぞ」

「へっ？」

「言ったはずだ。水たまりの中にあったのはガラス片とキンタの死体のみだったと。金魚なんていなかったんだよ。金魚鉢を割ったときに金魚が死に、それからキンタが死んだのなら、二つの死体は仲良く水たまりの中に並んでいるはずだろ？　それに、理科準備室を探してもおかしなものはなかった——当然、金魚の死体なんて見つからなかったし、部屋は密室だったから外には出られない。外の地面にも異常はなかったから、窓から投げ捨てられたわけでもない」

金魚の死体……確かにそうだった。キンタが金魚だと思い込んでいたものだから、キンタが人間だと判明しても死体がないことなんて全く意識しなかった。だが、部屋にあった唯一の死体が金魚ではなく人間だったと暴かれた時点で、それはとりもなおさず金魚の不在をも意味していたのである。

それにしても、密室からの死体消失である。最後の最後になってこんな謎が正体を現すとは。一体どうなっているんだ、この事件は。

「さて、金魚はどこに消えたのか。さっきも言ったように、この密室にはトリックなどあるはずがない。だからこれもごくシンプルな答えさ。あの部屋で、金魚は容易に、跡形もなく消せる。わかるか？」

わからない。まさか理科準備室の薬品で溶かしたとか？　そんなわけないか。

圭司は目を白黒させるぼくを上機嫌そうに眺め、答えを告げた。

「鈍いな、有人。金魚は食われたんだよ」

「ほへっ？」さっきから間の抜けた相槌《あいづち》のオンパレードだ。

「理科準備室には観賞魚の水槽があったろ。あの中で泳ぐアロワナは、肉食魚だ。金魚はそいつの腹の中に収まった。これしか、金魚を消す方法はない」

なるほど明快だ。食べてしまう。こんなに簡単な消失トリックはない。

「でもどうして……」

「ありゃ、その問いはおまえの十八番《おはこ》だと思ったんだが――」

ぼくは考え込む。金魚がアロワナの水槽に入り込む理由……ああ、そういうことか。

「金魚鉢を落とした時点で金魚は死ななかった。それを見たキンタは金魚を助けてあげようとしたんだね。金魚は水の中にいなければ呼吸できずに死んでしまう。だから、咄嗟《とっさ》の判断で金魚をすくい上げ、応急処置として、後先を考えずに近くのアロワナの水槽に入れてやった。それで食べられてしまったってことか……」

ひょっとしたら、とぼくは想像を逞《たくま》しくしてみる。金魚を水槽に避難させた後、シールの偽装工作を済ませたキンタが振り返ると、水槽でアロワナが金魚に襲いかかろうとしていたのではないか。それを見たキンタは金魚を守ろうとして必死に走る。だが水に濡れたフローリングに足を取られて引っくり返り、ガラスの破片の池に体を投げ出すことになった。かくして、割れた金魚鉢の中の金魚が消え失せて人間の死体が現れるという、世にも奇妙な状況が生まれたのである。理由もないのにあの場で派手に転倒するほど焦っていたとは考えづらい。キンタは鈍臭さゆえではなく、生き物への優しさのために命を落としたのだ。そうじゃないと、救われない。

むろん、圭司にこの仮説を伝える気は起きなかった。根拠がない、そもそもどうでもいい、と切り捨てられそうだし、ぼくの希望的観測だと嘲《あざけ》られもするだろう。

「それを踏まえて、『誰が金魚を殺したのか』だが」と圭司は続けた。「キンタに殺意なんてなかったのに、彼を犯人扱いするのは酷だろう。それよりも、自分の食欲を満たすために意志を持って金魚を食い殺したアロワナこそが真犯人、いや、犯魚というべきだと思わないか？」

ぼくは苦笑を禁じえなかった。追い求めていたフーダニットの解答が「アロワナ」だって？　そんなのわかりっこない！

「ところで、アロワナはあくまで生物の分類上の名前であって犯魚固有の名前ではない。犯人当てで『犯人は人間だ！』なんて答える愚か者がいるか？　だから『理科準備室のアロワナ』という〝属性〟を持った奴が殺害者だって言いたかったのさ。ほら、何一つ嘘はついていなかっただろう？」

圭司は両手を大げさに広げてみせて、締め括った。ぐうの音も出ないとはこのことを言うのだろう。完敗だった。歴史的大敗。二月の悲劇だ。

「……圭司の勝ちだよ」

「勝ち？　おれと知恵比べでもしてるつもりだったのか、傲慢《ごうまん》な。しかし、いい暇潰しにはなった。あと四日、おまえは今回の反省文でも書いているんだな！」

圭司はそう言い残してそそくさと部屋を出ていく。病人を好きなだけ慰み物にし、終わったら用無しというわけか。なんて性根の腐った奴だ！

後ろ手に閉められたドアが盛大な音を立てるとともに、ぼくはベッドに崩れ落ちた。悔しい。こうなったら残りの四日間を生かして、なんとか圭司を打ち負かす作戦を考えだそうじゃないか。彼の苦手分野はやっぱり人が何をどう考えるか、の部分だから、うまくそれを利用して……。

少なくとも、しばらく退屈で仕方がないのではないかというぼくの懸念は、杞憂《きゆう》に終わりそうだった。

ダイイングメッセージ

1

事件に決着をつける。

そう宣言した圭司《けいじ》がみんなを集めたのはやはり、例の廃ビルだった。ぼくら帝都《ていと》小探偵団の秘密基地。そして、頼子《よりこ》の死んだ場所。事件を終結させるのに、これ以上ふさわしいところがあるはずはなかった。

ぼくと忠正《ただまさ》、桜《さくら》の三人は、三階の最も日当たりのいい一室で待っていた。ぼくらがゲームや語らいをするのに好んで使っていた部屋である。雑然と散らかったがらくたの山。拾ってきたり持ち寄ったりして、何年もかけて蓄積されたそれらは、今見ると本当にただのがらくたでしかなかった。

「その……全部わかったんだよね、圭司は」

忠正が尋ねてくる。全部、とは、頼子の死について全部、という意味だろう。

「ああ」とぼくは応じる。「――しかし遅いな、あいつ」

圭司は一向に部屋に現れない。待ち合わせの時間をとうに過ぎていた。

「ちょっと、下探してくる。待っててくれ」

ぼくはそう告げると、部屋を出て階段に足を向けた。

どたばたと階段を駆け降りる音が聞こえてきたのは、ぼくが部屋を出て十分ほどが経《た》ち、一階から三階へ戻ろうとしていたときのことだった。

「おいおい、どうした？」必死の形相で迫ってくる忠正と桜に、ぼくは眉を曇らせる。「見回ったけれど、生憎《あいにく》まだ来ていないみたいだぞ……」

「落ちていったんだ！」と忠正が声を裏返して叫んだ。「部屋の窓の外を、誰かが落ちていった。いや、誰か、じゃない。あの服は、多分――」

彼は言葉を飲み込み、目を伏せた。「嘘《うそ》だろ」と短く呟《つぶや》いたぼくの声は掠《かす》れている。

嘘じゃない、と答える代わりに走り出す二人を、ぼくは慌《あわ》てて追う。彼らの恐れと諦《あきら》めを孕《はら》んだ表情――理屈を超えたところで既に予感しているに違いなかった。一つの、終焉《しゅうえん》を。

入り口を飛び出してビルの裏手へと回る。忠正たちが目指しているのは窓の真下にあたる地点だった。そこに認めるべきものを認めるために。

忠正の足が止まった。ぼくは駆け寄り、しっかりとそれぞれの存在を捉《とら》え、その場に立ち尽くした。そこに落ちていたのは、圭司の転落死体だった。腕はひしゃげ、激しく打ちつけたと思《おぼ》しき頭と胸からの夥《おびただ》しい出血は、シャツに残酷なコントラストを描き出している。もう命がないのは明らかだった。ぼくの、世界でたった一人の双子の兄は、目の前で、呼吸をしないただの有機物になり果てている。

圭司が、死んだ。

その現実を、噛《か》み締めるように、胸の内で反芻《はんすう》する。不思議だった。言葉で表現できるような感情はまだ何も湧いてこないくせに、体だけが理由もわからず震えている。

「どうして！　圭司君は事件を解決したんじゃなかったの？」桜がぼくへ訴えかけるように泣き喚《わめ》く。

「何でこんなことに……！」

ぼくは俯《うつむ》いて首を振るほかない。

「なあ、どういうことなんだ。犯人は一体――」そこで忠正ははっとして息を止めた。「今落ちてきたってことは、まだ上に」

ぼくは目線を上げる。四階の窓が開いていた。あそこしかない。頼子が転落したときの部屋の、一つ下だ。

ぼくらは無言で再び走り出した。身の危険など顧みる余裕はない。恐怖を凌駕《りょうが》する何かに突き動かされている。

長い階段を駆け上がり、入り組んだ通路を辿《たど》って四階の南端の部屋まで行く。ドアは閉まっていた。ぼくはドアノブに手をかけて、押す――。

ガチャリ。

「おい、まさか……」忠正が肩で息をしながら呟く。

「ああ」と頷《うなず》くことしかできない。「中から鍵がかけられている」

ノブを捻《ひね》ろうとしてもびくともしなかった。内側についたつまみで施錠されているのだ。そう、頼子のときとちょうど同じように。

「じゃあ犯人はまだ中に……？」と忠正が呟くが、半信半疑という様子だった。既に犯人は密室を完成させて脱出している――頼子のことがあるから、そんな可能性を切り捨てられる道理はどこにもない。それに、逃げ出す時間なら十分あったはずだ。

そこへ遅れて桜もやってきた。ぜえぜえと荒く呼吸している。彼女に配慮していられる状況ではなかった。事情を簡単に説明すると、ぼくはポケットからスマートフォンを取り出した。

「とりあえず、警察を呼ぼうか」

先に父さんに連絡することも考えたが、息子の死を知らされて冷静でいられるはずもなかったし、ぼくも精神的に限界だった。一一〇番通報を手短に済ますと、その場にしゃがみ込む。

いる。

どうしてこんなことになったのか。

密室の扉の前で、忠正は魂を抜かれたように口をあんぐりと開け、桜は怯《おび》えたように身を縮ませている。

――一体、どうしてこんなことになってしまったのだろう。

この一週間に起きた出来事の断片たちが、疲れきったぼくの脳内で走馬灯のように浮かんでは消える。頼子の死、密室、圭司の推理、そして死。

それからぼくは、さらに昔のことを思い出していた。この廃ビルで遊んだ時間や、誰かの家で無駄話ばかりしていた放課後。頼子と圭司の賑《にぎ》やかな掛け合い。もう二度と戻ることのできない遠い日々を……。

2

「いやあ、最近スマホにはまっちゃってねー」と頼子は頭を掻《か》きながら言った。「全然勉強が手につかないのよ。依存症ってやつ？」

「わかる。もう気づいたら手がスマホを探しているよねー」

桜が苦笑気味に頷いた。

「そうそう、もう臓器みたいなもんよ。体の一部」

いっそ開き直ったのか、頼子が胸を張る。圭司は馬鹿にしたような笑みを浮かべた。

「おまえは地頭が悪いんだから、そんな調子じゃ絶対に落ちるぞ」と受験生にとってのタブーワードを躊躇《ちゅうちょ》なく口にする。

「わかってるよ、嫌味な奴《やつ》ね」

頼子はきっと目つきを鋭くした。そう言う圭司はあっけらかんとスマホゲームに興じている。余裕たっぷりなのも無理はない。彼はろくに受験勉強らしい勉強もしてこなかったくせに、抜群の算数センスと思考力で、最難関中学も合格間違いなしと言われていた。

頼子がスマホを放り投げ参考書に目を落としたので、ぼくも算数の問題集を開く。苦手な図形問題だ。筆者の気持ちを問うような国語の問題では、まだぼくにも分《ぶ》があるのだが……。

最近の小学生は大変だなあ、と父さんは口癖のように言っている。父さんの頃はもっとお気楽だったぞ、とも。中学受験を控えたぼくらは十二歳にして受験勉強に勤《いそ》しんでいるのだった。といっても受験組は頼子とぼく、それに圭司だけで、忠正と桜はそのままエスカレーター式で内部進学することになっている。学年全体の割合では、受験組は四割ほどだろうか。今時、私立小学校からさらなるステップアップを狙って塾通い、なんていう人も珍しくはないのだ。

ぼくらの最近の勉強場所は、昔から秘密基地に使っていた町外れの廃ビルだ。どんな事情があったかは知らないが、この閑静な住宅街に長らく取り残されている五階建ての大型ビルは、子供の遊び場としてはもちろん、自習スペースとしても絶好の場所だった。いつも使う三階の一室にぼくらは学習道具や携帯式の照明を持ち込んで、よく勉強会まがいのことをやっているのである。

提案したのはぼくだ。六年生になってクラスがほとんどみんなばらけ、ぼくら帝都小探偵団は少しずつ疎遠になっていた。いつまでも探偵団なんて自称しているわけにはいかないし、ある程度は仕方ない部分もある。だが、ぼくはどうしてもこの大切な居場所を消滅させるわけにはいかないと思った。それは単に、幼馴染《なじ》みを大切にしたいというぼくの感傷からだけではない。

頼子のために、だ。

頼子がいじめられているという、耳を疑うような噂《うわさ》を聞いたのは数ヶ月前のことだった。さばさばした性格とつっけんどんな物言いが、クラスのリーダー格の女子の気に障ったらしい。小六ともなればクラス内には必然的にいくつかの派閥が生じ、こと女子同士において、その覇権争いは凄絶《せいぜつ》を極める——のだとか。

具体的に頼子が食らったのは、露骨なシカト行為だったらしい。件《くだん》の女ボスのグループに属する子はもちろん、脅迫まがいの根回しで、元々頼子と仲が良かった子たちまで加担させられているという。全く女子って怖いよな、と情報提供者である友人は他人事《ひとごと》のように述懐していたが、ぼくには聞き捨てならない話だった。

頼子の精神力がぼくのそれなんかよりも遥《はる》かに強靭《きょうじん》なのは承知している。しかしそれにしても、あまりにひどい仕打ちではないか。実際いじめがどの程度深刻なのかはわからないし、あの頼子のことだ、つまらない奴に目を付けられたものだと割り切って、平然とやり過ごしているのかもしれない。だがそれでも、気にかけずにはいられなかった。

もちろん、彼女の心配をしているなんてことを本人に知られるわけにはいかない。頼子はぼくらに、とりわけ圭司には、そんな弱い姿を見せたくはないだろう。だからぼくは何度か頼子の教室を覗《のぞ》き、彼女が机で一人教科書に顔を埋《うず》めているのを確認すると、勉強会を開くことを決意した。

呼びかけたのは無料チャットアプリの「チェイン」でだった。ぼくと圭司は五年生のクリスマスに父さん、もとい「サンタさん」からスマートフォンをもらっていたし、頼子と桜も六年生に上がるころから持つようになった。また、忠正は家族共用のパソコンを使っていた。「帝都小探偵団」という五人のチェイングループは既に作られていたのだ。そこで開催を提案すると、直ちにやりたいという反応が返ってきた。それからぼくらは週二日くらいのペースで、この廃ビルや誰かの家に集まって勉強会を始めたのである。

予想とは裏腹に、頼子は底抜けに明るかった。初めは無理をしているのかとも思ったが、だんだんとこれが本来の頼子なのだという気がしてきた。ぼくに気遣われるほど、頼子は弱い人間じゃなかったのだ。そしてこの〝居場所〟の存在が彼女を勇気づけたおかげなのかはともかく、たまに廊下から様子を窺《うかが》うと、彼女が周りの人と和やかに話している姿が見られるようになった。無事いじめは克服できたようである。元来の目的から言えばこの勉強会はもう開く必要がないのだが、みんなで集まるのが楽しいからという理由でまだ続いていた。

それにしても、もう小学六年生である。ぼくも圭司も身長がぐんぐん伸びてきて、変声期を迎え始めていた。忠正と桜は成長期が遅いらしく、いつの間にかぼくらとかなりの身長差がついている。しかし何といっても変わったのは頼子だ。五年生くらいからみるみる大人びてきて、今では中学生で通用しそうなくらいの体格だった。

「ちょっとトイレ！　我慢できない！」

不意にその頼子が参考書からがばっと顔を上げた。黙って行ってこいよ、と圭司がすかさず毒づく。恥じらいのなさは一年生のときからずっと変わっていないことに、何となく安心してしまう。

彼女は部屋を飛び出していった。当然ビル内の水道は止められているので、ここで遊ぶときに使うトイレはすぐ隣にある公園の公衆トイレになる。だが、階段から遠いこの部屋から地上に出るには、エレベーターが使えない以上、急いでも四、五分はかかる。間に合うだろうかと余計な心配をしながら三角形に補助線を引いたそのとき。

ピコン。

聞き慣れた音が聞こえた。誰かからチェインでメッセージが届いたときに流れる通知音だ。反射的にポケットの中からスマホを取り出し確かめたが、通知はない。

ピコン。

再び鳴った。辺りを見渡し、納得する。音源は、すぐ側《そば》に転がっていた頼子のスマホだった。

ピコン。

「何だよ、うるせえな。グループチェインの通知くらい切っとけって言ってるだろ」と圭司が舌打ちした。通知音の鳴らないような設定にしろ、という意味だ。

「違うよ、ぼくのじゃなくて、頼子が置いてったの」

「じゃあマナーモードにしろ。ゲームに集中できない」

人のスマホに勝手に触るのには抵抗があったが、この際仕方がない。ぼくは頼子の携帯に手を伸ばし、音を消そうとして――。

ピコン。

えっ、と思わず声が漏れた。画面が明るくなり、新着のメッセージが待ち受けに表示されたのである。突然のことだったので、内容までしっかり見てしまった。

送り主は「ちひろ」。文面は「は、無視すんなし、死ねよ」。

唖然《あぜん》としつつも画面に触れてしまったのは、ほとんど条件反射といってよかった。パスコードの類《たぐい》は設定していないらしく、あっと思う間もなくチェインが起動し、トーク画面が現れた。上部に表示されたグループ名は「六年四組女子」。可愛《かわい》らしい猫のアイコンの吹き出しには「死ねよ」の三文字が躍る。その上には別の「吉原加奈《よしはらかな》」というプリクラ画像が「あれー、逃げるんですかあ?」と。

何なんだ、これは。

画面をスクロールし話の流れを追う。発端は「ちひろ」の「おい頼子、おまえ最近男子とばっか喋ってんだろ。キモいからやめろよ」という罵《のの》りだった。今から数時間前のこと。それに「吉原加奈」や「AYAKA」が「いくら話す相手いないからって調子乗るんじゃねーよ」と追従《ついしょう》し、頼子も「あんたたちに関係ないでしょ」などと返信していた。激しい応酬はエスカレートし、つい数十分前まで続いている。つまりさっきまで頼子は、ぼくたちとにこやかに談笑すると同時に、その右手の中でこんなにひどい言葉の集団暴力を相手にしていたのだ。その事実に、戦慄《せんりつ》を覚える。

そしてしばらく頼子がスマホを放置した結果がさっきの「死ねよ」か。吐き気を催すほどの不快感が腹の底からこみ上げてくる。

そこでぼくは、画面下部の、書きかけの返信の存在に気づいた。入力スペースに打ち込んだ後、送信ボタンを押さずにいた文章は、消去しない限り、そのトーク画面を開けばずっと残っているのだ。そこに綴《つづ》られた言葉は痛切だった。

「もうやめて。わたしをいじめないでよ！」

このあまりにストレートな感情を、頼子は結局伝えられなかったのだ。それが多分、頼子の意地だった。ぼくはしばし呆然《ぼうぜん》として液晶を凝視していた。

そんなぼくを我に返らせたのは、ピコンという無機質な音だった。「AYAKA」が先ほどのグループで新たなメッセージを送ってきたのだ。その一文を読んだ瞬間、自分の顔から血の気がさっと引く音が聞こえたようだった。

「あ、やっと既読ついた」

ぼくは即座にグループ内の人数を確認する。たったの四人だった。するとこのグループは六年四組の女子全員のものではなく、頼子といじめっ子たちだけのものだったらしい。チェインでは、グループ内でどれだけの人数が文面を読んだのかを、メッセージの送り手が「既読数」によって知ることができる。ぼくがトーク画面を開いて既読数が3になったことで、「AYAKA」は頼子が戻ってきたと思い込んだのだ。

まずいことになった。「AYAKA」たちが勘違いするだけならまだいい。しかし問題は、既読をつけてしまったことで、ぼくがチェインの中身を見たことを頼子に隠し通せなくなってしまったことだ。頼子の端末上で今のメッセージを消去することは可能だが、それもその場凌《しの》ぎにしかならない。後々の会話の流れですぐに気づかれてしまうだろう。

困った。頼子としては絶対に知られたくなかったことだろうし、半分事故だったとはいえ、ぼくが人のスマホを勝手に触り、あまつさえチェインという最大のプライバシーを侵害したのは否みようがない。どこの誰だよ、既読なんて面倒なシステムを考えたのは……。

「これは困ったな」

耳元での囁《ささや》きにはっと目を見開いた。圭司だった。ぼくが予期せぬ展開に動揺している間に、背後に回り込まれていたのだ。それに、圭司だけじゃない。桜と忠正までが、ぼくの背中越しに頼子のスマホの画面を見ていた。

「どうして……」

「どうしてって――おまえが息を呑《の》んだかと思ったら画面を睨《にら》み始め、露骨に不審な態度をとっていたから覗きに来たんだろ？　しかし意外も意外だな。まさかあの頼子がいじめられているとはね。傑作じゃないか」

圭司は淡々とした口調で、ぼくの受け止めきれなかった事実を揶揄《やゆ》した。「わたしをいじめないでよ！」と声真似《まね》までする。いつもは呆《あき》れるだけで済む圭司の冷たさも、今回ばかりはひどくぼくの神経を逆撫《さかな》でした。

「やめろよ、そんな言い方！　頼子は……辛い思いをしているんだぞ」

「そうだよ、圭司」と忠正が加勢する。「いくらなんでもひどすぎる」

「知らなかった……わたしたちが相談に乗ってあげなくちゃ」と桜。

しかし――とぼくは考える。今、ぼくら全員で頼子に「いじめられているんでしょ？　ぼくらが助けるよ」なんて手を差し伸べたら、彼女はどう思うだろうか。気が強くて、誰にも屈しない頼子。ずっと貫いてきた彼女のそのプライドを無遠慮に傷つける結果にはならないか。ひょっとすると、いじめに遭うことよりも、そっちの方が嫌だと感じるかもしれない。

第一、ぼくらに何ができるのか。チェインも駆使した女子のいじめとなると、相当に根が深そうだ。腕力が物を言う男子同士のいざこざみたいに、先生への告げ口や他の適当な手段で解決できるものではないだろう。

もちろん、決して見て見ぬふりをしようというのではない。ただ、ここで不用意にぼくら全員が救世主として名乗りを上げるのは、どうも正解ではない気がする。

そういう内容のことを話すと、みんな納得した様子で賛同した。

「確かに、頼子は喜ばないだろうね」と忠正は考え込む。「でもだからって、放っとくの？」

「そうは言っていないよ。どっちみち、チェインを見ちゃったことは誤魔化《ごまか》せそうにないんだ。うーん、そうだな。せめて、見たのはぼくだけということにするっていうのはどうだろう？　後のことも、ぼくができるだけのことをするから」

「有人《あると》君なら」桜は頷いてくれた。「頼子も相談しやすいと思う」

「うん、わかった、そうしよう」と忠正。

圭司だけが、すぐにでも頼子をからかってやりたかったのだろうか、少し不満そうな面持ちではあったが、これでとりあえずの方針は固まった。できるだけのことをすると勢い込んだぼくだったけれど、実際何をすればいいのかはまだわからない。けれど、きっと何か、打てる手はあるはずだ。そう信じたい。

「じゃあ、そろそろ頼子が戻ってくる頃だし、解散！」

頼子が席を外してから十五分以上経っていた。ぼくの号令でみんなは素直に各々の場所へ戻る。間一髪でトイレから頼子が戻ってくるのを何食わぬ顔で迎え入れると、「はい、これ」とスマホを手渡した。

「さてと。時間も時間だし、そろそろ帰る？」

窓から見える空は夕焼けに赤く染まっている。忠正のタイミングのいい提案で、勉強会はお開きになった。頼子にスマホをチェックさせる隙《すき》を与えないよう矢継ぎ早に話題を振りつつ、それぞれの家路につく。帰ってからチェインで事情を話すつもりだった。

　帰宅後、どう切り出したものかと考えているうちに、ぼくのスマホが通知音を鳴らした。頼子から個人チャットにチェインが入っていた。

「わたしのスマホ開けたの、有人君だよね？」

　飾り気のない端的な質問。少し考えてからフリック入力する。

「うん、ごめん。間違えて開いちゃったんだ。今謝ろうとしていたんだけれど」

「内容も、見たんだよね」

「うん……その、大丈夫？」

「大丈夫よ」とすぐさま返信が来た。「大したことないから。心配しないで」

　案に違《たが》わず、弱いところは見せたくないらしかった。「あとさ、他の人には見られていないよね？」と確認してくるので、「うん」と嘘をつく。面と向かって聞かれていたら目が泳いでバレバレだったかもしれないので、そこは現代科学の結晶に感謝だ。

「でも、見られたのが有人君でよかった。圭司だったらって思うと（笑）」

　そうだね、と相槌《あいづち》を打つぼくの胸は少し痛む。それから、じっくり言葉を選んで打ち込んだ。

「ぼくにできることがあったら何でも言ってね。いつでも味方になるからさ！」

すぐ既読がついたので、画面を開いたまま返事を待つ。

「ありがとう。でもほんとに大丈夫だからね」とメッセージが表示されるのを確認すると、ぼくはふうと息を吐き出した。チェインでのやりとりには、ときどきだけれど、直接話すよりも神経を磨《す》り減らすことがある。

　とりあえず、これ以上の口出しはありがた迷惑になりそうだ。あとはしばらく様子を見るくらいで大丈夫と見た。元より、今は一月。あと数ヶ月待てば、ぼくらは晴れて小学校を卒業し、それぞれ別の進路へと歩み出すのだ。それでいじめは否応《いやおう》なく終わる。

「わかった。じゃあ、またね」とぼくは返信し、スマホの電源を切った。


その日、ぼくは頼子を見かけた。二月も半ばのことだった。放課後校舎を出たところで、校門の前を歩く四人組の後ろ姿を捉えたのである。頼子のお気に入りの、すっかり小さくなってしまった水色の長袖シャツが見えたので、すぐに彼女だとわかった。つけている手袋も、どんなに寒い日も軽装の彼女を心配して、去年の冬にぼくらが贈ったものだった。

正直に言って、頼子のいじめの件が頭の中で占める割合は大幅に下がっていた。あれっきり頼子に特に異変は認められなかったし、受験勉強が追い込みの時期にさしかかり、ぼくも忙しかったのだ。

残りの三人の顔と名前を、ぼくは知っていた。渡部千尋《わたべちひろ》、吉原加奈、潮田彩花《しおたあやか》だ。例のチェイングループのメンバーだったいじめっ子三人。別にわざわざ調査するというほど大仰《おおぎょう》なことをしたのではなく、以前に同じクラスだったことがあったり、気が強いことで有名だったりして、苦労なく特定できていた。

ともかく、そのときぼくの体が強張《こわば》ったのは、四人の間に不穏な空気が漂っていたからだ。正確を期せば、三人と一人の間に、だけれど。

「いい加減吐けよ、おい」と渡部が女子小学生らしからぬドスの利かせ方をする。「亮輔《りょうすけ》君にあげたんだろ。どうだったんだ?」

「違う」頼子は毅然《きぜん》として答えた。

「じゃあ誰なの?」と吉原が金切り声を上げて詰め寄る。

「教えない」

「言えないってことはやっぱり亮輔君なんだな。随分図々《ずうずう》しいことをやってくれるじゃないの」

そこで潮田が、後ろを歩いて会話を盗み聞きしていたぼくの存在に気づいた。よっぽど物言いたげな顔をしていたのだろうか、「何見てんの、君」といきなり咎《とが》められた。それにつられて残りの三人が振り返る。頼子と目が合った瞬間、彼女の瞳がぱっと見開かれた。その反射が動揺からなのか、救いを求めてのものなのか、ぼくには判断がつかなかった。

「……何だよ、けい」と渡部が言いかけ、ぼくの弱々しい態度を瞬時に見透かしたのか「あ、有人の方か」と言い直した。圭司じゃないとわかってほっとしたような響きも聞き取れる。何か文句あるの、と自信を持って続けた。問題児麻坂《まさか》圭司の悪名は学年全体に轟《とどろ》いているらしい。

「いや、その、」

言葉に詰まる。ここで、「いじめはやめなよ」と爽やかに忠告したところで、この三人相手にさほど効果は見込めないし、頼子のプライドを著しく傷つける無神経な台詞《せりふ》にも思える。第一、この状況は客観的に見て、非難の対象となる要素を含んでいるだろうか？　ただの女子同士の口喧嘩《げんか》。そこに介入するのは果たして自然か。

などと、この期に及んでうだうだと考え込んでいる自分が嫌になる。圭司だったら、思ったことを一切の迷いもてらいもなく口から出せるに違いない。もっとも、彼にはそもそも、この場で頼子に助太刀《すけだち》しようという発想がないのだろうけれど。

「何もないわけ？」と吉原が刺々《とげとげ》しく言い放ち、「キモいんだけど」という潮田の呟きが鋭利な刃物のごとくぼくの胸に襲いかかった。

「用がないならどっか行ってくれるかな。わたしたち、大事な話してるんだよね。なあ、頼子」

とどめを刺したのは渡部だった。自分の惨《みじ》めさに俯くばかりで、返す言葉がなかった。頼子の失望した表情を目に入れないようにぼくはそのまま踵《きびす》を返すと、早足で当てもなく歩き出す。ああ、ごめん、頼子。みんな。振り返ると既に、四人の姿は消えていた。

その日の夕べ。

特待生として塾の講習を受ける圭司は家を空けており、部屋に一人のぼくは落胆と自己嫌悪の底なし沼に沈んでいた。

有人君なら、と桜の言葉が蘇《よみがえ》る。有人君なら、頼子も相談しやすいと思う。「見られたのが有人君でよかった」と本人も言っていた。

それなのに、ぼくは何一つ力になれなかった。真に彼女のためになる選択がどうであったかなどは、この際関係のない話だ。目の前で明らかに困っていた友達を、ぼくは見捨てた。これは動かせない事実である。

結局ぼくは——。

ピロリン。

思考を中断させる突然の電子音に、ぼくは肩を震わせた。ベッドに転がっているスマホを手に取ると、相手を確認する。

頼子からだった。

3

ピコン、とスマホが聞き慣れた音色を奏でると、桜は条件反射的に手を伸ばす。頼子からだ。帝都小探偵団のグループでの発言。何だろう?

文面を見て、桜はぽかんとした。

「gfagMeTm」

謎の文字列。首を傾《かし》げるしかない。英単語？

すると続けて、次のメッセージが送られてきた。

「m#Ny」

今度は記号まで入り、いよいよ暗号じみてきた。少し待ってみるが、もうメッセージは表示されない。

「何これ？　暗号の問題？笑」と桜は打ち込んだ。一時期探偵団内でこの手のパズルが流行《はや》ったことがある。藪《やぶ》から棒すぎるけれど、それくらいしか意図は考えられない。

すぐに既読が1、2、3と増えていった。何だ、みんな見てるんじゃん。

「急にどうしたの？」と有人。

「ぜんぜんわからないんだけど」と忠正。

「勉強のしすぎで頭がおかしくなったか、かわいそうに」これはもちろん圭司だ。

そこで、あれっと思った。この三人が三つ分の既読をつけたということは、頼子はまだ見ていないということだ。こんな意味深な文面を送っておいて放置するなんてことあるだろうか？

一分、二分と時間が過ぎても、頼子からの反応はない。不審の念が募っていく。そのとき桜の部屋のドアが開いた。

「桜！　頼子ちゃんのお母さんから聞かれたんだけれど、頼子ちゃんの居場所って知らない？　どこかへ行ってしまったみたいなの」

受話器を片手に持ったお母さんだった。

＊

パソコンを開いてチェインを確認すると、ちょうど頼子からメッセージが届いたところだった。家のノートパソコンは自宅のWi-Fi環境でしか使えないし、とてもじゃないが持ち運びに適していない。こうしてチェインをチェックするのにもいちいち手間がかかる。日頃から親にスマホをねだっているのだが、もっと大きくなってからね、の一点張りで、忠正はいい加減うんざりしていた。

ともかく、頼子からグループに送られたメッセージは奇異そのものだった。意味のとれないアルファベットの羅列。事由を尋ねても、一向に反応は返ってこない。忠正はパソコンを起動させたままカップ麺でも作ることにした。今夜も、両親の帰りは遅い。

キッチンタイマーが三分を告げる。麺を啜《すす》りながら再びチェインを開くと、やはり頼子からの説明はなく、代わりに桜が呼びかけていた。

「みんな、頼子がどこかに行ってしまったみたいなんだけれど、知らない？」

時刻は午後七時を回ろうとしている。小学生が予告なしに出歩くには遅すぎる時間だ。そして、さっきの謎のメッセージ。言語化される以前の不吉な予感が首筋を撫でた。

「もしかして、何か事件に巻き込まれたんじゃ」と忠正はタイプする。

「さっきのは、ぼくたちへ何か知らせようとしたってこと？」と有人。

「ダイイングメッセージだったりしてな」

圭司の冗談は全く笑えない。不安を最大限まで掻《か》き立てられた桜が提案する。

「みんなで探さないと！　頼子んちに集合でいい？」

圭司が「今塾の授業中なのに」とごねたが、結局授業は抜け出すことで折れ、十五分後に頼子の家で待ち合わせと決まった。忠正は残った麺を添加物満載のスープごと流し込むと、家を飛び出す。忠正の家からは遠いので、急がないと間に合わない。

忠正が到着した頃には、みんな集まっていた。玄関に頼子のお母さんとお姉ちゃんが顔を出す。

「てっきり部屋で勉強しているものだと思っていたのに、夕飯の支度ができたと呼んでも出てこなくて。それで部屋を見に行ったらもぬけの殻だったの。でも、そんな大げさなことじゃないわ。最近あの子、受験が近いからか気が立っていたみたいなの。きっと気晴らしにどこかへふらっと……」

「今までにそんなことはあったんですか？」と有人。彼にもかなりの焦りの色が窺える。

「ないわ、でも……」

「ぼくらに変なメッセージが来たんです。だから何かあったのかもって」と忠正も加わる。

「闇雲に探しても埒《らち》が明かないだろ」圭司が水を差した。「家の中を見せてください。どこへ出かけたかわかる手がかりがあるかもしれない」

圭司もさすがに真剣だった。頼子の家に入るのは結構久しぶりだ。豪邸と称しても過言ではない大きな一軒家である。四人は家の中に散って捜索にあたった。

「ここにランドセルと手袋が置きっぱなしになっている」と有人がリビングで発見した。「つまり一旦学校から帰ってから、また家を出たってことだね」

「頼子の部屋にスマホはなさそうだったが財布はあった。何かを買いに行ったわけではないみたいだ」

この際、勝手に女子の部屋に入るなと圭司を咎める者もいない。

「あと、カレンダーには明後日《あさって》が受験だと記してあった。この大事な時期に家を抜け出すなんて、やっぱり異常だな」

受験か——すると、塾の自習室にでも行ったというのはどうだろうか。あるいは、どこか勉強の捗《はかど》る場所……。

あ。一つだけ、心当たりがある。帝都小探偵団の勉強場所。

「秘密基地は？」忠正は声を上げた。「廃ビルだよ。あそこへ、自習しに行っただけなのかもしれない！」

＊

頼子のチェインから慌ただしく時間が流れ、忠正の意見でぼくらは廃ビルを目指すことにした。期待は薄かったが、幸い廃ビルは頼子の家からごく近い。行ってみるだけの価値はあるという判断だった。

住宅街を進み、公園を過ぎ、数分で着く。夜の廃ビルは、いつものそれとは異なる禍々《まがまが》しい気配を漂わせていて、何人《なんぴと》たりとも侵してはならない聖域のようにさえ感じられた。

敷地内に足を踏み入れ、入り口を目指す。寒風が吹いて、どこかで枯れ葉をからからと鳴らした。

そこで、圭司の足がぴたりと止まる。

「血の臭いがする」

そう呟くと、彼は歩を早めた。ぼくらは呆気《あっけ》にとられてついていく。彼はビルの入り口を素通りし、外壁に沿って裏側に回ったところで、ふうと深く息を吐き出した。

彼の〝嗅覚《きゅうかく》〟は文字通り本物だった。

そこにあるのは、一つの死体だった。夥しい流血が水色の服を赤黒く染め上げ、地面をも浸している。左半身を下にし、乱れた髪が覆う顔をこちらに向けて。

頼子だった。厳密には、さっきまで頼子だったものだった。

体の下敷きになった左腕はあらぬ方向に曲がり、右手は顔の前に投げ出されている。その手の近くに落ちているのは、頼子のスマートフォンだった。

圭司は近寄り、無言で頼子の死体を見下ろす。脈を取り、首を振った。いつもの薄ら笑いはすっかり消えている。無感情の仮面を貼り付けた彼は、素早く周囲に視線を巡らせた。三方はブロック塀に囲まれ、茂った木の隙間からは街灯の光が差し込んでいる。ビルの外壁は苔《こけ》で緑がかり、窓が雨ざらしになるのを防ぐためにつけられていたと思しき大きなブルーシートは、上の紐《ひも》が外れ、側の地面に丸まって落ちていた。

それから、空を仰ぐ。

「あそこだ」と圭司は指差した。「あそこから落ちたんだろう」

見上げた先は、五階の位置にある開いた窓だった。それ以外の窓は全部閉まっている。

「桜は警察に通報して。忠正は家族に連絡を。有人、行こう」

「行くってどこへ?」

「五階に決まっているだろ。落ちてからそう時間は経っていない様子だ。誰かに突き落とされたのか、それとも自分で飛び降りたのかは不明だが、まだ犯人がいる可能性だってある」

危ないじゃんと言ってみることも考えたが、やめた。圭司と並んで廃ビルに入り、階段を五階まで駆け上がる。今まで入った覚えはない部屋だが、各階の構造は大体同じなので行き方はわかる。五階の南端。扉の前に着くと、ぼくらは息をつく。

「開けるぞ」

ハンカチで覆った手を金属性のドアノブに伸ばした圭司だったが、ドアはガチャリと空《むな》しい音を響かせるだけだった。このビルのドアは、つまみを回せば内側から施錠できるようになっている。

「鍵がかかっている。となると常識的な可能性は二つに一つだ」

「頼子が自分で鍵をかけて飛び降りたか」とぼく。

「あるいは、犯人がまだ中にいるか」と圭司。しかしこの重い鉄製のドアを壊すなど到底不可能だし、ドア枠との隙間も一切ないから覗き込むこともできない。ここでぼくらは、手詰まりになった。

「待とう」

静かに彼は言う。こんな真剣な、重みのある口調の圭司は初めてだった。いつもなら、事件に出会《でくわ》すなり愉快そうに相好《そうごう》を崩し、興味の赴くままに奔走するというのに。

けれど、それも当然のことだった。

頼子が死んだのだから。

すると突然、そうと意識しないうちに抑え続けていた悲しみが、どっと溢《あふ》れた。どうしようもない喪失感が、涙となり、咽《むせ》び泣きとなり、外の世界へ吐き出されていく。かけがえのない友達と。もう二度と遊べない。もう二度と喋れない。もう二度と会えない。

「うわあん！」

惨めなくらいの泣き声が廃ビルの廊下に木霊《こだま》する。圭司はそんなぼくに言葉をかけることもなく、下唇を噛み、じっと足下を睨んでいる。

遠くから、パトカーと救急車のサイレン音が聞こえ始めた。

4

「自殺だ」

父さんが言った。翌日の晩、久しぶりに帰ってきた父さんをぼくらが質問攻めにしたのだ。返ってきた答えは至極シンプルだった。

「あのとき密室には誰もいなかった。ドアの鍵に細工の余地はないし、苔が覆う外壁にも不審な痕跡は認められなかった。つまり頼子ちゃんが自分で鍵をかけて飛び降りたとしか考えられない」

「おいおい、それは乱暴にすぎるんじゃねえのか？」圭司が偉そうに苦言を呈する。昨夜の神妙な彼は一時的だったようで、今朝からはすっかり本調子に戻っていた。「どうせ自殺って決めつけて捜査しているんだろ。見落としがあるかもしれない」

「確かにそれは否めないが、状況が限りなく自殺を示しているというのは、父さんも同意するところだ。まず血と死斑の具合から、死体は移動させられたり手を加えられたりしていないことがわかった。骨の折れ方にしても、五階の高さから落ちて打ちつけられたものとして全く不自然ではなかったそうだ。したがって頼子ちゃんが落ちたのは五階のあの部屋からと考えてまず相違ない。そしてそこは密室だった。これが一つ。

それに何と言っても、動機が揃《そろ》っている。受験を控えストレスがたまっていたのに加え、学校でかなりひどいいじめに遭っていたっていう証言が複数上がっている。情緒は不安定な状態にあったことだろう」

そんなことはわかっている。その証言のうちには、ぼくらのものも交ざっているのだろう。

「頼子ちゃんの下校後の足取りもしっかりしている。クラスメートの女子三人と帰って、家のすぐ近くまではそのうちの一人と一緒だった」

「ぼくも、そのとき会った」と口を挟む。思えばあのときが、生きている頼子を見た最後だったわけだ。

「ああ、それで別れたのは午後四時過ぎだったそうだ。ランドセルが家に置かれていたこと、学校に持ち込み禁止のスマートフォンが現場に落ちていたことから、一旦家に帰ってから廃ビルに向かったのは明らか。五時半頃に帰宅した母親と姉は、勉強の邪魔をしちゃいけないと、部屋に頼子ちゃんがいることを確認せずに二人で夕食を作っていた。料理中に家を出たなら気づくはずだから、既に彼女は家を出ていたのだろう。そして死亡推定時刻は広めにとっても五時半から六時半の間。圭司と有人たちが死体を発見したのが七時半頃だ」

なるほど、辻褄《つじつま》は合っている。しかしぼくらが自殺説に飛びつかないのにはちゃんとした理由があるのだ。それはもちろん、あのメッセージ。

確認したところ、頼子のスマホからローマ字の羅列が送られてきた時刻は六時二十分だった。誰が考えたって、事件との関係は大アリである。しかし警察はあまり気にかけてはいないようだった。

「スマホの指紋はどうだったんだ?」と圭司が聞く。

「ああ、新しいものだと頼子ちゃんのしかついてなかったよ。乱された形跡もなかった。圭司はその暗号みたいな文字列が重大だと思っているのか」

「どうだか……」と彼は慎重だった。「頼子が死に際に残したものだとしても、それが直ちにこの事件の犯罪性を示すわけじゃない。まだ何の解釈もできていないから何とも言えないが、例えば自殺した頼子がふと思うところがあっておれたちに何か伝えようとしたのかもしれない。犯人を知らせるためのダイイングメッセージだったら話は早いんだがな」

その方が面白い、とも圭司は考えるのだろう。

「他にも、死んだ頼子の指を使って打ち込んだ、犯人の偽計って線も忘れちゃいけない。死体にも電気は流れるんだからスマホは操作できるはずだ。いずれにしても、あのメッセージを解読できないことには始まらない」

「もっともだね」とぼくも頷く。「それで、密室の方は?」

「さあな。何とかならないこともなさそうだけれどな。現状、自殺と考えるのが一番自然なのは理解している。でも、できるだけのことはやってみようぜ」

ぼくらがまず取りかかったのは暗号の解読だった。今まで様々な事件を相手取ってきたぼくらだけれど、こんな純粋な暗号というのはパズル本でしかお目にかかったことがない。

圭司がチェインを開いて文字を書き写した。

「gfagMeTm」、そして「m#Ny」。

「この手の問題は嫌いなんだよなあ」と早速圭司が愚痴り出した。「解説を見れば確かに納得はいくかもしれない。でも大抵の場合、導き方は書いていないだろ？　たとえ強引だとしても、それ以外の解釈があるかもしれないじゃないか」

なるほど、言いたいことはわかる。カタカナに見えた文字は漢字を分解したものだった、だとか、英語に翻訳すると意味を持つ、などといった仕掛けは、たとえどんなに鮮やかで面白みがあったとしても、たまたま筋が通っただけの当てずっぽうの域を出ないということだろう。

「けどそれは本に載っているようなやつの話でしょ。今回は現実に生まれた暗号なんだから、もっといろんな切り込み方ができるんじゃないの？」

「つまり？」

「何故《なぜ》こんな暗号が残されたのか。暗号の内容よりよっぽど疑問だよ」ぼくは考えていたことを説明する。「自殺か殺人かはさておき、これが頼子自身によるダイイングメッセージだと仮定して、こんなわかりづらい形にして送るメリットが彼女にあるの？」

「メリットか。だがダイイングメッセージといったら理解不能なものだと相場が決まっているだろ」

「圭司にしては鈍いね。一般に被害者がダイイングメッセージを暗号化する理由があるとすれば、それは犯人の目を欺《あざむ》くためだよ。しかし今回の場合、頼子はスマホでダイイングメッセージを四人に一斉送信した。犯人が見つけたとしても、それを消したり改変したりする手段は一切ないわけだよ。

頼子の端末上で見かけ上は消すことができても、ぼくらの端末には残ったままだからね」

　圭司ははっとしたように顔を上げ、少し考え込んだ後、凄《すさ》まじいスピードで紙に何かを書き始めた。まるで初速度を与えたら坂を転げ落ちていくボールのようだ。数分で彼はペンを置いた。

「おかげでわかったよ、頼子からの伝言が」

　早い。

「……説明してよ」

「おまえの言うように、成り立ちを考えればこんな暗号、児戯《じぎ》に等しかった。血文字と違って犯人に消される心配がなかった以上、頼子にダイイングメッセージを暗号化するつもりはなかったと考えるしかない。要するに、普通に伝えようとしたはずが、意図せずこんな支離滅裂な形式になってしまったということさ。そしてスマホなら、こういう現象が簡単に起こりうる。頼子はひらがなのキーボードで入力するつもりだったのに、実際は英字と記号のキーボードになっていたんだ」

「なるほど」とぼくは唸《うな》る。「あれ、変なとこ触ったらすぐ切り替わっちゃうもんね」

「ああ、そして意識が朦朧《もうろう》としていた頼子は画面をちゃんと見ることができず、体に染み着いていたフリック入力の感覚だけを頼りに文字を打ち込んだんだ。スマホ依存症気味だった彼女なら可能だろう」圭司はさっきの紙をぼくの前に置いた。「ここからは手作業だ。生憎、英字キーボードではフリック入力ができない方向がある関係上、ローマ字一つに対して復元先のひらがなの候補が複数存在する場合もある。また、大文字の部分は日本語では小さく表す文字か濁音、半濁音になる。それをまとめたらこうなった」

g →た、て、と
f →す

a→か、け、こ
g→た、て、と
M→ぱ、ぺ、ぽ、ば、べ、ぼ
e→し
T→ゃ、ょ
m→は、へ、ほ

m→は、へ、ほ
#→い
N→ぴ、び
y→る

うわあっ、とつい声が出る。まだこんなにパターンが残るとは思わなかった。

「単純に組み合わせを数えたら二千通りくらいだ。さすがに全部検証するのは面倒だから、もう少し絞り込もう。おれが注目したのは、メッセージが二回に分けて送られてきたことさ。常識的に考えたらそこに意味の切れ目があるんだろうが、一刻を争う事態でわざわざ区切る必要があっただろうか？おまけに、mの候補は、は、へ、ほ。は行で終わる言葉は少ないから、助詞の『は』、『へ』である可能性が高い。すると文の途中で区切ったことになってなおさら不自然だ。

そこで気づいたのは、切れ目でmが連続していること。これが不都合だからわざと分けて送ったんじゃないかとおれは思った。ほら、『は』を連続して打つとフリック入力では『ひ』に変換されてしまうだろ。そのことをよく知っていた頼子は、それを防ぐべく一つ目の『は』で送信してしまってから次の『は』を打ち込んだつもりだったんじゃないか。視界が定まらず、かつ一刻を争う状況では、十分合理的な判断だ」

急いで「やや」と打ち込んだつもりが「ゆ」と変換されていた経験が頭を過《よぎ》る。母音がaの文字だけは、連続して打つと、昔の携帯電話のように文字が切り替わってしまうのだ。妥当な解釈に思える。

「そういうわけで一旦二つのmは『は』で確定させる。すると後ろの四文字は『はいぴる』または『はいびる』。どう考えたって、事件現場だった『廃ビル』の意でとるべきだろう。また、仮置きした『は』でうまくいったから、さっきの理屈は正解だったと概《おおむ》ね確信できる。

さて、『何』は廃ビルなのか。『MeT』の部分は濁音や半濁音、小文字が多くかなり特徴的だ。ぱしゃ、ぺしょ、ぽしゃの類は効果音にしかならないし、こんな奇妙な発音で終わる言葉はない。すると見えてきたのは『ばしょ』と『ばしゃ』くらいだったが、繋《つな》がりを考え『場所は廃ビル』で間違いないだろう」

できるだけ閃《ひらめ》きに頼らず理詰めでいく、圭司らしい特定の手順だ。残るは四文字。圭司はそこでふっと表情を緩めた。

「残念ながら、最初の四文字はぱっと見たときにわかっちまった。『たすけて』、さ。全部の場合を試したわけじゃあないが、そうするまでもないだろう。頼子はおれたちに助けを求め、場所を知らせたんだよ。『助けて　場所は廃ビル』。これがあいつのダイイングメッセージさ」

ぼくは大きく息を吐き出した。「つまり……?」

「自分で飛び降りて、死にそうになってからやっぱり生きたいと考えを改め、救いを求めたってこともないとは言い切れないだろう。でも、」圭司は静かに語を継ぐ。「頼子は誰かに突き落とされ、死に際に救いを求めた。もはやそう解釈して然《しか》るべきメッセージだと、おれは思う」

その翌々日、ぼくらはやっと警察の目がなくなった現場へ向かうことにした。今日は、桜と忠正も一緒だ。事件のショックは当然まだ癒えておらず、二人とも目の下に隈《くま》ができている。

道中、暗号が解読できた件を伝えた。二人は、ひどく驚いた様子だった。

「えっ、助けてってことはやっぱり誰かが頼子を……」

「絶対じゃないが、その可能性が高まった。大体、あの頼子があれしきのことで自殺なんてするか？」

そう腕を広げる圭司は、地球が滅んでも自殺だけはしなさそうだ。

「でもさ、おかしくない？」と忠正が首を傾《かし》げる。「ダイイングメッセージって犯人の名前を残すものじゃないの？」

「特殊なんだよ、今回は」ぼくが答える。「血文字だったら助けを求めたって何の意味もない。死体が『ＳＯＳ』なんて血で綴っていても滑稽なだけだ。でも、瞬時に情報を外に伝えられるチェインなら話は違う。犯人の名を残すよりも自分が助かるために最善を尽くす方が、むしろ自然なんじゃないかな」

「もうそういう時代なんだな」圭司はしみじみと呟く。「ダイイングメッセージもデジタルに……」

そっかあ、と忠正は一瞬納得の表情を浮かべたが、すぐに最大の争点に触れる。

「でも、部屋は密室だったんだよね。それだとやっぱり他殺じゃ……」

「だから今から確かめに行くのさ。ほんとに現場は密室だったのか。それだけが、頼子の自殺を指し示す物的要素なんだから」そして自信ありげに付け加える。「もう、密室解錠の目処《めど》は立っているんだがな」

「えっ！　もう密室の謎は解けたってこと？」

ぼくと忠正は同時に叫んでいた。

「ああ」事もなげに圭司は首肯する。「あの状況での脱出手段は限られている。部屋には何もない。使えるものといったら窓の真下の地面に落ちていたブルーシートくらいのものだろう？」

「ああ、そういえば」と桜が記憶を辿るように上を向く。「そんなものがあった気がする」

「気がする、じゃなくてあったんだよ。あんな巨大なブルーシート、ぼくを使ってくださいと呼んでいるようなものだ。シートを広げ、片側の紐二本をビルの排水管、反対側の紐二本を塀側の木にでも結びつけておけば、窓の下に巨大なクッションができる。そうしたら窓から飛び降りても犯人は無事ってわけさ。実にくだらないトリックだが、密室なんてそんなもんだ」

確かに陳腐だ。それでも、あっという間に見抜いたのはさすが圭司というところか。

廃ビルに着くと、ぼくらはまずブルーシートを確認した。元々ビルの壁面を覆っていただけあって驚くほど大きく、四隅の銀縁の穴には紐が括《くく》り付けられている。下の二本は二メートルほどの高さで排水管に結ばれ、上の二本はほどけ落ちた格好だ。テーブルクロスを敷く要領でぱたぱたと上下に振りながら広げる。両面から舞う砂埃《すなぼこり》が厄介なくらいで、作業自体は一人でもできそうな楽なものだった。

シートはビルの裏庭を横切り、ちょうど塀沿いの木々に届く長さだ。圭司は適当な木を二本見繕うと、残り二本の紐をそれぞれに巻き付けて結ぶ。ブルーシートは緩やかな曲線を描きながらそれでも地面には触れず、ハンモックのような状態になった。

「さてと、紐の強度は十分そうだ」圭司はブルーシートを引っ張り、感触を確かめる「じゃあ有人、試してみてくれ」

「へ？」意味するところが摑《つか》めず聞き返す。

「飛び降りろって言ってるんだよ。確かに実現可能なトリックのようには見えるが、実証しないことには机上の空論だろ？　果たして五階からの落下を耐えられるのか。枝も紐もブルーシートも、そして人体も」

「ちょっと、待ってよ。そんなの」

「何だ、汚れるのが嫌なのか？　砂っぽくなるくらい我慢しろよ」

「そうじゃなくて！」

「おまえが適任なんだよ。桜も忠正もチビすぎて参考にならないだろ。おまえしかいないんだ」と、ぼくと全く同じ体格の圭司が言う。

「……もしうまくいかなかったらどうするんだよ！」

「最悪だ」と圭司は顔を歪《ゆが》めてみせた。「別の密室トリックを考案しなくちゃいけなくなる」

本気か。

忠正も桜も、止めに入らない。長年の圭司との付き合いで、倫理感がおかしくなっている。

「真相を突き止めるのが頼子への手向けだろ？」

圭司が追い打ちをかけてくる。そう言われると、ぼくは何も言い返せなかった。それに、これで密室トリックが〝証明〟できるというのなら、多少のリスクなんて安いものじゃないか。そんな気もしてくる。

ぼくは渋々頷いた。

五階の部屋まで行く。錠は警察によって壊されているので問題なく入れた。正面の大きな窓へ、ぼくは心臓をバクバクさせて進む。窓枠の下部は腰くらいの高さ。ロックはレバー式だ。背伸びしてやっと届く高さのロックを解除して窓を押し開けると、冷たい風がびゅうと吹き込んできた。

窓枠に両足をかけると、初めて真下が見える。

地上では忠正と桜が心配そうに仰ぎ見ていた。遥か眼下に広がるのはブルーシートの青。まるで絶壁から見下ろす大海だ。ぼくはさっき頷いた自分の迂闊《うかつ》さを呪った。

「圭司」声が震えていた。「ぼく、行きたい国とか、食べたいものとか、まだいっぱいあったんだよね」

「おれを信じろよ。思いつく密室脱出の手段はこれだけだった。つまりはこの方法で成功した犯人がいるってことさ。よっておまえは、死なない。おれの推理が間違っていない限りな」

己《おのれ》の正しさにぼくの命をあっさり賭けているのか。何たる自信だ。

「……今更だけど、ぼくじゃなくて圭司が飛び降りるってのは？」

「何でおれがそんな危ないことを」

こいつ……。

「ちゃんと紐は結んであるんだよね？」

「ああ、この間テレビでやっていた、素早くほどける結び方を実践してみた」

それって、先っぽを引っ張るだけでほどけてしまうという簡易的なやり方じゃないか。不安はさらに一段階膨《ふく》らむ。

「あっ、そうだ！　こんなことしなくても実証はできるんじゃないの？　この方法が使われたなら、多分枝とかに紐が食い込んだ跡が残っているよ。かなりの負荷が加わるはずだから。ねっ、ねっ？」

土壇場での切り札。圭司は少し考え込み「あー、確かに」と唸った。やれやれ、危ないところだった。九死に一生を得るとはこのことか。

「じゃあ後で探そうか。でも折角そこまで行ったんだし、飛び降りたってバチは」

ふわりと体が浮いた。おい、と圭司に突っ込みを入れようとして手を窓枠から離した拍子に足が滑り、なす術《すべ》もなく空中に放り出されたのだということを理解したのは、重力加速度に身を委ねている最中のことだった。遊園地のフリーフォールと同じくらいの浮遊感と、その数百倍の恐怖感。迫りくるブルーシート。ああ、アラスカのオーロラを見たかった。ジャンボパフェを好きなだけ頬張りたかった……。

ぱさっ。

落下が止まった。

ぼくは、生きていた。

「おーい、大丈夫かあ?」と頭上から圭司の暢気《のんき》な声。

「横で見てたけど、ぎりぎりだったよ! ほんとに地面すれすれまで下がってた。あと数センチで地面に激突するんじゃないかってくらい」

忠正が興奮気味に報告している。

「そうか! 紐はできるだけ遠い位置に結んでシートを張ったつもりだったんだが、意外に凹《へこ》むものだな!」

「よかった、無事で……」と桜の嘆息。だったらこうなる前に止めてほしかった。

「有人はどこか痛かった?」

「いや、全然。クッションに受け止められたって感じだった」

ぼくは立ち上がろうとして、ブルーシートの上でがくっと転んだ。足場が悪いせいもあるが、何より臨死体験の恐怖で膝が笑っているのだ。何とか端っこまで進むと、地面に降り立つ。この大地の確かな感触が愛《いと》おしい。

「何はともあれ実験成功だな!」

圭司は叫ぶと、ひょいと窓枠を飛び越え、五階から降ってきた。ブルーシートに鮮やかに着地。確かにもう少しで地面に触れるくらいにシートは凹んでいたが、仮にちょっと触れたとしても衝撃吸収の機能は十分果たせそうだ。――というか、こんな度胸があるなら最初から自分でやってほしかった。ぼくが震え上がっているのを見て楽しんでいたとしか思えない。

「そうだ。さっき言っていた紐の跡ってのを調べてみよう」

圭司は何事もなかったように話を続ける。木の方へ進むと、まず今用いた紐をほどいて検《あらた》めた。ぼくの指摘通り、木の皮には紐が食い込んだ跡が残っていた。そしてその数本下の枝にも同じような溝が、ぐるりとできている。もう一方の木についても同様だった。他にそのような痕跡がないかも探してみたが、見つかったのはその二箇所で全部だった。

「さてと。これでおれの密室トリックが使用可能なこと、および実際に使われたことが晴れて確認されたわけだ」

そこで圭司のポケットから着信音が流れた。片付けよろしく、と彼はぼくに命じ、スマホを耳に当てて誰かと話し込む。ぼくが二、三分でブルーシートを元の状態に戻して帰ってくると、ちょうど「わかった、ありがとう」と圭司が電話を切るところだった。

「誰だったの?」と桜が問う。

「父さんだ。実は五階のあの部屋の指紋について、前もって確認を頼んでおいたんだ。犯人が存在するのなら、指紋の付着具合も変わってくるだろうからな。動機と状況証拠が揃っていたから自殺だと信じて疑わなかったんだろう、連中はそんなこともろくに調べていなかった」

ああ、そうか。あの部屋に普段人の出入りはなかったのだから、指紋の有無はかなり決定的な材料になるのだ。気づかなかった。

「結果はビンゴだよ。内側のドアノブとつまみにも、窓のレバーにも、新しい指紋は全く残っていなかったそうだ。ってことは、ドアに鍵をかけて窓を開けた奴は、自分の指紋がつかないように気を配ったたってことだろう？」

ファクターが出揃った。「助けて」というメッセージ。ブルーシートの密室トリック。その上、あるべきなのに存在しない指紋。

圭司が断案を下す。

「頼子は自殺したんじゃない。どこかに頼子を殺して自殺に見せかけた犯人がいる。これは殺人事件だ」

6

犯人は、誰なのか。

その最重要命題を巡り、ぼくと圭司は帰宅後、早速議論を開始した。

「まずは容疑者を絞っていこうか。着目すべきは、現場が廃ビルだったことだな。頼子がしばしば廃ビルに行っていて、自殺場所として選んでも不自然じゃないということを犯人は知っていた可能性が強い。そこから導き出せる条件は、犯人が頼子にとって身近な人だってことだ。要は、通り魔的犯行じゃないいってわけさ」

身近な人、とはえらくざっくりした括りだ。それにどう考えたって、頼子に無関係な人間の仕業には見えない。

「次に現場が五階だったってのが気になるな。単に落とすだけだったら四階や三階だって事足りるだろう。よりによって何故最上階なのか」

思いがけない着眼点だが、的外れな設問のような気がしてならない。

「そんなに深い意味はないんじゃないの？　たまたま五階だったってだけで」

「たまたま、か」と圭司は冷笑した。さも、この世のすべては必然だと言いたげに。「じゃあ聞くが、頼子はどういう状態で五階まで連れていかれたと思う？」

「どういうって……。ああ、意識があったかなかったかってこと？　それに何の関係が」

あっ、と自分の呟きで遮《さえぎ》った。なるほど、圭司の言わんとするところが見えてきた。

「そういうことだ。仮に軽く殴り意識を奪ってから五階に運び、落としたのだとしよう。その場合、持ち運ぶ距離が短い方がずっと楽だという理由で、三階や四階が優先されるはずだ。ただでさえ大きくて複雑なビルなんだ、数階分高く運ぶ労力は省きたいだろう。

また、指紋の件を思い出せ。もし頼子の意識がなかったのなら、犯人はいくらでも頼子の手を使ってドアノブやレバーを握らせることができたはずだ。それなのに、犯人はそうしなかった」

「単にそこまで気が回らなかっただけじゃないの？」

「無論そうとも考えられるが、密室を作る程度の知恵がある犯人にしては杜撰《ずさん》じゃないか？　さらに、ダメ押しは頼子のダイイングメッセージだ。あれが書かれたのは状況から考えて、地面に落ちた後の死に際。意識のない状態で落とされたなら、たとえ墜落時のショックで目覚めようが、あんな的確な内容のメッセージを残せたとは思えない。状況を飲み込めないまま痛みに身を捩《よじ》るのが関の山だろう」

圭司の示した三つの根拠を総合すると、確かに意識のない状態で犯人が頼子を五階まで運んだとするシナリオにはいささか無理があるように感じる。

「つまり、頼子は意識がある状態で落とされたってことだよね。自分の足で五階まで上っていって、そこで犯人に窓から突き落とされたと」

「ああ、それなら疑問は解消される。窓を開け落下のお膳立てをしたのは犯人だろうし、頼子の指紋を残させるべきだと気づいていたとしても、そんな隙や余裕はなかったからどうしようもなかった。頼子は落ちるときも意識があったから、死が迫り来る中でポケットからスマホを取り出し、助けを請うことができた」

「五階は？　どうして五階だったの？」

「深い意味はない。たまたま五階だったんだろう。別に意識のある頼子を連れていくだけなら五階も三階も大差ないからな。問題は、頼子が五階までのこのこついていったことさ。犯人は、頼子を廃ビルの五階に連れ出すことができた人物——つまり、頼子がある程度は気を許していた人物ってことになる」

「おう……」

滔々《とうとう》と述べられた推論から導き出されたのは、再び抽象的な条件。さしもの圭司もとっかかりがなく苦戦していると見える。密室トリックにあっさりとけりがついたのが、かえって災いしているのだろうか。

「やっぱりさ、動機の面から考えた方がいいんじゃない？」

「動機な……」苦々しく圭司は反芻した。「気が進まないが、一旦はそうするほかないか」

「といっても、頼子に恨《うら》みを持ってる人なんて」と言いながら、ぱっと三人の顔が浮かんだ。あの日、頼子を罵っていた女子三人組だ。

「しかし一番怪しいのはおれたちかもしれないな。六年間の長い付き合いだ。不満の一つや二つくらいあるだろう」

「えっ、そんな」

「だが、おれたちが犯人なら、頼子を連れていく場所として五階は少し不自然だろうな。いつも使っていた三階のあの部屋から突き落とせばいい」

「でもだからこそ裏をかいて五階を選んだってことも」と真っ当に反論しかける。「って、そうじゃなくて。ぼくらの誰かが犯人ってのはありえないでしょ！」

「どうしてだよ。感情論はもう聞き飽きたぞ」

「……いや、根拠はある」とぼくは自信を持って応じた。実は昨日、偶然思いついたことがあるのだ。「ダイイングメッセージだよ」

「は？」

「ぼくらのうち誰かが犯人だと仮定しよう。頼子を突き落とし、その後に頼子からの意味不明なメッセージが届く。犯人だったら、それはダイイングメッセージだと受け取らざるをえないよね。でも、圭司でさえ紙とペン、それに多少の時間を要して解明した暗号だ、ぼくらがすぐあのメッセージの意味を理解するのは困難だろう。すると、犯人はどう考えると思う？」

「どうって言われてもな、不思議に思うくらいじゃないか？」

「ちゃんと犯人になりきらなくちゃ！」とぼくは声のトーンを高くした。「不思議だなあ、どころの話じゃない。恐怖だよ。自分の殺《あや》めた人が、死に際に意味不明なメッセージを発信した。それを見て、よくわからないが別に不都合はないだろう、なんて楽観視できると思う？　できるはずがない。自分を示すメッセージが残されていないか確かめずにはいられないでしょ」

圭司は小さく頷いた。「言われてみればそうだな」

「ただ、さっきも言ったように、この暗号は簡単には解けない。仮に解けたところで話は同じだけどね。このメッセージには続きがあって、そこにあからさまな形で犯人が名指しされているかもしれない、という不安を打ち消すことはできないんだ」

「何で続きなんて――ああ」

「そう、チェインでは打ち込んで送信できなかった文章も、端末上の入力画面に残される。特にぼくらは以前の頼子の件で、そのことを印象深い形で思い知らされている。だからこそ、犯人がその状況に陥《おちい》ったら絶対にチェックせずにはいられないと思うんだ。頼子のスマホに、送信されなかったダイイングメッセージの続きが残っていないか、をね。送信された文面は二つに区切られていたし、最後の力を振り絞って書いたものなんだから、推理小説にありがちな書きかけのダイイングメッセージみたく、送信できずに力尽きたという状況は十分に想定できるよね。よってぼくらの誰かが犯人なら、頼子の手元に落ちているスマホを頼子の指を使って操作し、チェイングループのトーク画面を開いて調べずにはいられなかったはずなんだ。そして未送信のものがあったのなら、消去するべきだった。でも実際には、犯人はそうしていない」

「なんでそんなことがいえる……なるほど、既読か」

　さすが圭司、飲み込みが早い。

「ぼくら三人の即座の聞き返しに対して、既読が一人分だけずっとつかなかった。あれは頼子の分だと考えるしかない。したがって、頼子のスマホで探偵団のチェイングループが開かれることはなかったのが確定する。既読がつくのを恐れて確認できなかったという線もあるにはあるけれど、自分の名前が残っているかもしれないというリスクに勝るとは思えない」

「よって、犯人はダイイングメッセージのことを知らなかった。つまりは、あのグループ内にいてダイイングメッセージを事前に見ることのできたおれたちは犯人じゃない、か。ちょっと厳密さを欠く気はするが、妥当ではあるな」圭司は認めた上で、反問した。「じゃあ、おまえは誰が犯人だと思うんだ？」

「え？　根拠なく疑いたくはないけれど、怪しいなって思う人くらいならいるよ。頼子をいじめていた三人組だ。言ったよね、あの日の放課後、何やら揉《も》めている様子の頼子たちを見たって。だからもしかしたらそこから発展して何かあったのかなって」

「いじめがエスカレートして殺人に至ったと」

「うーん、考えづらいかな？　でも例えば、ちょっと脅すつもりで窓の方に突き飛ばしたら、勢い余って……とか」

「……まあ調べてみる価値はあるか」珍しく、推理が捗らなくて苛立《いらだ》ったような様子の圭司だった。

「よし、そうと決まったら話を聞きに行こう、その三人に」


翌日の昼休み、ぼくらは彼女たちの教室を訪ねた。正直、あの苦手な三人組に会うのは気が進まなかったが、今回は圭司がいる分、いくらかは心強い。

三人は窓際に並び、気怠《けだる》そうにカーテンにもたれかかっていた。ぼくらが教室に入り、彼女らに用があるのだとわかるくらいの距離まで近づくと、リーダー格の渡部千尋が眉を顰《ひそ》めた。

「あら、麻坂兄弟が揃って何の用？」

三人の表情にそこはかとない拒絶の色が、もっと詳しく言えば「疚《やま》しいことがあるから話をしたくない」という意思表示が潜《ひそ》んでいるのを、ぼくは見逃さなかった。思い過ごしの可能性もあるけれど。

「頼子の件だ」圭司は場を繕うための前置きなどしない。「あいつが死んだのは、知っているだろう？」

「そ、それがどうしたの？　わたしたちのせいだって言いたいわけ？」と潮田彩花が早くも動揺を露《あら》わにした。しかし考えてみれば、当然のことかもしれない。表向きは、いじめが一因で自殺したという状況なのだ。

「いや、おまえらが殺したっていう可能性――」

「あの日のことを聞かせてほしいんだ」ぼくは圭司を遮った。「頼子が死んだ日、どういう様子だったか。いつまで一緒だったのか、とか」

「ああ、そういうことね」と渡部がすぐに応じた。「警察にも聞かれたけれど、一緒に帰ってた。あんたにも会ったね。帰り道が違うから、途中で彩花と別れて、わたしも抜けた。だから最後まで一緒だったのは加奈だね」

うん、と吉原加奈は頷いた。

「わたしは、四時過ぎに頼子の家の近くで別れた」

「家の近くというと、頼子が家に入るところまで見たのか？」

「え、うん、そうだけれど……」

「わかった。じゃあ次の質問だ。おまえらは頼子が飛び降りた廃ビルを知っていたか？」

「そりゃ、もちろん。てか、この辺に住んでる人ならみんな知ってるでしょ」と渡部は答える。

「で、おまえらは？」

「何回か放課後行ったことあるよね」潮田は同意を求めるような視線をあとの二人に送った。「あ、頼子とは一緒じゃないよ」

ふむ――と圭司は低く唸った。実際疑いの度合いがどの程度なのかはわからない。

その後圭司はアリバイを聞いたが、渡部は家で親や兄弟とずっと一緒だったので一応完璧。潮田は六時まで家に一人でいて、吉原は六時から三十分だけコンビニへの買い物で家を空けていたという。三人とも中学受験はせず塾などにも行っていないとのことだった。

「じゃあ、最後に尋ねよう」と圭司は改まる。「おまえたちは頼子をいじめていた。これは間違いないな」

突然の歯に衣《きぬ》着せぬ問いかけに、ぼくは反射的に圭司を制止しかけたけれど、何と答えるのか聞いてみたい気持ちが上回り、口をつぐんだ。

三人は短く顔を見合わせた。しばしの沈黙の後、渡部が代表して口を開いた。

「……そんなつもりはなかったけれど、周りからはそう見られていたみたいね」

静かな声だった。ぼくはそのしれっとした口調に、素手で心臓を触られたかのような生理的な不快感を覚えた。だって、チェインでのひどい誹謗中傷《ひぼうちゅうしょう》も、あの日頼子を寄って集《たか》って詰問していたことも、ぼくは知っているのだ。それなのに、「そんなつもりはなかった」なんていう都合のいい一言で、責任はチャラになるのだろうか？

そういえば。

「あの日——帰り道で会ったとき、君たちは何を話していたの？　頼子に何かを問いつめているみたいだったじゃん」

ふと気になって、ぼくは聞いた。

「ああ、あの前の日、バレンタインデーだったでしょ。頼子が学校にチョコレートを持ってきているのを見つけちゃったんだよ。あいつね、わたしたちが無視するようになってから男子とばっか喋りだして、特に仲良くなってた男子がいたから、そいつに渡したんじゃないかってね。でも何回聞いても、教えてくれなかった」

渡部が腹立たしげに言った。バレンタインか、なるほど……。それにしてもこの人は、その男子に好意を寄せていたのか、あるいは自分の把握していないことがあるというまさにその事実に耐えられない種類の人間なのか、そのいずれかなのだろう。

「わかった。話してくれてありがとう」

軽く頭を下げ、もう聞くことはないかと圭司に目配せをした。彼はかぶりを振ると、「くだらん連中だったな」と呟きさっさと背を向ける。じゃあ、と早口でぼくは言い、彼を追おうと踵を返したそのとき。

「ごめんなさい」

吉原だった。彼女が、そう言ったのだ。傍《かたわ》らの二人は驚いたように、頭《こうべ》を垂れる彼女を見つめている。

「えっ？」

ぼくは聞き返した。圭司はもう教室にいない。

「ごめんなさい。わたしたちは、頼子をいじめていた。わたしはちゃんといじめてるつもりで、いじめてたの。多分そのせいで、頼子は自殺しちゃった。それほど追いつめていたなんて全く知らなかった。でも、言い訳になんて、ならないよね、それは」そこで彼女は急に感情がこみ上げてきたように、うっ、としゃくり上げた。「ごめんなさい！　わ、わたしたちのせいで大切な友達が死んじゃって。わたしたちが殺したも同然なのに……っ」

戸惑いの方が大きかった。大粒の涙が彼女の頬を伝っている。本心からの言葉だ。ぼくにはそれがよくわかる。渡部と潮田も俯き、歯を食いしばっていた。後悔と自責の念が、痛々しいほどはっきりと見て取れた。

彼女たちにもそこまでの悪気はなかったのかもしれない。初めは、鼻につく奴を少し懲らしめてやろう、というくらいの軽い気持ちだった。それが、スマホという悪意を増幅させる装置によって悪い方向に膨らみ、あんな心ない言葉を、チェインを通じてぶつけるまでに至ったのだ。チョコレートの件だって、ただの誤解と嫉妬だろう。そう考えると……。

その瞬間だった。

ぼくの頭の中で火花が飛んだ気がした。

そして、ずっと、ずっと張りつめていた糸が。呆気なく。ぷつんと音を立てて。

切れた。

ぼくの言葉を待つ三人。いつの間にか集まっている周囲の視線。ぼくは、ゆっくりと口を開く。

「今更謝っても遅いんだよ」

静寂。怯えたように揺れる吉原加奈の瞳。構わず続ける。

「おまえらがいじめた頼子は、死んだんだ。もう、泣こうが喚こうが、取り返しはつかないんだよ。せいぜい一生後悔していればいい」

翌日、圭司は事件の解決を宣言した。

7

回想から我に返る。

すべては収束しつつあった。

警察が密室の扉を破ると、中には誰もいなかった。これも頼子のときと一緒。四階の窓は開いていて、真下に圭司の死体。そこから落ちたものと考えて特に疑問はない状況だった。つまりは、自殺。頼子の事件と関連づけられ、後追い自殺の線が疑われた。

今回の密室は、頼子のときのそれよりもいっそう強固だといえた。地上のぼくと三階の忠正たちの目を逃れて廃ビルから抜け出す方法など、考えつきそうにない。以前圭司が考案したブルーシートのトリックだって不成立だ。落下の目撃から死体の発見まで、五、六分ほどの猶予しかなかった。圭司を突き落とした犯人が一度地上に降り、ブルーシートを広げ、再び四階に上がって密室を完成させ、安全に飛び降りた後シートを片付ける……これだけの手順をこなし、かつぼくらの目から逃れるのはどう考えたって不可能だ。

だから、本件も自殺であると……。


「なあ」

忠正が絞り出すように呟いた。警察からの聴取が一通り済み、解放されたぼくらは警察署の入り口のソファに並んで腰掛けていた。「どうして……どうしてこんなことになったんだ」

「本当に自殺なの？」桜が疲れきった声で問う。「圭司君は——頼子の事件をもう解決したって言ってたよね？」

ぼくは、ふうと息を吐き出した。

「ああ」

圭司による解決をぼくは、昨日の晩既に聞いていた。あいつの、最後の推理を。

「じゃあ、どうして……」

「今からそれを話す」とぼくは感情を抑えて続けた。「何が起こったのか、すべてを」

二人はごくりと唾を飲み込んだ。ぼくは話す順番を整理しようと頬杖《ほおづえ》を突く。といっても、頼子の事件については昨日の圭司の受け売りでいいだろう。問題は、今日の件だ。

どうして頼子は、どうして圭司は、廃ビルの密室から転落したのか。

8

「有人」

声をかけられて、ぼくは机上の参考書から顔を上げた。椅子をくるりと回して振り返ると、圭司がベッドに腰掛けている。いつになく深刻げな声のトーンに、胸がざわりと疼《うず》いた。

何、と聞き返すと、圭司は間髪《かんはつ》を容《い》れずに答える。

「わかったんだよ」

何が、とは重ねなかった。自《おの》ずから明らかだった。圭司は、頼子の転落事件の真相を暴いたと、そう言いたいのだ。

ぼくは、ふうと大きく息を吐いた。

「聞かせてよ。誰が犯人なの？　もしかしてあの三人のうちの誰か？」

「違う」圭司は首を振った。「さっきの聴取は何の意味もなさなかった」

「じゃあ、誰？　まさかぼくらの中に犯人がいるなんて」

「自殺」

圭司ははっきりと断言した。その揺るぎない眼差《まなざ》しから、彼の自信の確かさは容易に窺い知れた。

「自殺だ」と彼は念押しするように繰り返した。「原因は奴らのいじめや受験のストレスだけじゃない。バレンタインの日におれがこっぴどく頼子をふったんだ。死にたくなる理由はたっぷりだろう。間違いない。頼子は自殺したのさ」


先ほど、頼子がチョコレートを学校に持ってきていたという話を聞いた瞬間にピンと来ていた。散々喧嘩をしてきた二人だけれど、頼子が実はずっと圭司に思いを寄せていたことに、ぼくは昔から薄々勘づいていた。そして、だとしたら小学校生活最後のバレンタインデーに頼子がチョコレートを渡す相手は、圭司しかいないと。

「もらったんだ」

「ああ、そういえば、もらった」と圭司は涼しい顔で認めた。「ついでに告白されたから、普通に断った」

圭司の〝普通〟がどれだけ残忍かは想像に難くない。〝気丈で強気な頼子〟を壊して、自殺まで決心させる引き金になりえたのかもしれない。でも。

「それだけの根拠で頼子が自殺したって決めつけるの？　そんなのただの感情論じゃん。圭司の大嫌いな」

「それだけどころか、これは理由の一部ですらない。頼子は自殺したと論理的に導かれたから、そこから逆算して直接の原因はおれだろうと推測しているまでだ」

「どうして」とぼくは即座に聞く。「どうして頼子が自殺したなんて言えるの？　あのブルーシートのトリックは何だったんだよ？」

「今から説明してやるさ。あの日、何が起こったのか。どのようにおれがそれを解き明かしたのか。全部」

「まず初めに言おう。おれたちが今まで辿ってきた道筋はすべて大はずれだった。何もかも、だ。その最たる例が、実証したつもりになっていたブルーシートの密室トリックさ。あれは、間違いだった。実際には、使われやしなかった。それに気づくところがすべての出発点だった。

必要なのはちょっとした想像力さ。いいか、思い出せ。おれたちが飛び降りたとき、ブルーシートは地面すれすれまで凹んでいた。あれじゃあぎりぎりセーフなんかじゃなくて、致命的にアウトなんだよ。脱出手段としては成功しているかもしれないが、犯人が実行したとすればそれは当然頼子を突き落とした後のことになる。また、頼子の死体に動かされた形跡はなかった。それなら、犯人が飛び降りたとき、ブルーシートの真下には確実に頼子の死体が転がっていたはずだろ。あんなでっかい奴が横たわっていたら必然的に犯人はブルーシート越しに衝突し、死体はぐしゃりだ。骨が折れ、痕跡が残ってしまう。もし激突は免れたとしても、ブルーシートの埃が血塗《ちまみ》れの頼子にくっつき、シートの裏側が血で汚れるのは防げない。しかし死体にもブルーシートにもそんな形跡は認められなかった。それに、洗い流すための水道は近くにないし、ブルーシートは埃っぽいままだったろう？」

言われてみるとなるほど、頗《すこぶ》る単純な欠陥だった。全く気づかなかったけれど。

「よって、あのトリックは使われなかった。だが、ここでの最大の問題は、実際にトリックが使われたかのような紐の跡が二本の木に残っていたことさ。それも、おれたちが実験した枝よりも下側にな。これだと、トリックが実行されたとすれば絶対に死体との衝突による形跡が残ってしまう。そのような結果になることが事前にわかっていたならもっと高い枝に取り付けて然るべきだが、他に紐の跡はなかった。となると、あの形跡の解釈は一つだけだろう。あれは、実際には使われなかったブルーシートのトリックを、あたかも使われたかのように見せかけるための偽の手がかりだったんだ。

ではその偽装の狙いはどこにあるのか。別の密室トリックを隠すため、という発想は破綻《はたん》している。何故なら、おれの思いつく限りで実現可能なトリックはあれ以外なかったし、強引に挙げるとしても、それはブルーシートのトリックに準ずる、〝犯人を限定しないチープな物理トリック〟にしかならないからだ。それをわざわざ覆い隠そうとすることには何の意味もない。別のトリックに誤誘導させるメリットが生じうるのは、そのトリックによって偽の犯人が限定される場合か、そのトリックでないときに真の犯人が限定される場合だろう。今回はいずれにも当てはまらない。

ゆえに、おれの出した結論はこうだ。あの偽装は、密室トリックの不在を隠すためのものである。元々密室トリックなんて存在しない——つまりは、頼子が自殺したということを隠匿するため、トリックの弄《ろう》された痕跡が捏造《ねつぞう》されたってわけさ。そう、あの偽装工作の存在が、皮肉にも、別のあらゆる密室トリックが使われなかったことを証明しているんだよ。どうだ？」

圭司の深い思弁に、ぼくが付け入る余地はなかった。しかしまだ、推理の全貌は見えてこない。

「じゃあさ」とぼくは仕方なく問う。「他の証拠はどうなるの？　指紋は？　ダイイングメッセージは？　矛盾だらけじゃないの？」

「頼子が自殺したことを前提とし、密室の偽装も含めてそれらをうまく説明できる筋書きがあれば、それが真相だ。矛盾はそうやって解決するしかないだろう」

それで圭司は、その筋書きを用意できたわけだ。

「頼子は自殺した。そうであるならば、部屋のドアや窓に指紋が残っていなかったことと一見食い違う。自分でドアや窓を触らないことには自殺できないからな。しかし、頼子が自殺したという前提は揺るがないんだ。だったらこう考えるしかない。頼子は、窓やドアを触っても指紋がつかないような状態にあった、と。

回りくどい言い方はやめようか。結論はシンプルだ。手袋さ。頼子は手袋をつけていた。だから指紋は残らなかったんだ。彼女はあの日の放課後、手袋をつけていたのを目撃されている。自殺するときにもお気に入りの手袋を身につけていて何の不自然もない」

「どうして断言できるの？　指紋がつかない理由は他にあるかもしれないじゃん」ぼくは必死で難癖をつける。

「他って何だよ」

「例えば……」と絞り出す。「ドアを触るときに服の袖を伸ばして手を覆っていた、とか」

「何でそんな面倒なことを」

「論理的に否定できないでしょ。それに、真っ当な理由だって考えられる。あの部屋のドアノブは金属製で、季節は冬。頼子は静電気を恐れて、手で直接触れるのを避けたんじゃないかな」

「——なるほど、おまえらしい庶民的なアイディアだな」圭司は頷いた。「だが、窓のロックにも指紋がついていなかったことは説明できない。あれはおれたちが背伸びしてやっと届くほどの高さだった。やってみればわかるが、伸縮性のない服の袖で手を覆ったまま腕を真上に伸ばすことはできない。あいつが昔から着ていた小さいシャツでならなおさらだ」

すらすらと反証するところを見ると、圭司はここまで予《あらかじ》め考えていたということか。ぼくは黙り込まざるをえない。

「だから頼子の手を覆っていたもので、なおかつ自殺する人でも身につけうるものといったら、手袋しかないと言っているんだ。おれたちがいつか頼子にあげた、あの水色のやつな。

で、頼子は、自分の意志で飛び降りたんだ。そして死の直前、自殺したことを後悔してポケットからスマホを取り出し、おれたちに助けを求めようとダイイングメッセージを残したのだろうか？

——残念ながら、それは不可能なんだよ。物理的に」

ぼくは息を呑む。手繰《たぐ》った糸が、引き寄せる真実。

「何故なら、頼子はそのとき手袋をつけていたから。手袋をつけた手ではスマホは操作できない。ダイイングメッセージは残しえないんだよ。だから、あのダイイングメッセージは誰か別の人間が残したものだと考えるしかないのさ」

圭司はぼくの反応を窺いながらゆっくりと言い放った。

「……落ちた後に自分で手袋を外したのかもしれない」

「どうやってさ！」と圭司は鼻で笑った。「折れた左腕は使い物にならなかったんだ。虫の息だった頼子が、右手の手袋を右手だけで外せたはずがないだろ」

「——じゃあ、その手袋が頼子の家にあったのはどうしてなんだよ」

「話を急ぐな。ここからは一直線さ。今までの推理で挙がってきた疑問点をまとめよう。まず、存在しない密室トリックを偽装したのは何者か、また何故か。次に、頼子から手袋を奪ったのは何者か、また何故か。最後に、ダイイングメッセージを偽装したのは何者か、また何故か。まず手袋を奪った理由は簡単。ダイイングメッセージの偽装を成立させるためだとしか考えられない。偽装工作をした犯人は、手袋をつけた状態ではスマホを操作できないことにちゃんと気づき、その矛盾を解消しにきたわけだ。で、そのダイイングメッセージの目的が問題だが、密室トリックの偽装も踏まえれば一目《いちもく》瞭然《りょうぜん》だ。犯人の意図は一貫して、自殺を他殺に見せかけることにあったのさ。密室が残っては自殺だと明白だから、トリックの偽装によりその密室を観念的な意味でこじ開けた。同様に、あのチェインの偽装メッセージは、世にも珍しい他殺偽装のためのダイイングメッセージだったんだ。ダイイングメッセージと聞いたら誰でも殺人と結びつけて捉えてしまう。未練がましい伝言を残した被害者がまさか自殺したわけじゃあるまい、そう思わせることこそが狙いだったんだな。大胆でやや過剰な工作だが、実際おれたちは大いに誤誘導されたんだから、あながち無謀な策でもなかったわけだ。あからさまに自殺を示す状況を覆《くつがえ》すには、それくらい派手に仕掛けないとまずいと考えたんだろう。あんな暗号形式にするのはなかなかひねくれているが。

　もっとも、こんな動機の辻褄《つじつま》合わせなんてついでみたいなものさ。ちゃんと筋書きは完成した。残る問題は誰がやったか、だ。偽装工作をした犯人の条件を列挙していこう。

　まず、手袋が頼子の家の中にあったことに注目したい。頼子が持っている手袋はおれたちがあげたものだけだったから、自殺時に頼子がつけていたものが後に家に運び込まれたことになる。それが可能だったのは、あの日家に侵入することができた人物、つまり頼子の家族と、おれたち帝都小探偵団だけだ。頼子の母親と姉は一緒に家にいたからアリバイがある。よって、おれたち四人のうちの誰かが、頼子の足取りを調べに家へ入ったとき、現場から回収した手袋を何食わぬ顔でリビングに戻したと考えざるをえない。処理に困っていたところに頼子の家に入るチャンスを得て、これ幸いと転がしておいたんだろう。おまえは前に、ダイイングメッセージを知っていたことからおれたち四人を容疑者から除外できるとか言っていたが、ダイイングメッセージが犯人お手製の偽物じゃ、あの議論は何の意味もなさないな。

もう一つ犯人の満たすべき条件は、ダイイングメッセージを偽装しえた人物であるということだ。指紋が頼子のものしかなかったことから、前に言った通り、死体の指を使って文字が入力されたことになる。となると、あのメッセージが送信されたまさにその瞬間、犯人は絶対に現場にいなければならない。よって、あの時間塾の教室にいてアリバイのあるおれは除外だ。また、外山はメッセージを受け取った直後に、家で母親から電話の伝言を受けている。アリバイは成立。残るは有人と忠正だが、残念ながら忠正はスマホを持っていないんだよ。家のパソコンからしかチェインにアクセスすることはできない。暗号に対して間《ま》を置かず応答したということは、あの時間、現場からほど遠い自宅にいた何よりの証拠だ。

さて、結論だ。網の中に残る人間はこの世界でたった一人しかいない。頼子の自殺を他殺に見せかけようとした犯人は有人――おまえだったんだな」

9

ピロリン。

スマホが鳴った。頼子からだった。ぼくは圭司に言われてグループチェインの通知音を切っている。となると、頼子から個人的にチェインが届いたということだ。何だろう、と軽い気持ちでスマホを開く。

「有人君。わたしはもう、生きているのが辛い。これ以上、耐えられない。みんなにごめんなさいって伝えてほしい。今までありがとうって。

……それじゃあ、さようなら」

一瞬にして打ちのめされた。さようならの五文字が針のごとく網膜に突き刺さる。どういうことだよ、一体。ぼくは震える指先をなんとか落ち着かせ、返信した。

「どういうこと？　そんな怖いこと言わないでよ。何かあったら相談してって」

「もう、いいの。何もかも疲れたの」

「待ってよ、落ち着いて。どこにいるの？」

「廃ビル」

まさか。本当に死ぬつもりなのか。飛び降りて。

ぼくは慎重に言葉を選んで、メッセージを返した。

「そこで待ってて。今から行くから」

ぼくはジャケットを羽織ると、取る物も取りあえず家を飛び出した。廃ビルへと全速力で走る。心臓が生き物のように暴れていた。疾走しているせいでは決してなかった。

頼む。

頼むから死なないでくれ。

夕闇に浮かび上がる廃ビルは、まるでこの世の特異点であるかのように、荘厳な空気を纏《まと》い住宅街に聳《そび》え立っていた。敷地内に入ってチェインを開く。頼子からの連絡はない。それどころか、ぼくの「待ってて」というメッセージには既読すらついていなかった。

「頼子！」ぼくは声を張り上げる。「どこにいるの？」

返事はない。飛び降りるとしたら、裏手の窓からだろうか。ぼくは祈るような思いで廃ビルの後ろに回り込み、

頼子の死体を発見した。

確かめるまでもなかった。頼子は、生きていなかった。生きていないということは、死んでいた。嘘だろ、などとわざとらしく呟いてみても、現実は少しも揺るがない。頼子は、自殺したのだ。

体がわなないていた。脳裏を過るのは、つい数時間前の出来事。あのとき、三人にいびられていた頼子を助け出していたら、少なくとも、そうする努力をちょっとでもしていたら、こんなことにはならなかったかもしれない。でも、ぼくは自分が傷つくのを恐れて逃げた。できるだけのことをするだなんて、みんなの前で大見得《おおみえ》を切ったというのに。

仕方ないじゃないか、と自己弁護する自分がいた。頼子がここまで思い詰めているなんて、知らなかったのだ。わかるはずがなかった……。

本当に？

ぼくは頼子の気持ちを本気で考えていただろうか。助けようと全力を尽くしていただろうか。そうできることこそが、ぼくにあって圭司にはない、唯一の取り柄だったはずなのに。ぼくは——。

頼子が自殺したなんて、みんなに知られるわけにはいかない。

湧き上がってきた強迫観念がそれだった。ぼくは、麻坂有人だ。誰かを見捨てたりなどできない、優しい人。今までずっとそうやって生きてきた。周りの友達はみんなそう思っていたし、ぼく自身もそういう人間なのだと自負していた。

それが、いじめに遭っている友達を、助け出すなんて言っておきながら、大した努力もせずに自殺させたのだ。そんなことは、絶対に知られちゃいけない。責められるとか、同情されるとか、そういう次元の話じゃない。みんなに知られたら、ぼくをぼくたらしめるたった一つの拠《よ》り所は、粉々に砕かれる。もう、麻坂有人ではいられなくなる。

ぼくは取り憑《つ》かれたように頼子のズボンのポケットをまさぐった。幸い、彼女のスマホは右ポケットに入っており、壊れずに残っていた。まずは、ぼくに助けを求めたチェインのメッセージを消さなきゃいけない。そう思って、ほんのりと温《ぬく》もりの残った頼子の腕をとる。つけていた手袋を外し、彼女の指を使ってスマホを操作した。

ダイイングメッセージのアイディアが浮かんだのは、チェインのメッセージを削除し終えたときのことだった。少々やりすぎかもしれないとも考えたが、この状況で他殺を暗示するような偽装工作は他に思いつかなかった。それに、自殺を隠すということは、圭司を相手取って騙《だま》し通すということを意味するのだ。これくらい手の込んだことをしないと通用しないだろう。

さらに念には念を入れて、簡単な暗号形式にした。単に、「突き落とされた、助けて」などと残すのでは露骨すぎて、偽装の疑いを招きやすいのではと考えたからだ。誰かの名前を残すわけにはいかないので、場所を伝えるメッセージにした。連続する「は」で文章を二分割するところまで、きっちり計算に入れた。

メッセージを送信するのは一度保留し、飛び降りた部屋の様子を確認することにした。遺書など残っていたらどうしようもないと気づいたからだ。五階まで駆け上がると、南端の部屋まで行き、部屋の鍵がかけられていることを知って愕然《がくぜん》とした。頼子は自分で部屋を密室にして、飛び降りたのだ。ぼくは、頭を抱えるほかなかった。

だが、もう引き返せない。むしろ、これはチャンスだと捉えることもできる。密室といえば、密室殺人トリックだ。適当なトリックの存在を仄《ほの》めかせば、事件の他殺性は一層盤石になる。下のブルーシートがトリックに使えそうだということは、すぐに閃いた。ぼくは一階に下り、ブルーシートから紐を一本ほどくと、窓の向かい側にある木を二本選び、紐を結び付けて跡をつけた。それが済むと、紐を元の場所に結び、今度こそダイイングメッセージを送信した。頼子のスマホは彼女の手元に転がし、手袋は帳尻合わせのためやむなく持ち帰った。工作が成功するか、かなり心許《こころもと》なかったけれど、細心の注意は払ったつもりだった。

すぐに頼子の暗号にみんなが反応し始めたので、何食わぬ顔をして自分のスマホから参加した。大変なことをしてしまったというのに、そのときのぼくはいやに落ち着いていた。さほど罪悪感もなかったし、頼子が死んでしまったことへの悲しみも、思い出したように滲《にじ》んでくるだけだった。それよりも、偽装をうまく遂行するべくみんなを誘導することに意識を集中させていた。

そう、ぼくは、自分を守るのに必死だった。

結局はぼくも、その程度の人間だったのだ。


「――そうだよ、ぼくがやった」

長い静寂が通り過ぎてから、そう言って顔を上げた。努めて感情を抑えたつもりだったが、それでも少し上擦《うわず》った声だった。

圭司は特に反応しない。彼は自分の組み立てた推理の正しさを既に信じきっていて、ぼくが容疑を認めるか否かなどという些事《さじ》はさしたる関心の対象にもならないのだろう。

「おまえがどうしてそんなことをしたのかに興味はない」と圭司は言い切った。「だが、大体の想像はつく。頼子が自殺したことに責任を感じて、負う必要もない罪から逃れようとしたんだろう?」

似て非なる解釈だったが、ぼくはわざわざ否定したりはしなかった。圭司にぼくの気持ちを理解してもらおうなんて思わないし、きっと彼には理解できないだろう。

今になって気づいた。自殺した頼子もぼくも、同じ穴の狢《むじな》だったのだ。ぼくたちは曲がりなりにも十二年の月日を積み重ね、自分という人間を築き上げてきた。「気が強くて、誰にも屈しない」山口頼子。「他者を気遣いすぎて、つまらないくらいに優しい」麻坂有人。誰にともなく貼られた〝自分らしさ〟のレッテルに、安住し、固執し、いつの間にかがんじがらめになっていた。頼子は、弱さをさらけ出してぼくらに助けを求めることなどできなかったし、ぼくは、自分が友達を見殺しにした事実を直視できなかった。

だがぼくのアイデンティティは、本当のところはもう、とっくに失われていたのだ。昔はもっと純粋に優しい人間だったのかもしれない。しかし、幾度も「有人は優しい」と言われるうちに、ぼくはその形容詞を無意識に渇望するようになってしまった。いつも隣にはぼくと全く同じ容姿を持った圭司がいて、彼はぼくよりも頭が切れ、力があり、自信に満ち溢れていた。君は圭司と違って人の気持ちが分かる。そう評価されることでしか、ぼくは自分の存在意義を確認できなくなっていた。

今日、渡部たち三人と話している最中、チョコレートの件から、頼子の自殺の直接の原因が圭司にあることを悟った。ぼくの中でぷつりと糸が切れたのはまさにその瞬間だった。ぼくがあんなに苦悩し、必死になって覆い隠そうとした事実を、圭司は平気な顔をして受け流していたのだ。巻き上げられた感情は衝撃でも呆れでもなく、怒りに近かった。どうしてぼくだけが、こんな思いをしなければいけないのか。そう自分に問い質《ただ》した途端、堰《せき》を切ったように今までの不満が噴出した。いつだって、そうだった。人の目を気にして、誰かの気持ちばかり慮《おもんぱか》って、言いたいことも言えなければやりたいこともできなかった。圭司だけが思うままに行動し、その後始末を押しつけられるのはいつもぼくだった。圭司が傷つけた人を慰め、迷惑をかけた人には謝り、それを何度繰り返しても結局彼には逆らえなかった。

馬鹿みたいだ。

それがぼくの〝役割〟？　何て損な役回りだろう。どうしてこんな生き方を選ばされてしまったのか。そんな思考が渦巻くうちに、ぼくは渡部たちに辛辣《しんらつ》な台詞をぶつけたいという衝動に抗《あらが》えなくなっていた。だから、それが彼女たちを傷つけると重々承知していながらも、いや、していたからこそ、あんな残酷なことを言い放った。彼女たちの期待を裏切ってやった。言ってみれば、ほとんど八つ当たりだった。生まれて初めて、自分の発した言葉によって、人の顔が悲しみと恐れに歪むところを見た。

胸は痛まなかった。

むしろ、爽快《そうかい》だった。

帰するところ、ぼくも圭司と何ら変わらなかったのだ。

少なくとも、今は。

「くだらないこと気にしてこんな面倒なことしやがって。どうせおまえがおれを欺けるはずがないんだよ。何度言ったらわかるんだ」

いつもの圭司の挑発が、今は恐ろしく癇《かん》に障る。どす黒い感情が胃から溢れ出して噎《む》せそうになる。

こいつさえいなければ。

圭司さえいなければ、ぼくは〝優しさ〟というなけなしの価値にしがみつく必要などなく、もっと自由に生きられたのに。

「圭司は」とぼくは静かに問いかける。「このことをみんなに言うつもりなの?」

「当たり前だろ。言わなかったらおれが事件を解決できなかったみたいだろう? 何だ、嫌なのか」

嫌だと言い張っても聞き入れてくれる道理はない。別に、と素っ気なく答えた。

「まあそれくらい腹を括れよ。何せ、〝犯人〟なんだからさ」

さもおかしそうに圭司は唇を吊《つ》り上げた。こんなことを知られたら、いよいよ麻坂有人は終わりだ。この先どうやって生きていけばいいのか。さっぱりわからない。

「じゃあ、明日《あした》廃ビルにでもみんなを集めて解決編をやるかな。逃げるんじゃねえぞ、有人」

圭司がククッ、と笑い声をこぼす。そのとき。

ごく自然に。

あたかも当然の帰結のように。

一切の躊躇や留保も挟まずに。

ぼくは完璧な解決策に至った。

そうか。

圭司を殺せばいいんだ。

10

「頼子の事件に関する真相はこんなところだ」

忠正と桜は、驚きを隠せぬ様子でぼくの話に聞き入っている。昨日圭司が語った論理を、そっくりそのまま借用させてもらった。密室もダイイングメッセージもすべて偽の手がかりだったこと。そしてそれを企てたのが他ならぬぼくであること。

「有人君が犯人だったなんて……」桜は呆然として呟いた。無理もない。あのどこまでも優しい麻坂有人がこんな大それた罠《わな》を仕組んだのだ。「信じられない……」

今になって、圭司の信念が理解できたような気がした。今から三年以上前、桜の葉を切り落とした犯人として頼子を指弾したとき、彼は人の心など信じないと言っていた。当てにできるのは、自分の頭が論理的に導き出したもののみであると。だが、結果的に彼は間違っていて、頼子を信じようとしたぼくが正しかった。そのときぼくは、自分の正義が勝ったのだと喜んだ。

だが、違ったのだ。あのときの圭司はまだ小学三年生で、先入観が強く、発想も論理も大雑把だった。要は、推理が未熟だったというだけの話で、彼の方法論そのものが否定されたわけではなかったのだ。あれから様々な事件を経験する中で、他人の行動の理由を見抜くのは困難であること、また、動機なんて放っておいても事件は解決できることを、ぼくは少しずつ納得させられていた。そして今回の事件で、思い知った。頼子はぼくの想像の範疇《はんちゅう》からあっさりと踏み出して自らを殺した。何より、ぼく自身が今までの自分をいとも簡単に捨てて、こんなことをしている。

　圭司の言う通りだった。人の心など、信じられない。自分の心でさえ、過去の自分を平気で裏切る。ましてや異なる信条を持った他者の心理なんてわかるはずがない。そんな不確かなものを礎《いしずえ》にして物事を解明しようなど、端《はな》から絵空事もいいところだった。

　そのことに圭司はとっくに気づいていた。とすると、彼が真実を暴くことにあんなにも拘泥《こうでい》していたのは、強烈な不安の裏返しだったのかもしれない。目の前に立っている人が本当は何を考えているのかさっぱりわからないということの恐ろしさに誰よりも敏感で、人を信用することのできなかった彼は、自らの明晰な頭脳が編み出す論理に縋《すが》るより仕方がなかったのである。

　事実、圭司の推理法は強力だった。成長と共に、彼は間違えることなく真実に到達できるようになった。圭司が〝優しい〟弟の犯行を導き出したときも、彼は自身の推理を微塵《みじん》も疑わなかったに違いない。隙のない論理の前で、個人的な信頼などまるで無力だ。今、信じられないと呟いている桜も、心の底ではきっと、既に麻坂有人を容赦なく見限っている。

「でも、どういうことなんだよ！」と忠正が困惑した様子で尋ねた。「どうして犯人の有人が……」

　当然の疑問だった。圭司の推理を受け売りするだけでは今日の事件を説明できていないどころか、余計に混乱が生じるばかりだろう。

　だが、ちゃんと解決は用意してある。

今から説明する、とぼくは淀《よど》みなく応じて、続けた。

「さっきの推理で頼子の死にまつわる謎については問題ないだろう。よって、二人に残された疑問は次の一点に集約されると思う。

つまり。

一体何故今日、廃ビルで、頼子の事件の黒幕だった有人は死んだのか」

桜と忠正は大きく頷いた。

ぼくはその反応に満足して、語を継ぐ。

「答えは単純さ。あいつは自殺したんだよ」あっさり告げた。「ある意味ではおれのせいだ。有人は、自分のやったことがみんなにばらされるのをひどく恐れていた。だが、罪は罪だ。報いを受けなければならない。だからおれは解決の披露を強行しようとしたんだが——驚いた。まさか自殺されるとはな。あいつがそこまで愚かだったなんて知らなかったよ」

吐き出すように言葉を紡ぐ。汗で背中がべっとりと湿っていた。

「自殺……？」

「そうだ。あの密室状況でそれ以外考えられないだろ」

相手を制圧するように、断定する。圭司がいつもするみたいに。

あまりに簡単なトリックだ。忠正たちが廃ビルに着いたとき、圭司は既に四階から突き落とされて死んでいた。頭を殴って気絶させ、ぼくの緑色の服に着替えさせてから落としたのだ。それからぼくは圭司の赤い服を着て、三階の部屋で圭司のふりをして彼らと喋った。次いで有人を階下へ探しに行くように見せかけて、実際は四階の現場へ行き、内側から鍵をかけた後、緑色の服を上に着て飛び降りた。このとき忠正たちが落下するぼくの姿を見たわけだ。もちろん下には、圭司の死体に触れない高さでブルーシートが予め広げてあって、軟着陸したぼくは素早くブルーシートを外してビルに寄せる。先端を引っ張るだけですぐほどける結び方をしたので、ものの数分で用は足りた。それから下に着ていた赤い服に戻しながら急いで入り口に向かい、階段を下ってくる二人と出会えば、成功だった。三階の部屋から一階まで降りてくるのには五分近くかかるので、猶予は十分《じゅうぶん》にある。それに、忠正も桜も背が低いから、部屋の窓のロックには手が届かない。転落を目撃された直後に、窓を開けて直接真下を見られる心配はないというわけだ。

かくしてぼくは圭司を殺し、そして圭司と入れ替わった。それが圭司を殺すたった一つの方法だと思った。犯人の有人が罪を抱えて自殺するという構図ならすべてが収束するし、何より、圭司が自殺したなんて言われても、誰も信じやしない。

入れ替わったことに気づかれるのではないかという不安もあったが、カラス荘の事件を経て、振る舞い方に気をつけさえすれば簡単に圭司になりきれることはわかっていた。しかも、お互い声変わり、成長期の最中なので多少の粗《あら》は目立つまい。進学する中学は誰とも一緒にならない予定だから、あと一ヶ月気を張ってやり過ごしさえすれば問題はないとも踏んでいた。事件のショックで塞《ふさ》ぎ込んでいることにしたっていいだろう。

とにかく、ぼくはたったそれだけで圭司の人格を奪い取れる。晴れて、麻坂圭司になれる。

「有人は……余計なものまで背負いすぎたんだよ。本当は大して優しくもないくせにみんなに気を遣って、それが自分の唯一の取り柄だと思い込んで、ほんとは周りに良く思われたかっただけの俗物だったのさ」ぼくはぼくを殺す。鈍器で執拗《しつよう》に殴るように、徹底的に。これが、最後の決別だ。未練も悔恨も、叩き潰さなければならない。「だから耐えられなかったんだ。結局は自分のことしか考えていないつまらない人間だと周囲に知られながら生き続けることに。全く馬鹿だよな。優しさなんて無価値なものに拘《こだわ》って自殺するなんて」

伝わらないかもしれない。理解してもらえないかもしれない。だが、それでも構わない。

いつだってダイイングメッセージは、そういうものなのだ。

「バイバイ、有人。おまえがいなくなってせいせいするよ」

そう自分に言い聞かせるように吐き捨てて、話を締め括る。忠正と桜はただ、呆然自失《じしつ》として天井を仰いでいる。当たり前のことだけれど、もうぼくらは昔みたいに、無邪気に笑ったりふざけ合ったりすることはない。できやしない。


圭司にはずっと負かされてきた。常に圭司がぼくよりも優位な立場にいて、それが当然だと刷り込まれていた。実際、彼の方が優秀だったし、彼が論理を信奉したのも正しかったと思う。だが、圭司は一つ誤った。足りなかった。甘かったのだ。人を信じないのなら、もっと徹底的に疑うべきだった。善良を絵に描いたようなぼくが一瞬にして兄弟を殺す悪党に変貌するなんてことを、彼は全く考えていなかった。だから、最後の最後で、ぼくに殺されたのだ。

初めて圭司を出し抜いた。そう考えると、ぼくが圭司を殺すという犯罪を計画通りに成し遂げたのは、大逆転と言えるのかもしれない。長い兄弟喧嘩にも、ついに永遠の終止符が打たれたのだ。


「——圭司」

名を呼ばれ振り向くと、いつからいたのか、そこには仕事終わりの父さんが立っていた。

彼は眉間《みけん》に深い皺《しわ》を寄せ、諭すように言った。

「いなくなってせいせいするだなんて、どうしてそんな思ってもいないことを言うんだ。圭司は、そんな子じゃないだろ」

「えっ？」

　ぼくは動揺して問い返す。父さんの意図が、まだ読めない。

「前に一度、有人への当たりが強いことを、一人のときに叱ったことがあったよな。そのとき言っていたじゃないか。いつもおれとは全然違う視点を持っているあいつは、おれが本気を出してやり合えるただ一人のライバルなんだって。だからこそ負けたくないし、ついつい言いすぎてしまうんだって」

　どくりと心臓が波打った。

　嘘だ、やめてくれ。圭司がそんなことを言うはずが。

「あのとき父さんは安心したんだ。圭司はどうしても誰かを信用することはできないみたいだけれど、人の善意を信じ、気持ちを理解しようとする有人のことを認めるようになったんだとわかったから。そんな圭司が、どうして有人の信念を無価値だなんて切り捨ててしまうんだ。一体、どうして……ん？」

　顔を覗き込んできた父さんの双眸《そうぼう》が、きゅっと糸のように細くなる。口からこぼれ出そうになる嗚《お》咽《えつ》を、ぼくは懸命に堪《こら》える。父さんの震える手が、肩に触れる。

「おまえ、本当に圭司か……？」

　瞼《まぶた》の裏にまざまざと蘇るのは、頭を殴ったとき振り向いた圭司の、驚愕に目を見開いた表情だった。

　あの瞬間、ぼくはもう既に、自分の取り返しのつかない過《あやま》ちに気づいていたに違いなかった。だって意識を失う最後のときに彼の瞳が物語ったのは、ぼくに嵌《は》められたことを知った怒りでも、やっぱり他人なんて信じられないという確信でもなく、深い悲しみと失望だったから。

人の心など信じないと嘯《うそぶ》きながら、いつも人の悪意を前提に物事を考えておきながら、それでも圭司は、人間を完全に見捨ててはいなかった。

圭司は、最期まで、ぼくのことだけは信じていたのだ。

そう、だから。

本当はわかっている。

負けたのは、ぼくの方なのだと。

＊本書は、「ジャーロ」誌上で公募した新人発掘プロジェクト「カッパ・ツー」（選考委員：石持浅海、東川篤哉）にて選出された作品を、選考会での指摘を受け、著者が改稿したものです。
＊この作品はフィクションであり、実在の人物・団体・事件とはいっさい関係ありません。

真門浩平（まもん・こうへい）

1999年アメリカ合衆国生まれ。東京都在住。東京大学大学院情報理工学系研究科在学中。2022年、「ルナティック・レトリーバー」で「第19回ミステリーズ！新人賞」受賞。本書が初単行本となる。

バイバイ、サンタクロース 麻坂家《まさかけ》の双子探偵《ふたごたんてい》

2023年12月30日　初版１刷発行

著　者　真門浩平《まもんこうへい》
発行者　三宅貴久
発行所　株式会社 光文社
〒112-8011　東京都文京区音羽1-16-6
電話　編　集　部　03-5395-8254
書籍販売部　03-5395-8116
業　務　部　03-5395-8125
URL　光　文　社　https://www.kobunsha.com/

組　版　萩原印刷
印刷所　新藤慶昌堂
製本所　国宝社

ISBN978-4-334-10176-3